우물파는 사람

우물파는 사람

2006년 10월 2일 1판 1쇄 발행 / 2008년 2월 29일 1판 2쇄 발행

지은이 최수웅 / 펴낸이 임은주 / 펴낸곳 도서출판 청동거울 / 출판등록 1998년 5월 14일 제13-532호
주소 (137-070) 서울 서초구 서초동 1359-4 동영빌딩 / 전화 02)584-9886~7
팩스 02)584-9882 / 전자우편 cheong21@freechal.com

주간 조태림 / 편집 전지원 / 디자인 임명진 / 마케팅 김상석

값 9,000원

ISBN-10 : 89-5749-082-5
ISBN-13 : 978-89-5749-082-2

청동거울 소설선

우물 파는 사람

최수웅
소설집

청동거울

• 차례

우물 파는 사람

그려, 그렇구먼요. 꼭 그 냄새구먼요. 갑시다요, 아부지.
머리 위가 희붐헌 걸 보니, 이제사 길이 트였나 보요. 나하
고 밖으로 나갑시다요. 그래야 나도 아부지 업어다 주고,
여그로 다시 내려와 우물을 파야 헐 것 아니요. 갑시다. 해
가 이미 떠올랐겠소.

우물 파는 사람

1

"이눔아, 관(棺)을 짊어져야 살 수 있는 법이여."

또 무슨 바람이 불어서 아직 안개도 걷히지 않은 갓밝이부터 수작질이여, 수작질이. 정말 오늘밤에라도 도망질을 놓던지 해야지, 당최 저 망할 영감탱이 때문에 더 이상 여기에서는 견딜 수가 없구먼. 매일을 이렇게 넘 새북잠 흩어놓아야 직성이 풀리니 저 놈의 심보는 또 워쩐 심보여.

"아주 그 속에서 살림을 차려버리란 말이여. 산다는 게 다 그런 법이다. 어데든지 등짝을 붙이면, 긔가 바로 집이고, 긔가 바로 무덤이 되는 거여. 늬 눔의 팔자는 평생 구녕이나 쑤시며 살 팔자니께, 허튼 생각허지 말고 그 속에다 등짝 붙일 작정을 하란 말이여."

이제는 제법 귓등으로 흘려보낼 만도 헌디, 저놈의 잔소리는 도무지 떨궈지지가 않았으니, 그것도 요상시럽기는 참으로 요상시럽구먼. 벌써 수백 번은 들었던 소리인데도, 가래침 한 덩이 목젖에 엉겨붙은 것 같은 영감 목소리는, 들어도 들어도 억장 긁어내는 것 같기만 허니, 워쩐다여, 저 망령 난 늙은이를 어쩐다여, 가뜩이나 밤잠 설쳐 무거운 머릿속이, 저놈의 소리 땜에 천불이 쳐올라오는 것만 같으니 이 일을 또 어쩐다여.

"아따, 웬건히 좀 허고 끄집어올려주기나 허요."

"에라, 이, 코 박고 죽을 접시물에도 똥 튀길 놈. 늬가 아무리 싫다고 발버둥을 쳐도, 늬 눔 팔자가 그렇게 생겨먹은 걸 어쩌란 말이냐. 어쩔 수가 없는겨, 늬 눔이 고걸 팔자로 받아들이지 않고서는 거그서 한 발짝도 빠져나올 수가 없단 말이여."

"뭔 젠장맞을 소리를 그리 헌데요. 누가 이런 땅속에서 살고 싶다고 했는감? 등창이 나서 똑바로 누울 수도 없고, 갑갑증 나서 견딜 수도 없으니, 이제 그만 여그서 끄내주기나 하소."

"이 눔아, 내가 뭐라더냐, 네 눔이나 내나, 우리 같은 종자들에게 세상 한 자락 어디 쉬운 곳이 없을 거라고 하지 않았더냐. 결국에는 말이여, 그렇게 넘들 돌보지 않는 땅구뎅이 속으로나 기어들어가게 될 뱁이라고 허지 않았드냐."

어이구매, 저 말뽄시 좀 보소. 허기사, 대꾸하는 내가 미친놈이지. 턱주가리에 수염 돋은 이후로 저 영감탱이가 고운 말 한번 던지는 꼴을 보들 못했구먼. 아마도 전생에 나랑 철천지원수지간이었던 모양이여.

"지금이야 거기가 늬 눔헌테 편치 못혀도, 일단 요것이 내 팔자다 생각허믄, 아늑해질 것이구먼. 절절 끓는 아랫목에 배 깔고 누운 것처럼 말이여, 무덤 속에 기어든 것처럼 말이여, 에미 뱃속에 다시 들어앉은 것처럼 말이여, 편해질 꺼니께 생퉁거리지 말어야."

그려, 니는 짖어라, 내는 그저 샅춤에 고개나 파묻고 못다 잔 잠이나 잘 것이구먼. 아무리 그려도 말이여, 내가 그렇게 호락호락하지는 않응께, 혹시라도 지쳐서 애원하며 흙뎅이라도 퍼올릴 꺼라고 기대허진 않는 것이 좋을 것이여. 어차피 오늘밤 안으로 도망놓아버릴 테니께. 영감탱이, 당신도 소싯적에 그리 싸돌아댕겼응께 나보고 뭐하고 할 수는 없을 거구먼.

음매, 이건 또 뭐여. 손도 대지 않고 두레박을 올려보낸 것이 벌써 몇 번짼디, 왜 자꾸만 이러는 거여. 미욱허긴, 자기 먹을 밥도 없으면서, 이 비루먹은 개새끼 같은 동생놈헌티 뭔 정성이 그리 뻗쳐서 아침저녁으로다 밥 담은 두레박을 내려주고 그런다냐. 미안시럽게, 참말로 내가 미안시럽게 말이여. 누이야, 니는 내 맘을 몰라주는 구먼. 이 밥을 처먹으문 저 저퀴 같은 영감탱이가 또 얼매나 지랄지랄하며 흙덩이를 퍼올리라고 헐지 몰러서 이러는 거여. 왜 자꾸 이 속으로 얼굴을 디밀고 그려. 그러다 홀랑 미끄러져서 빠져버리면 어쩔라고. 니는 소리쳐 사람 부르지도 못하믄서 왜 자꾸 위험한 짓을 골라서 하고 그려. 얼레, 얼레, 그라지 말라니께. 히힛, 그려. 난 누이가 그렇게 웃는 모습이 젤로 좋구먼. 누이 웃는 모습이 좋아서 내가 떠날 수가 없구먼.

"이 눔아, 늬 누이를 봐서라도 쓰잘떼기 없는 생각 하지말어. 늬 눔 멕일 밥 한 그릇 맨들라고 땡볕에 타버린 누이 얼굴을 생각허면, 빨리 흙이나 퍼올려야 할 것이여. 늬 눔을 위해서도 늬 누이를 위해서도, 그것밖에는 방법이 없으니께 마음 다잡아 묵어야혀."

이제 아침 수작질은 다 해버렸나 보다. 누이 얼굴도 사라져버리고. 영감탱이 잔소리도 들리지 않고. 근디, 이건 또 뭐여? 밥덩이 위에 웬 길짜귀 꽃을 꽂아놓았다냐? 그려, 그렇구만, 우리 누이 말을 하고 싶었던 모양이구먼, 불쌍한 우리 버버리 누이가 요 동생놈에게, 여름이 되었다고 알려주고 싶었던 모양이구먼. 어째 저녁 참에도 이리 따땃하냐 싶었는디, 이제 보니 여름이 되어서 그랬던 것이구먼. 울바자 앞 들판에 길짜귀 흰 꽃송이가 흐벅지게 피었겠구먼그려.

니미럴, 그런 것이었구먼. 바로 그래서 그런 것이었구먼. 어째 새벽 참부텀 찾아와서 수선 떠는 품이 이상하다 싶었는데, 망할 놈의 영감탱이, 볼따귀에 한가득 검버섯이 핀 주제에 아즉꺼정 왜 그러는지 모르겠네. 나잇값도 못허는 풍신이 잔소리만 뻔지르르하게 뱉어쌓고. 이제 그만 허든 그만둘 때도 되지 않았는가 말이여. 어째서 길짜귀 꽃만 피면 발광이여, 발광이. 여적꺼정도 그 계집년 얼굴이 떠올라 그러는 거여, 왜 잠짓도 잊어버리고 꼭두새벽부텀 다른 사람들꺼정 괴롭히고 그러는 거여. 허기사, 간밤에는 괭이새끼들꺼정 흘레붙는 소리를 내질러댔으니, 그 엷은 귀가 쉽게 닫혔을 리도 만무하고, 분명히 그 계집년 생각에 취해서 부시럭거리고 말았을 것이구먼, 빈 곰방대라도 입에 물고 밤새도록 뒤척거렸을 것이구먼. 꼭 그랬을 것이구먼, 숭한 영감탱이.

2

그랬구먼. 그 해 여름이 참으로 덥기도 더웠구먼. 논바닥은 뽀작뽀작 말라가고, 채마밭의 고추잎도 타죽어버리고, 초복 더위에도 밑바닥엔 살얼음이 낀다던 우물물도 소용이 없었어. 등목하고 돌아서서 열 걸음만 걸어가면 또 땀이 흐르고 말았거든. 바지런하기로 소문이 드르르했던 삼돌아재도 그 여름만큼은 거레하듯 느적거리며 돌아댕길 수밖에 없었을 지경이었으니께, 말 다했제.

헌데 말이여, 참으로 그 여름 들녘에는 이상할 만치 길짜귀가 무성하게 피어올랐더란 말이여. 길 가는 사람 무릎팍이라도 휘어잡을 듯이 솟아올랐었는디, 고것이 아주 무서운 것이었어. 자고 나면 솟아오르는 그 기세가 말이여, 도살장으로 끌려가던 송아지가 코뚜레 뽑히도록 떼정이 부리며 버티던 것 같은, 꼭 그런 기세였었구먼. 고것이, 고 잡것이 말이여.

그 놈의 길짜귀 꽃 때문인가, 날이 갈수록 마을에 사람들이 불어나기 시작했어. 생판 처음 보는 각성바지들이 여기저기에서 모여들었는디, 어른들은 그 치들을 장돌뱅이라고 부르곤 했단 말이여. 이짝 마을에서 나는 물건을 저짝 마을 장에다 옮겨다 놓는 일을 한다고 했구먼. 근디 나는 그 말이 뭔 뜻인지 알아먹을 수가 없었어. 왜 이짝에 가만 있는 물건을 굳이 다리품 팔아가며 저짝으로 옮길라고 그러는지 도무지 모르겠더란 말이여. 누이는 장돌뱅이들이 신기했던지, 아니문 그들이 보통이에서 꺼내놓는 물건들이 신기했던지, 손가락질을 해대면서 뭐냐고 물어쌓는디, 참으로 대답해줄 수가 없더라고. 그래도 자꾸 옆구리를 찔러싸서 그만, 내는 잘 알지도 못하는 대로 씨부려버릴 수밖에 없었구면.

"저 사람들은 길을 걷는 사람들이여."

누이가 멀뚱한 얼굴로 다시 나를 쳐다봤는디, 사실을 말하자문, 내가 생각혀도 내 말이 좀 이상하긴 했어. 걸어다니지 않는 사람이 어디 있는감? 맨날 동네 애들헌티 버버리라고 놀림당하는 우리 누이마저도 걸어당기는디 말이여. 허지만 내가 그 사람들에 대해서 아는 것은 그 것밖에 없었거든. 그래서 다시 말하는 수밖엔 없었단 말이여.

"언덕 아래 삼돌아재가 농사 짓는 사람이고, 큰길 건너 개똥할매는 술 파는 사람이고, 우리 아부지는 우물 파는 사람인 것처럼, 저 사람들은 걸어다니는 사람들이여. 하루 종일 길 걷는 것이 일인 사람들이란 말이구면. 삼돌아재가 논에서 피를 뽑는 것맨치롬, 개똥할매가 장터에서 술국 끓이는 것 맨치롬, 아부지가 땅 속에서 흙뎅이를 퍼올리는 것 맨치롬 말이여. 그래서 저 사람들은 걷고 또 걸어서 늙어 죽을 때꺼정 걷는다는구면, 아니 죽을 때도 아주 길 위에서 죽는다는 것이여."

누이는 크게 고개를 끄덕였지만, 알아듣지는 못한 표정이더구면. 그건 나도 역시 그랬고. 어쩔 수가 없었기도 했지만, 그게 또 정말이기도 했어. 내가 보기에는 그 사람들은 서쪽 언덕배기에서부텀 흰 꽃 덮힌 길을 따라 내리 걷기만 하던 사람들이었단 말이여.

하여튼 장돌뱅이들이 모여들면서 이상스럽게 동네가 흥청거리기 시작했단 말이여. 맞어, 그건 참으로 이상스러운 것이단 말이여. 명절 빼고는 하루 종일 조용하기만 했던 동네가 때아니게 북적댔으니께, 해거름도 되기 전에 얼굴이 벌겋게 달아오른 아재들이 개똥할매네 평상에 둘러앉아 있기도 했고, 장터에선 싸개통과 넉장거리가 예사로

벌어지고는 했으니께. 고런 것들은 모두 그 전에도 그 뒤에도 처음이 었단 말이여.

그때였거든. 그 계집년이 우리 마을로 찾아들었을 때가 바로 그랬 어. 개똥할매가 불렀다고 하더구먼. 그 년이 찾아오기 전부터 온 마을 이 그 얘기로 짝자그르했어. 어무니는 은근짜라고 불렀지만, 내가 보 기엔 그 계집년은 장돌뱅이였어. 우리 마을에 모여들었던 다른 사람 들처럼 서쪽 언덕부텀 걸어 들어왔으니께 말이여.

헌디 고것이 문제였어. 하필이면 그날은 아부지가 삼돌아재네 밭에 서 곁꾼노릇을 하고 있었거든. 누이와 나는 밭둑에서 소꿉장난을 하고 있었고 말이여. 그 계집이 마을로 들어오는 것을 처음 본 사람이 아부 지였구먼. 밭일을 하다가 쉬는 참에 허리를 편 아부지가 멍하니 고갯마 루를 쳐다보았는디, 글쎄, 낮도깨비에라도 홀린 듯이 길짜귀 꽃길 사이 를 뚫어져라 쏘아보더니, 다시는 허리를 굽힐 줄을 모르더란 말이여.

그때, 흰 꽃들 사이에서, 그 꽃들보다 더 하얀 얼굴을 가진 그 계집 이 걸어오고 있었구먼. 그 하얀 얼굴이 아부지를 쳐다보곤 웃었든가 찡그렸든가. 흰 얼굴 사이에 박힌 새빨간 입술은 모아졌던가 벌어졌 던가. 하여튼 노란 치맛단이 잔망스레 펄럭였는데, 아부지는 오래도 록 허리를 꼿꼿하게 편 채로 그리 서있었구먼. 그리곤, 어짤라고 그랬 는지, 어무니 말처럼 모두 팔자소관이라 그랬던 건지, 그 걸음으로 개 똥할매네로 달려가버리고 말았구먼. 어쩔라고 그랬는지, 참으로 어쩔 라고 그랬는지 말이여.

아부지는 개똥할매네 뒤꼍에 우물을 파준다고는 했다지만, 사람들 은 그 말을 믿지 않았어. 아부지 말을 믿는 사람은 어무니 혼자뿐이었지. 언제나 그랬던 것처럼 어무니는 심지 돋운 남포등을 높짝하니 처마 끝에 걸어놓고는, 정안수 한 그릇 받아놓고 아버지가 무사히 일을 마치기를 빌었어. 꼭 그랬거든, 평생 그 일을 했던 아부지였는데 말이여, 단 한번도 다친 적이 없었던 아부지였는데 말이여, 어무니는 아부지가 우물을 파러 땅속으로 들어갈 때면 항상 비손질을 하곤 했어. 늬 아부지는 땅에 묻힐 사람이다. 밤새 쪼물딱거릴 젖무덤이 없어져 투덜거리는 내게 어무니는 그리 말하곤 했어. 늬 아부지가 땅속으로 들어가기만 하면 이번에야말로 꼭 그 속에 묻혀버릴 것만 같다고, 그래서 거기에 묻히지 말고 늦어도 좋으니 요 불빛을 보고 돌아오라고 등을 매달아 놓는 거라고, 그리 말하고는 했단 말이여.

어무니 말대로 파묻혀 버린 건지, 아부지는 돌아오지 않았구면. 달장간은 지났으니 에지간히 일이 끝났을 텐데도, 돌아오지 않았단 말이여. 그 여름이 온통 지나도록 아부지는 돌아오지 않았구면.

개똥할매네 술동이가 모두 비어버렸을 쯤에서야, 지천으로 솟아나던 길짜귀도 시들어버렸을 쯤에서야, 아부지가 돌아왔어. 봉두난발에 홀쭉해진 얼굴로 말이여. 눈 밑이 온통 검게 타버려서 도무지 내 아부지가 맞는지 가늠할 수 없을 얼굴로 말이여. 아부지는 안방으로 기어들어와서는 목침을 베고, 그 참으로 삼일 낮 삼일 밤을 내리 잠만 자버렸구면. 어무니는 쳐다보지도 않고 내리 잠만 잤구면. 그 계집은 이미 다른 곳으로 떠났다고 사람들이 말했어. 그라고 보니 언제부턴가 마을에 모여들었던 장돌뱅이들이 사라지고 있었구면. 풀어두었던 짐보퉁이를 등짝에 짊어지고, 다시 서쪽 언덕을 넘어 걸어가버렸단 말이여.

아부지는 돌아왔지만 어무이의 비손질은 그치질 않아. 북두님, 칠

16

성님 모조리 찾아모시고 나서도 뭐 그리 바랄 것이 많았는지, 어머니는 밤이 늦도록 들어오지 않았구먼. 나는 어무이 젖냄새가 그리워 잠들지 못했다가, 아버지 코고는 소리가 듣기 싫어 잠들어뻐릴려고 했다가, 그렇게 뒤척뒤척하고 있었는디 말이여. 어무이는 들어오지 않았구먼. 언제인지도 모르게 까무룩히 잠이 들곤 했지만, 아직도 기억이야 하고 있단 말이여. 뒤꼍 장독대 근처에서 낮게 들리던 울음소리 말이여. 날씨가 요살을 떨면 구렁이가 운다더니 참말로 그렇구나, 중얼거리다가 잠이 들곤 했지만 말이여.

아부지도 떠나버렸구먼. 제법 바람이 차가와져서야 목침을 비껴놓고 일어나 앉은 아부지가 난생처음 괴나리봇짐 등에 걸고 새벽길을 걸어가버렸단 말이여. 웬걸, 길이라곤 동네 어귀 수맥(水脈)찾으러 돌아댕기던 것밖엔 모르던 사람이 말이여. 하루아침에 갔다온단 말도 없이 사라져 버렸구먼. 그 계집 떠난 길을 다시 밟아 가버렸구먼. 그라제, 그 무덥던 여름이 끝나던 날이었단 말이여. 그것이.

3

"구녕을 팔려거든 살 구녕을 파야지, 왜 여즉 죽을 구녕만 파고 있는겨?"

아이고 참으로, 이 니미럴 영감탱이야, 또 무슨 심기가 돌아서 수작 부리러 나온겨. 그냥 아랫목이나 뭉개고 있던지, 그것도 못 견디겠으면 들판이나 휘젓고 다니던지. 머리꼭지 위로 돋았던 햇발도 기울어가길래, 오늘 하루 조용히 넘어가나 보다 했는디, 왜 찾아와서는 장난 참으로 퍼담은 흙덩이를 보고 씨부렁거리는 거여, 씨부렁거리기는.

"지금 늬 눔이 파는 구녕은 무덤이지, 집은 아니구먼. 당최 야들야들 허기만 허지 강단이 없단 말이여. 집이 뭐여, 튼실허게 바람도 막아주고, 비도 막아주고, 땡볕도 막아줘야 집이 아니겠냐. 근디 늬가 지고 있는 관은 여즉 나무쪼가리에 불과하단 말여. 고건 무덤이지 집이 아니여. 죽을 구녕이지 살 구녕이 아니라는 말이여. 알아듣겠냐? 허, 썩을 눔, 들은 척도 않고 사추리에 고개만 처박으면 능사여? 이 눔아, 대거리 똑허니 쳐들고 새겨들어, 늬 눔이 무덤 하나 파고 싶은 거라면 그만허믄 늬 몸뚱어리 하나 파묻을 만허니, 헛지랄 그만 허고 뒈져버리고, 집이라도 하나 파고 싶거든 아즉 늬 눔 키 하나맨큼은 더 파야 할 성싶으니, 고집부릴 생각 그만 허고 싸게싸게 흙이나 퍼올리란 말이여. 워째 대답이 없냐, 무덤을 만들고 싶냐, 집을 만들고 싶냐, 이 눔아?"

저 징그러운 화상, 가뜩이나 지끈거리는 머리통이, 저 놈의 잔소리 때문에 아주 미칠 지경이구먼, 미칠 지경이여. 워찌 그리 사람 속 뒤집는 소리만 내질러 쌓는지 모르겠네. 아따, 누가 여기서 죽고 싶다고 했다요, 살고싶다고 했다요. 방구석에 처박혀 있는 놈을 여기에다 밀어 던져뻐릴 때는 언제고, 왜 이제 와서는 죽어라 살아라 야단법석을 떠는 거여. 나는 요런 땅구뎅이 속에서 죽을 생각도 살 생각도 없구먼, 추호도 그런 생각 없구먼.

"염병헐 눔, 어쩌자고 그렇게 널부러져만 있을 거여. 붕알 달린 사내눔이, 대거리에 붙은 똥딱지도 마르지 않은 앞길이 창창 구만리 같은 눔이, 앞뒤 돌아보지 않고 엉덩짝이나 흔들면서 내달리는 망아지

같어야 헐 눔이, 어쩌자고 꼬랭지 내리고 있겠다는 것이여. 그래, 그
깟 엇박이 계집년 하나 잊질 못해서 살 구녕을 죽을 구녕으로 만들고
있는 것이여, 시방? 에에라, 이 눔아, 늬 눔 그릇도 알 만허다. 새겨들
어. 가슴 한복판에 깊은 우물 하나 파고 들어앉어야 살 수 있는 법이
여, 그렇게 땅구뎅이를 파고 들어앉을 것이 아니라, 네 눔 가슴 복판
을 파고 들어앉어야, 잊어뿌려야 헐 것도 잊혀지기 마련이고, 살어야
헐 것도 살어질 수 있는 법이여."

　아퍼 죽겠는디 말이여, 땡볕 밑에서 풋잠짓을 했더니, 절절 끓는 무
쇠 가마솥에 머리통을 처넣은 것처럼 아퍼 죽겠는디 말이여. 저 영감탱
이는 오망부리 다 된 입으로 뭔 놈의 소리를 고시랑거리고 있다냐. 씨
벌눔, 뭐 싼 눔이 뭐 묻은 눔 나무란다더니, 자기가 젊을 적에 부린 지
랄은 생각도 못허고, 저따위 소리만 내지르냔 말이여. 여즉꺼정 모주팔
이 계집 하나 잊지 못허문서, 어쩌자고 저런 본새로 말을 뱉는지 모르
겠네. 어무이 속 뒤집어 죽인 것처럼 내 속도 뒤집어 죽여버리려는 거
여 뭐여? 정말로 도망질이라도 쳐버릴 것이여, 참말이구먼.

　모지락스럽게도, 밤은, 오지 않는구먼. 햇발은 뜨거워 죽겠고, 눈꺼
풀은 무거워 죽겠고, 잔소리는 듣기 싫어 죽겠는디, 어둠은 도무지 올
생각을 하지 않는구먼. 허지만 뭐 별 수 있는감, 그저 견디는 수밖에
는 없는 것이여. 가슴팍으로 흘러드는 끈적헌 땀방울들을, 사추리로
파고드는 후텁지근한 열기들을, 뭉근하게 혀뿌리를 떠나지 않는 목마
름들을, 견뎌내는 수밖에 없는 것이여. 그래서 말이여, 견디고 또 견
뎌서 말이여, 마침내, 말라붙기를, 식어버리기를, 사그러들기를, 기다
리는 수밖에는 없는 것이여.

졸립구먼. 그리 숭헌 꿈에 시달려놓고는 또 잠결이 찾아오는구먼, 솔솔 불어오는구먼. 참아야 혀, 이렇게 잠들면 또 그런 꿈을 꾸고 말 것이구먼, 꿈장단에 놀아나다 흥건하게 젖어버리고 말 것이구먼. 근디, 그란디, 왜 이리 졸음이 쏟아지는 모르겠구먼. 내가 지금 하늘을 바라다보고 있는디 말이여. 맑았던 하늘이 푸르게 바뀌고, 푸르던 하늘빛이 짙어져 주단(朱丹) 빛으로 바뀌고 있는 것을 보고 있는디 말이여. 그리고 그 하늘이 다시 검게 물들어 보이질 않는데 말이여, 왜, 왜 이리 말이여, 자꾸만 말이여, 눈꺼풀이 말이여, 내려오는 것인지 모르겠구먼. 누이라도 와서 날 좀 깨워줬으면 좋겠는디 말이여, 누이는 보이지도 않고 말이여, 나는 이렇게 말이여, 잠이, 들고, 마는가 보구먼. 잠이, 들어버리고, 마는가 보구먼.

4

저그, 저쯤이 맞을 것도 같은데, 도무지 보이질 않는구먼요. 내가 너무 늦어버렸지 모르겠지만서도, 아즉 해도 전부 넘어가지 않았는데, 그리 많이는 늦은 것 같지 않은데 말이요. 한 번만 보면 소원이 없겠는데, 한 번만, 다시 한 번만, 먼발치에서라도 얼굴이나 볼 수 있다면 억울허지나 않겠는데 말이요. 도통 보이지가 않는구먼요. 어디로 가버린 것이여. 정말 사라져버렸나 보요, 바람맨치롬 흘러가 버린 모양이요. 참으로.

저그, 저그, 저 언덕바지 에움길에, 웬 퍼런 깃발 하나 출렁이는디,

어따, 그 옆으로 홍장(紅帳)도 하나 높다랗게 걸렸구면요. 하이고, 저 놈의 해는 어쩌자고 벌써 기울어 꼭대기에 걸터앉고. 어여, 이러다 눈 앞에서 놓쳐버리겠소. 참으로, 지랄맞게도 하늘에 구름 한 점 없는디, 방정맞은 날라리 소리 하늘을 찢고 올라가는디, 어디에서 날아온 산지니 한 마리 날개 펴고 깝쭉대는디, 하이고 어무이, 내 발은 왜 이리도 배부른 송아지새끼마냥 늦장이라요.

꽃가마가 넘어가는구면요. 붉고, 누르고, 퍼런, 색색들이 천조각들을 옆구리에 꿰어차고 고갯마루 넘어가는구면요. 나는 요기다 버려두고 혼자서 잘도 넘어가는구면요. 바람이라도 불면 좋겠는디요, 꽃잎이 흩날리면 좋겠는디요, 소리라도 질렀으면 좋겠는디요. 어무이, 왜 나는 소리도 치지 못한다요, 나는 누이처럼 버버리도 아닌디, 왜 소리 한번 지르지 못한다요.

섰구면요. 고개를 넘어가던 가마가 꼭대기에서 서버렸구면요. 참말로, 내 지극 정성을 이제사 알아준 듯허요. 꽹과리 소리가 높아지는디, 어메, 나보고 뛰어오라는 소리 아닌감요, 여즉껏 날 기다리고 있었다고 빨리 달음박질쳐서 올라오라는 것 아니요. 춤을 추네요, 사람들이 가마를 놓고 춤을 추고 있소. 작대기로 땅을 치면서, 발을 굴러 맞추면서 말이요. 자진모리 장단을 타고 덩실덩실 춤을 추고 있구면요. 바람이 부는구면요, 갑작스레 돌개바람 불어오는구면요. 간신히 피어오른 꽃이파리들 몽창몽창 떨어져버리겠소. 문이 열리는구면요, 삐죽이 튀어나온 다홍치마 꽃바람에 펄럭이는구면요. 이상허요, 난데없이 눈가가 시큰해지는 것이 이상허기만 허요, 풀어제친 가슴팍으로 바위덩이 하나가 떨어지는 것만 같소, 이상도 허요. 연두빛 저고리가 손짓하는구면요. 이리로 올라오라고, 분결 같은 손바닥이 허공을 쥐고 있소. 나를 보려는 건지, 이리를 돌아보고 있소. 에구, 어무이, 저그, 누이가 아니요.

징소리가 울리는구먼요. 한 번. 요상한 일이요, 내가 쫓아왔든 건 누이가 아닌데, 나는 꼭 누이를 쫓아온 것만 같소. 두 번. 왜 그렇게 쳐다보는 것이여, 누이야, 왜 그리 굵은 눈물방울 그렁그렁 달고 날 보고 있는 것이여. 세 번. 날아가버리는디, 에구메 빨리 손을 뻗어, 잡으라니께, 어쩔 꺼여, 족두리가 바람에 날아가 버렸잖여. 누이야, 니는 왜 거기 있는 것이여. 내 찾던 사람은 어디로 가고 네가 거기에 앉아 있는 것이여.

다시 깃발들이 휘날리기 시작했소, 문이 닫히고, 사람들이 가마를 짊어지고 내달리기 시작허요. 바람이 부는구먼요, 하얀 꽃잎이 날리는구먼요, 지천으로 날리는구먼요, 뜨거운 것이 볼을 타고 흐르는데 말이요, 짭짤한 것이 입가로 스며드는데 말이요. 어무이, 내가 왜 이러는지 모르겠소. 핏덩이가 하나, 목구멍으로 치밀어오르는 것이, 내가 꼭 죽을라고 이러는가 보구먼요.

아무것도 없구먼요, 바람만, 그저 바람만 부는구먼요, 사방을 둘러봐도, 아무것도 보이지 않는구먼요. 내 발치로 족두리만 굴러오는구먼요, 어디로 가버렸는지 나는 통 가늠할 수가 없소. 족두리를 잡아 품에 품었구먼요, 엷은 바람꽃 향내가 나는구먼요, 향기는 여기 있는디 바람꽃은 가버렸소. 아니, 아니구먼요, 가버린 것은 바람꽃이 아니라 누이인데, 나는 꼭 바람꽃이 가버린 것 같으니, 이상허요, 참으로 이상스러운 일이구먼요.

22

5

뭐여, 기껏 요만헌 것이 나를 가두고 있었단 말이여? 겨우 요만헌 것에, 껑충 뜀질 몇 번으로 넘어 올라설 수 있을 만한 것에 갇혀서는, 꺼내달라고 죽을 똥 살 똥 그리 애걸복걸을 했구먼. 그려, 어쩌문 그 빌어먹을 영감탱이 말이 맞을지도 모르겠구먼. 지금꺼정 내가 파고 있던 구덩이는 무덤이라 하기에는 너무 깊었고, 집이라고 하기에는 너무 얕았던 것인지도 몰러. 하지만 어쩔 것이여, 이제와 가늠하면 또 어쩔 것이여, 결국엔 이렇게 나와버리고 말 것이었는데 말이여.

이왕지사 떠나기로 마음먹었으면, 그래서 꾸역꾸역 기어올라왔으면, 더 이상 뒤돌아보지 말고, 망설이지도 말자고. 이것 좀 보라구, 내 몸뚱아리가 빛을 내고 있지 않은가 말이여. 발정난 괭이새끼 눈깔처럼 푸르스름하게 빛을 내고 있구먼. 내달리고 싶은 거여, 더 이상 갇혀지내기는 싫었던 거여, 근력이 다할 때꺼정 그저 내달리고만 싶은 거여. 가자고. 빨리 가뿌리자고. 가까이에서 괭이 울음소리가 들리는 것을 보믄 인적 끊긴 지는 벌써 오랜 듯허고, 마침, 달도 보이지 않는 그믐이라, 딱 좋구먼, 딱 좋아. 이제 그만 서두르자고, 밤도 충분허게 깊었는디 말이여.

허지만 워디로 말이여? 땅 위에 올라서기는 올라섰는디, 바람꽃을 찾으러 달려가기는 가야 쓰겠는디, 이건 도무지 어디로 가야 하는지 갈피를 잡을 수가 없구만. 길을 따라 가는 것이 제일 좋겠제. 바람꽃도 역시 길을 걷는 사람들에 속해 있으니, 어디든 길 위에 있지 않겠는가 말이여. 서쪽 고갯마루를 넘어서 큰길로만 나가면, 그 길 따라가면 어디서라도 만날 수도 있을지 모르겠구먼. 근디, 그 길고 긴 길을 어떻게 다 뒤질런지 말이여, 지금 어디쯤이라도 있는지 알 수 있으면 이리 막막허지는 않을텐데 말이여. 허긴 그 패거리들이 어디 정해두고 다니는 법이 있어야 말이지, 같은 자리에서 두 번 잠을 청하는 일이 없는 사람들인데 말이여, 이곳에서 저곳으로, 봇짐을 메고 흘러 다니면서 사는 사람들인데 말이여.

이건 또 뭐여, 워메, 숭헌 놈의 꽹이새끼덜, 눈깔에 시퍼렇게 불을 켜고 갸릉거리기는, 간 떨어지는 줄 알았잖여. 거, 내가 짝짓기를 방해헌 것 같은디, 그건 미안혀. 허지만 내가 모르고 한 짓이여, 참말로 무심결에 밟은 게지, 무신 억한심정이 있었던 것은 아니더라고. 그라도 그동안은 내가 느그들이 내지르는 고 기분 나쁜 감창 소리도 군소리 없이 받아주지 않았드냐. 느그들이야 좋아서 지랄이었을 것이겠지만, 우리덜이 듣기엔 얼매나 징그러운지 알기나 아는 것이여. 어젯밤만 하더라도 그랴, 참으로 모질게 울더먼, 젖 떼이는 아이처럼, 에미 잃어버린 아이처럼, 모질게도 울더구먼, 내 듣지 않으라고 이리 뒤척, 저리 뒤척, 암만 몸을 비틀어봐도, 쉽게 떨궈지지 않았다니께, 참으로, 모질게도 따라댕기더구먼그려. 그려도 해꼬지한 적은 없지 않은 가 말이여, 내 말은.

음메, 이 잡것들이, 그라도 봐줄 생각은 않고, 꼭 달려들 듯이 지랄이네, 지랄이여. 아따 그만 허드라고, 느그들 목소리도 영감탱이 목소리만큼이나 사람 성깔 돋구는 소리니께, 이제 그만 혀. 이것들이 어디서 쌍심지를 피우고 있다냐, 이놈의 꽹이새끼들, 아주 요절을 내뻐리든지 해야지. 그려, 이 돌맹이로 대갈통을 작살내든지 해야. 내, 이놈들을.

워메, 워메, 워메, 이 쌍늠의 괭이새끼덜 왜 넘의 얼굴을 할퀴고 지랄이랴. 꼭 불쏘시개로 지지는 것 같구먼, 하이고, 이거 피까정 흐르잖여. 히힛, 그라도 아프지는 않네 그려, 아니, 후련하구먼, 좀 따끔거리기는 혀도 차라리 후련하구먼. 고것, 분명히 수놈일 것이여, 제 짝을 잃어버린 수놈일 것이여, 고놈 그래도 제짝을 찾으려고 강단부리는 품이 마음에 드는구먼. 그려, 나도 이제 저 놈처럼 강단을 부려봐야 쓰겠는디.

근디, 어째 자꾸먼 고개가 돌려지는구먼, 여그, 이 고갯마루만 넘어서면 내가 나고 자란 이곳에서 떠나가는 것이라고 생각허니께 자꾸만 뒤가 궁금해지는구먼. 그려, 한번 만이여. 꼭 한 번만 더 돌아보고, 넘어가버릴 것이구먼. 저그, 저그쯤이 바람꽃이 살던 움막일 것이고, 저그쯤이 개똥할메가 살던 자릴 텐디 말이여, 이젠 불빛 하나 보이질 않는구먼. 생광시런 영감탱이 하나 땜시 우리 마을도 아주 아작 나고 말았단 말이여. 근디, 저그, 저 불빛은 뭐여. 얼레, 저기는 우리집이 있을 자리인디, 그렇구먼, 저건 틀림없이 누이가 달아놓은 등불이란 말이여.

누이야, 늬가 또 나를 기다리고 있구먼. 아부지를 기다리다 피 토하고 죽어뿌린 어무이처럼, 이젠 늬가 나를 기다리고 있는 것이구먼. 참으로, 저것이 눈에 들어오니, 또 우리 누이 얼굴이 보고 싶어지는디, 어쩌란 말이여, 내는 벌써 이렇게 떠나가고 있는디, 그렇게 자꾸만 기다리고 있으면, 나는 어떻게 하란 말이여. 누이야, 마지막으로 얼굴이라도 보고 싶었는디. 미안혀, 누이야. 허지만, 돌아올 것이구먼, 한 번만, 한 번만 더 바람꽃을 만나고 나서는, 내는 꼭 다시 돌아올 것이구먼.

6

누이가 나를 기다리는 것처럼, 그 옛적에 어무이도 아부지를 기다리고 있었구먼. 참으로 지독허기도 허지, 삼백예순날 하고도 다시 삼백예순날을 어찌 그리 하루도 거르지 않고 정안수를 떠다 바쳤는지 모르겠네. 생각해보면 살가운 것이라고는 쥐뿔맨큼도 없었던 영감탱인데 말이여.

"술집 계집에 미쳐서 우리 싫다고 떠나버린 사람을 뭐 그리 기다리고 그러요?"

애비 없이 자란 몇 년 동안 제법 대가리가 굵어진 내가 시비를 걸어도, 어무이는 한결같은 표정으로 비손질을 허고, 남포 심지를 돋아서 처마끝에 달았구먼. 그저, 체머리만 흔들면서, 늬 아부지는 그깟 계집에 빠진 것이 아니라고, 더 깊은 우물을 파려고 땅속에 파묻혀 있는 거라고, 이제 곧 돌아올 거라고, 이제 곧 그 우물을 다 파고 돌아오실 거라고, 이제는 마을 사람 그 누구도 믿지 않는 거짓부렁만 삼켜댔다니께. 늬 아부지가 길을 잃지 않도록 등을 높이 달아야 한다고 주절대기만 했다니께.

사실, 아부지를 기다리던 것은 어무이만은 아니였거든, 마을 사람들도 모두 아부지가 빨리 돌아오기를 바라고 있었단 말이여. 아부지가 없으니 온 동네 우물들이 말라붙기 시작했어. 아부지가 없으니 누구 하나 우물을 간수할 줄을 모르더란 말이여. 일 년에 한 번씩은 우물에 들어가 속을 다독여줬어야 하는데, 누구 하나 그 속으로 들어갈 염두를 내지 못했거든. 그러다 보니께 우물은 자꾸 말라갔고, 우물이 마르니께

26

너나없이 자기 앞뜰에 우물을 팠단 말이여. 수맥(水脈)은 고사허고 땅구덩이 하나 깊이 파지 못하는 주제들이 우물을 파려고 했으니, 땅이라고 온전하게 배겨낼 수가 없었던 것은 당연한 이치가 아니겠냐고.

또다시 삼백예순날이 지나서, 길짜귀를 밟으며 아부지가 돌아왔을 때는, 이미 온 마을의 물들은 씨가 말라버린 후였구먼, 어무이의 혼백에도 생기가 말라버린 후였고. 그토록 원망을 했던 아부지였지만 막상 얼굴을 보니 그리 반가울 수가 없었어. 아부지가 돌아왔으니, 이제 동네의 우물도 다시 물이 올라올 거고, 어무니도 힘을 얻어 살아날 거라고 생각했던 것이여.

근디, 그것이 그렇지가 않았구먼. 아부지의 우물에서는 물이 나지 않았단 말이여. 아부지는 열흘을 하루처럼, 동녘 들판에서 떠오른 해가 서녘 언덕배기로 기울 때까지, 꼿꼿했던 허리 굽혀져 정강이에 붙을 때까지, 땅 속에 틀어박혀 흙덩이를 떠올리고 또 떠올렸지만, 아무것도 나오지 않았구먼. 아부지가 파내려가는 구덩이는 날마다 한 뼘씩 깊어져갔지만, 다시는 그 속에서 물이 솟아오르는 것을 볼 수 없었구먼.

사람들은 아부지의 영기(靈氣)가 말라버렸다고들 했어. 이제 우리 마을에서는 다시는 물이 나지 않을 거라고 했어. 모두 맞는 얘기였구먼. 결국 아부지는 지쳐 나자빠져 버리고, 사람들은 하나둘씩 짐을 챙겨 길을 떠났구먼. 예전에 우리 마을을 찾아왔던 장돌뱅이들처럼, 이제 우리 마을 사람들이 길을 걷기 시작한 것이여. 사람들은 아부지를 원망하며 떠나버렸구먼. 사람들이 떠나니 논밭도 모두 말라버리고, 논밭이 말라버리고 나니 남은 사람들마저도 떠나야했어. 마을은 삽시간에 빈 껍질만 남아버리고 말았구먼.

마지막까지 논밭을 지키던 삼돌아재마저 떠나가던 날, 어무이도 떠나버렸구먼. 아침부터 핏뎅이를 쏟아내더니 결국 저녁 참까지 기다리지도 못하고, 그렇게 기다렸던 아부지 얼굴도 보지 못허고, 떠나가버렸제. 하루 종일 땅속에 박혀 있던 아부지가 돌아와서, 싸늘해진 어무이를 등에 업고 고갯마루를 넘었구먼. 불쌍한 우리 어무이, 꽃상여 한번 타보지 못허고 고개 너머로 떠나갔단 말이여. 그렇게 가버렸단 말이여. 넘들 다 밟고 넘는 길짜귀 밟지도 못허고 아부지 등에 업혀 열명길로 갔단 말이여. 영영 가버렸단 말이여.

7

이제 이만허믄 길도 걸을 만큼 걸었는디, 도무지 길은 줄어들 줄을 모르는구먼. 몇 번이고 발치에서 놓치고는 했구먼. 요만큼만 더 가면 닿을까, 조만큼만 더 가면 찾을까, 얼굴 한번 보려고, 여그꺼정 걸어왔는디, 아무래도 내가 다시 바람꽃을 만나기는, 힘들 것만 같구먼. 산등성이 비탈길에는 말이여, 벌써 세 번이나 바람꽃이 피고 지었는디 말이여, 내가 찾는 바람꽃은 영 보이질 않는구먼.

바람꽃, 그랬구먼. 어무이가 지독스레 몸져누웠을 때였어. 빙충맞은 영감탱이는 돌아와도 돌아온 것 같지 않았는데 말이여, 돌아오자마자 또 땅속으로나 처박혀 버렸는데 말이여, 어무이는 자꾸 아프기만 했었구먼. 열이 펄펄 오르고 아침부텀 핏덩이도 한가득 토해버렸구먼. 나는 망태기 하나 어깨에 걸고 무작정 언덕으로 올라섰어. 어무이 무르팍에서 듣던 옛날 이야기처럼, 어쩌면 산신령이 내게도 산삼 한 뿌리 내려주지 않을까 해서, 그래 언덕을 올랐더구먼. 그때 늬가 보였어. 삼돌아재의 손을 꼭 잡고, 앞섶에는 작은 보퉁이 하나를 안고 언덕 아래 마을을 내려다보고 있는 늬가 있더구먼. 무엇이 그리 싫었고, 무엇이 그리 부끄러웠는지, 이젠 기억도 나지 않는구먼. 그려, 벌써 오래 전이니게 말이여. 나는 뒷걸음질로 달아나는데 늬가 자꾸만 쫓아왔는지, 늬가 자꾸만 달아나는데 내가 쫓아갔던지, 아무튼 삼돌아재가 보이지 않을 무렵쯤에서, 늬는 내게 입을 맞췄단 말이여. 아니, 내가 늬에게 입을 맞췄던 것도 같구먼. 말도 못하고 서로 얼굴도 쳐다보지 못하고 고개만 숙이고 있는데 말이여, 그때, 늬가 생광스럽게도 묻지 않았던가 말이여.

"이게 무슨 꽃이여?"

바람꽃. 멀뚱한 눈으로 바라보고 섰는 내 눈에다 대고 너는 다시 말했구먼.

"그라문 이제부터 나도 바람꽃이구먼."

그려, 그랬구먼, 그랬던 것이었어. 바람꽃, 삼돌아재네 외동딸, 나의 바람꽃. 그때부터 나는 늬를 찾고 싶었던 것이구먼. 여즉꺼정 나는 기억하고 있구먼, 그때, 늬 눈가에서 펄렁이던 산들바람을 말이여. 늬는 그 길로 마을을 떠나야 했지만, 나는 떠날 수가 없었어. 물론 그 뒤로도 가끔씩이야 만날 수가 있었제, 한 달에 한 번씩 삼돌아재가 늬 손을 잡고, 언덕을 넘어 찾아오곤 했으니까 말이여. 삼돌아재는 언제나 장사 나가는 길에 들렀다 했지만, 내는 알고 있었구먼. 그건 아부지를 보러 오는 거였어. 아부지가 다시 파놓았을 우물을 보러 오는 거였단 말이여. 예전처럼 차고 맑은 물이 솟아나는 그런 우물을, 보고 싶었던 것이여. 아마 돌아오고 싶었을 것이구먼. 자기가 가꾸던 땅으로 돌아오고 싶었을 것이여. 허지만 고것은 헛일이었구먼. 삼돌아재는 그때꺼정도 아부지를 믿었지만, 이미 아부지는 송장이었구먼. 모주팔이 계집에게 영기를 다 빨려버려 껍데기만 남은 송장, 빙충맞은 영감탱이에 불과했더란 말이여.

그러다가, 삼돌아재는 다시는 돌아오지 못했구먼. 늬가 혼자 언덕바지를 넘어온 적이 있었어. 삼돌아재가 많이 아프다고 했구먼. 이제 일어나지 못할 것이라고 했구먼. 그래서 자기 먼 곳으로 지금보다 더 먼 곳으로 떠나가야 한다고, 장돌뱅이들을 따라서 떠나야 한다고 했제. 무슨 말인가 싶었구먼. 처음에는 늬가 무슨 말을 하고 있는지 알아먹을 수가 없었구먼. 나중에야 알아들을 수가 있었단 말이여. 그땐 참말로 늬가 왜 울어쌓는지, 왜 자꾸 품으로 파고드는지, 왜 내 손을 잡아 저고리 속에다 집어넣는지, 몰랐단 말이여. 난 암껏도 몰랐단 말이여. 나중에야 알았구먼. 늬가 떠나뿌리고, 꼬박 사흘 낮 사흘 밤을 방구석에 처박혀 있다가, 그리고 우리 영감탱이가 나를 땅구뎅이 속으로 던져넣은 후에야, 그때야 알았구먼. 늬를 잡아달라고, 나헌티 늬를 잡아달라고, 말했던 것이란 걸 그제서야 알았구먼.

그려, 언제나 그렇단 말이여. 나는 꼭 한 걸음씩 늦는단 말이여. 한 걸음만 빨리 집으로 돌아왔어도 어무니 가는 길에 손이라도 잡아주었을 텐데 말이여, 한 걸음만 빨리 집을 떠났어도 늬를 잡을 수 있었을 텐데 말이여. 지금도 또 그라는 것은 아닌지 모르겠구먼.

이 고개만 넘으면 우리 마을일 텐디, 어째 쉽게 발이 옮겨지지 않는

단 말이여. 사실로 말허자믄, 벌써 이 길을 몇 번이나 왔다 뒤돌아뻐렸는지 모르겠네. 이상스럽게도 발을 딛을 수가 없었구먼, 그저 쭈욱 한쪽 발을 내딛으면 눈 감고도 따라갈 수 있는 길인데 말이여, 도무지 그 한 발짝을 내밀 수가 없었어.

여그, 여그 핀 길짜귀 때문이 아닌지 모르겠어. 그 많던 길짜귀들이 모두 사라져버리고, 이제 겨우 흔적만 앙상해진 이 길짜귀들 말이여. 왜 사람들이 그렇게들 말하지 않는감, 산에서 길을 잃었다가 길짜귀가 보이면 인가가 멀지 않다고들 하지 않는가 말이여. 근디, 여기맨코롬 무성했던 길짜귀들이 사라져버렸다믄, 고것은 무슨 뜻인지 모르겠드라고. 혹시, 말이여, 저그, 저 너머에 달랑 하나 남아있던 인가마저도 말이여…….

아니겠제? 설마, 그란 것은 아니겠제?

8

여즉꺼정 나를 기다리고 있었구먼. 뭐 헐라고, 참으로 뭐 헐라고 그랬던 것이여. 가겠다는 말 한마디 하지 않고 떠나버린 동생놈이 뭐 그리 그립다고, 처마끝에 등불을 매달아놓고 있느냐는 말이여. 저것이 없었다면, 차라리 불빛 하나 보이질 않았다면, 내가 이리 울바자께에서 서성이고만 있지도 않았을 것이구먼.

아니여, 그랬던 것이 아니구먼. 자드락길 기어올라 마을이 보이기 전만 해도, 등불이 달려 있지 않으면 어쩌나 허고 걱정하고 있었드랬구먼, 혹시나 보이지 않으면 어쩔꺼나, 기다리다 지쳐서 이제 떠어버렸으면 어쩔꺼나, 얼음비 맞은 강아지마냥 보들보들 떨고만 있었드랬구먼. 헌디, 헌디 말이여, 동구에 들어서면서 저그 멀리부터 불빛이 눈에 박혀 들어오니께, 온몸의 맥이 턱 허니 풀리는 것이 꼼짝할 수가 없었구먼. 이상하고 또 이상한 노릇이제, 그렇게 걱정되던 마음은 말끔허니 없어지고, 오히려 슬금슬금 부화가 피어오르더란 말이여, 미욱허니 나만 기다리고 앉았을 누이를 생각하니 천불이 올라와 견딜 수가 없었구먼. 대체 말이여, 내가 저 불빛을 기다렸던 건지, 피하려고 했던 건지, 도통 종잡을 수가 없구먼.

길을 걷고 있을 때는 이러지 않았는데 말이여. 그저 저 앞에 바람꽃이 있을 것이라고만 생각하문 다른 것은 암껏도 생각허지 않고 걷기만 하면 됐었는데 말이여. 역시 돌아온 것이 잘못인지도 모르겠구먼. 평생 만나지 못한다고 하더라도, 내가 길 위에만 있다면야, 그것이 바로 이정표가 될 것이니께, 요로코롬 종잡지 못하고 서 있지만은 않을 텐디 말이여. 다시 뒤돌아가뻐리는 것이 좋을지도 몰러. 어쩌면 그것이 더 좋을지도 몰러. 허지만 또 그게 아니여, 그러려고만 하면, 왜 이리 발이 떨어지지 않는지, 그것도 또 모르겠단 말이여. 꼭 마을을 떠나던 그날처럼, 발이 땅바닥에 붙어버린 것맨치롬 떨어지지 않으니, 어째야 하는 것인지 알아먹을 수가 없구먼.

누이야, 아이고메, 내가 또 왜 이러고 있는 것이여. 저그 누이가 나오지 않았느냐고. 밤이슬에 온몸 젖어 축축해지면 보고 싶던 누이가, 인심 험한 장터에서 왈짜패들 주먹질에 짓밟히고 넘의 집 연통 밑에 쪼그려 앉으면 떠오르던 누이가, 짠내가 진동하던 선창가 주막집 갈보

32

년 가슴팍에 고개 디밀면 생각나던 누이가 아니드냐고, 바로 그 누이가, 저그, 저 앞에 나오지를 않았드냐고. 그런디 왜 이렇게 나무 그늘 뒤에 숨기만 하는 것인지, 참으로 내 마음이지만 나도 잘 모르겠구면.

무엇을 저리 소중허게 안고 가는 것이여, 옷은 또 왜 그리 허연 것으로 입고 말이여, 어디 가는 것이여, 누이야, 내가 왔는디, 삼 년 동안 헛발질만 허고 내가 지금 여기에 와있는디. 늬는 어디로 가고 있는 거여, 누이야. 그라고 보니, 시방, 그리로 가는 것이구먼. 가슴폭에 정안수 한 사발 담아 안고, 장독께로 걸어가고 있는 것이구먼. 그리로 말이여, 어무니처럼 말이여, 늬도 시방, 그러려고, 가고 있는 것이구먼.

왜 이러는지 모르겠구먼. 소리내지도 못허고 비손질만 거푸 허는 늬 손이 말이여, 자꾸면, 자꾸면, 내 눈가를 잡아뜯는구먼. 늬 손에 잡아뜯겨, 내 눈에는 뭔 뜨뜻헌 것을 이리도 흘리는지 말이여, 흘러내리고 있는지 말이여. 그려, 생각해보면, 내가 걸었던 길, 그 뒷꽁지에서는 늘상 불빛 하나가 반짝이고 있었구먼. 나는 그걸 알고 있었단 말이여, 일부러 모르는 척 자꾸 에둘러서 가기만 했지만, 나는 처음부터 알고 있었구먼. 그걸 알았기 때문에, 험한 산길을 오를 때도 험한 줄을 몰랐고, 더운 들판 지날 때도 더운 줄을 몰랐고, 길가에서 이슬 맞으며 잠들어도 추운 줄을 몰랐던 것이여. 바람꽃이 내 길을 끌어주는 것으로만 알았구만, 헌데, 그것이 아니었단 말이여, 언제나 등 뒤에서 불을 밝히고 기다리고 있었을 작은 남포 하나가 나를 끌어주고 있었던 것이구먼. 나를 끌어 이리로 살아, 돌아오게 한 것이란 말이여.

9

어째 그리 가만히만 있는 것이여. 이제 그만 말을 좀 해보지 그라요.
간만에 보았는디, 어찌 그리 반가운 태도 내지 않는지, 쪼끔 섭섭허기
도 허구먼요. 인자는 나헌티 잔소리를 늘어놓기도 지쳐버린 것이요.
이 놈 쌍통머리 쳐다보기도 싫은 것이요. 아따, 왜 두 눈은 그리 진물
나도록 꼭 감고 그런다요. 미안허요, 원체 이눔이 늦게 되어서 그런 것
이니, 어쩌겠소. 미안허요, 이제 와서 미안허다고 하는 것이 무슨 소용
이 있을지 모르겠지만, 내가 참말로 미안허요.

먼길을 돌아서 왔구먼요. 멀고먼 길을 돌아서, 결국 여기로 다시 왔
구먼요. 그동안의 일이야 차차로 말하겠지만, 꼭 그럴 필요가 있을런
지 모르겠구먼요. 같을 것이란 말이요. 아부지가 젊었을 적에 걸었던
길허고, 내가 이제사 걸었던 길허고는, 우물물에 자기 얼굴 비춰보는
것만큼이나 똑같이 생겼을 것이란 말이요.

그래, 결국 아부지도 여기로 돌아왔구먼요. 어무이가 맨날 말허고
는 했는디, 칭얼거리는 나를 안고서 맨날 말했었구먼요. 늬 아부지는
땅 속에 묻힐 사람이라고, 하루에도 몇 번씩 말하고는 했었단 말이
요. 그 말을 들었을 때야, 나는 암껏도 몰랐지만, 어쩌면 어무니 가슴
팍이 그리 따뜻했던지, 아부지가 들어앉은 땅속이 요기, 이 젖가슴맨
큼이나 따뜻헌가 보다, 그리 따뜻한 곳에 들어가 있으니 아부지는 이
리도 돌아오지 않는가 보다, 그리 생각했었단 말이요. 헌디, 나도 여
기에 들어와서 앉아보니 말이요, 꼭 어무니 가슴속을 파고 들어앉은
것만 같이 뭉근허요. 추운 들판을 돌아다니다가 집으로 들어온 것만

같구먼요.

이제 쪼끔만 더 기다리면 동이 틀 것이구먼요. 그라면 나랑 같이 올라가십시다요. 아무리 여그가 아부지 집이라고 혀도 이런 곳에서 잠들어뻐리면, 고개 너머 어무니는 또 얼마나 외로울 것이요. 내가 아부지를 업어다가 어무니 곁에 눕혀드릴 테니께, 고집 부리지 마시고 올라가십시다요. 여그는 내가 마무리 지을 것이니, 암껏도 걱정허지 마요. 이젠 나도 제법 여그가 집 같구먼요, 내가 집처럼 알고 살 것이니, 같이 올라가십시다요.

어둠이 찢어지고 있소. 해가 떠올랐나 보구먼요. 이것 보요, 여그로 내리 들어오는 햇살이 꼭 작살 같구먼요. 요 밑에 고인 그늘들이 꼭, 눈동자에 작살 꽂힌 이무기처럼 꿈틀거린다는 말이요. 비릿허요, 비릿한 냄새가 코를 찌르는구먼요. 피 흘리고 있나 본디, 작살 맞은 어둠이 피 흘리고 있는 것 같구먼요. 허기는, 그깟 피 좀 흘리면 어떠요, 그렇게 쉽게 꿈틀거릴 것이라문, 차라리 썩은 피나 한 됫박 흘려버리고 굳어지는 편이 더 좋을 것이요. 허지만 이것은 피냄새는 아니구먼요. 피냄새도 이것처럼 역겹기는 허지만, 씻어버리면 지워질 것인데, 이것은 분명 닦아낸다고 지워질 냄새는 아니구먼요. 썩어가고 있는가 보구먼요. 아부지 낡은 몸뚱아리가 쉰내를 피우고 있나 보요. 허기사, 그깟 몸 좀 썩어뻐리면 어떠요. 쉽게 아파허고, 쉽게 슬퍼지는 것이 몸인디, 차라리 썩어뻐리고 뼈만 남아 단단해지면 또 어떠요. 허지만 또 쉰내만도 아닌 것 같기도 허요. 쉰내가 이처럼 살갑기는 허지만, 그것도 다 썩어버리면 사라질 것인디, 이건 분명히 사라질 냄새는 아닌 것 같으니 말이요. 이것은 말이여, 꼭 배냇물 터질 때 나는 냄새 같구먼요.

그려, 그렇구면요. 꼭 그 냄새구면요. 갑시다요, 아부지. 머리 위가 희붐헌 걸 보니, 이제사 길이 트였나 보요. 나하고 밖으로 나갑시다요. 그래야 나도 아부지 업어다 주고, 여그로 다시 내려와 우물을 파야 헐 것 아니요. 갑시다. 해가 이미 떠올랐겠소.

그녀의 정원에는 향기가 나지 않는다

아파서, 머리가, 가슴이, 눈이…… 너무 아파서, 나는 물을 쏟아냈다. 소리가 나지
도, 코끝이 찡하지도, 하다못해 슬프지도 않았는데, 눈에서 자꾸만 물이 흘러나왔
다. 십자가를 비추던 불빛들이 물방울에 닿아 튕겨나갔다. 나는 흘러내리는 물을 닦
아내지도 못하고서 중얼거렸다. 어쩌면 그녀의 정원에는 처음부터 향기가 나지 않
았을지도 모른다고.

그녀의 정원에는 향기가 나지 않는다

1

당신을 만지고 싶어.

그녀의 말이 눈앞으로 떠올랐을 때, 나는 들고 있던 머그잔을 떨어뜨리고 말았다. 이런 제길, 며칠 동안 누워있었더니 아귀힘이 풀어져 버린 모양이다. 원체 잔병치레가 많기도 하지만, 이번 감기는 너무 독했다. 아무리 약을 먹어도 떨어질 줄을 모르고 거의 한 달 동안이나 끙끙거렸다. 주말을 꼬박 침대에서 보내고, 새벽에서야 조금 나아졌다.

쏟아진 커피가 컴퓨터 키보드 사이사이로 스며들었다. 더 이상 번지기 전에 닦아내야 해, 그러지 않으면 치명적일 수 있어. 하지만, 움직일 수가 없었다. 손가락 하나도 까딱할 힘이 없었다. 머리가 지끈거렸다. 아무 것도 할 수 없었다. 시스템이 다운된 것처럼, 내 몸은 작동을 멈추고 입력되는 명령을 인식하지 못했다.

알아, 당신이 좋아하지 않으리라는 걸. 하지만…….

나는 돌발적인 것을 좋아하지 않는다. 예기치 못한 상황들, 이를테면 시행일이 밝혀지지 않았던 바이러스, 갑자기 돌출되는 시스템 버그, 알 수 없는 오류 등등의 것들, 그런 것들이 주는 곤혹스러움을 좋아하지 않는다. 어긋난 부분을 찾아내고, 평소에는 거들떠보지도 않았던 자질구레한 가능성들을 타진하고, 흩어져버린 조각들을 여기저기에서 긁어 모으는, 성과를 기대하기 힘든 일련의 과정들. 나는 이런 과정들이 귀찮은 것이다.

이런 말을 하는 나 역시 쉽지는 않았어.

정렬된 시스템에 내려지는 정당한 명령은 결코 문제를 일으키지 않는다. 정확한 명령어로 시작된 연산은 명쾌한 결과를 내놓는다. 내가 좋아하는 것은 바로 그런 것이다. 납득할 수 있는 선택에서 비롯된 예측할 수 있는 결과. 하지만 버그 없는 시스템은 있을 수 없는 것처럼, 언제나 돌발적인 상황이 발생하기 마련이다. 바로 지금처럼.

당신은 어떻게 생각할지 모르지만, 나로서는 어쩔 수가 없었어.

그래, 어쩔 수 없다. 의도했던 상황은 아니지만, 피할 수 있는 상황도 분명히 아니다. 움직여야 한다. 그냥 이대로 넋을 놓고 있다고 해서 해결되는 것은 아무 것도 없다. 귀찮고 짜증나는 작업이겠지만, 시작하자. 나는 제법 체념이 빠른 편이다.

대답해 줘. 당신의 대답을 듣고 싶어.

그녀의 독촉을 받고 나서야, 나는 비로소 몸을 움직이기 시작했다. 대단한 것은 아니야. 전에도 이런 적이 있었어. 물론 그때는 당황했지. 하지만 지금은 아니야. 이런 일을 당했다고 새삼스러울 것은 없어. 나는 천천히 몸을 돌려 티슈를 뽑아들었다.

당황한 거야?

당황할 것은 없어, 문제가 생기면 그 부분을 수정하거나 삭제해버리면 그만이거든. 단지 귀찮을 뿐이야. 짜증이 날 따름이고. 지금의 경우도 그래, 더 이상 스며들기 전에 닦아 내버리면 그만이거든. 나는 우선 가늘게 찢은 티슈를 말아 키보드 사이로 밀어 넣고 커피를 빨아들였다. 무엇이든 드러나지 않는 것이 말썽의 발단이 되는 법이다. 특히 키보드처럼 예민한 것일수록 그렇다. 보이지 않는 부분에 신경을 써주어야지, 겉에 생긴 얼룩만 지운다고 해서 문제가 해결되지 않다.

나도 이렇게 되리라고는 생각하지 않았어.

내가 이리저리 꼼꼼하게 키보드에 묻은 커피를 닦아내는 동안에도, 그녀는 쉬지 않고 말을 보내왔다. 조금은 지겹기 시작했다. 그녀의 말이 지겹다고 느껴진 것은 처음이었다. 아니, 그동안 그녀와 나는 서로를 지겹다고 느낄 정도의 말을 해본 적이 없었다. 내가 그녀에게 보냈던 말들은 업무에 관련된 것들 뿐이었고, 그녀가 보냈던 말은 업무진행보고이거나 내 질문에 대한 답변뿐이었다. 보내준 정보 잘 받았어. 이번 주는 너무 많아서 등록하는 데 시간이 좀더 필요해. 아무리 사람들이 원한다고 해도 그런 건 올릴 수 없어. 그런 일을 강요하지 말아줘, 난 창녀가 아니야. 이런 식의 짧은 회신들이 그녀가 내게 보냈던 말의 전부였다.

이런 느낌을 받아본 적이 없었으니까.

처음부터 돈을 목적으로 만났던 사람들이라고 해도, 어느 정도 시간이 흐르면 편편해지기 마련이다. 적어도 내가 같이 일했던 사람들은 그랬다. 하지만 그녀는 다른 사람들과는 달랐다. 바로 그런 것이 내가 그녀와 일 년이 넘도록 같이 일할 수 있었던 이유였다. 역시 동업은 사무적인 관계로 끝나야 한다. 개인적인 감정은 동업자라는 관계를 어색하게 만들고, 그런 어색함이 쌓여 일이 틀어진다. 그녀와 나처럼 정당하지만은 않은 일을 하는 사람들 사이에서는 더욱.

그런데 그녀가, 지금까지 별다른 문제없이 지내왔던 그녀가, 나를 어색하게 만들고 있다. 물론 사람의 감정이란 컴퓨터 프로그램처럼 완벽하게 제어될 수야 없겠지만, 그래도 이건 아니다. 이런 식의 요구는 결코 정당하지 않다. 올바른 명령어가 아니다. 나는 그녀의 애인이 아니라, 동업자일 뿐이다.

부탁이야…….

또다시 그녀가 내게 정당하지 못한 명령을 강요하고 있다. 아무리 간절하게 원한다고 해도, 그녀는 나를 만질 수 없다. 그건 불가능하다. 그리고 무엇보다 나는 누군가를 만지는 것도, 누군가가 나를 만지는 것도 좋아하지 않는다. 나는, 손끝에 닿는 미적지근한 온기를, 그리고 땀이 배어 끈적거리는 손가락들이 내 몸을 쓸어내리는 감촉을, 좋아하지 않는다.

어째서 내가 이 따위 일을 강요받아야 하는가. 그녀는 알고 있다. 적어도 내가 그녀를 알고 있는 정도만큼은, 그녀 역시 나를 알고 있을 것이다. 그녀와 내가 처한 상황이나, 내가 무엇을 좋아하고 무엇을 싫어하는지 정도는 이미 그녀에게 몇 번인가 이야기했다. 그런데도 그녀는 그런 요구를 그치지 않았다.

단 한 번이라도 좋아.

눈앞이 어두워졌다. 눈을 감아보았지만, 그녀의 말이 또렷하게 떠올라 사라지지 않았다. 기침이 터졌다. 한풀 꺾였던 감기가 다시 도진 모양이었다. 지독하군, 떨어지지가 않아. 나는 자리에서 일어나 책상 서랍에서 아스피린을 꺼냈다. 여전히 이마는 열이 올라 뜨거웠고, 손 끝이 떨렸다.

당신은 이해할 수 있을까?

아스피린을 삼키고 책상으로 돌아왔을 때, 그녀는 내게 또 다른 말을 보내왔다. 여전히 내게는 난감하게만 느껴지는 요구사항이었다. 골치가 아팠다. 그녀에게 무슨 말인가를 보내고도 싶었지만, 꼼짝도 하기 싫었다.

난 이해 받기를 원해.

그러나 그녀를 이해할 수 없었다. 무엇을 이해하란 말인가. 내가 알고 있던 그녀는 지금의 그녀가 아니었다. 그녀 역시 나만큼이나 다른 사람의 손길이 닿는 것을 싫어한다고 말했고, 일정한 거리가 유지되는 관계를 원했다. 그런데 왜 지금에 와서야 이렇게 말하는 건지, 나는 도저히 이해할 수가 없다.

왜 말을 하지 않지?

제발, 그냥 내버려둬. 나는 지금 아파. 당신과 대화를 할 수 있는 상태가 아니야. 그녀가 나를 볼 수 있다면 얼마나 좋을까. 지금, 이렇게 아파하는 나를, 그녀가 볼 수 있다면. 그랬다면 나를 이렇게 힘들게 만들지는 않을 텐데. 하지만 그녀는 너무 멀리 있었다. 태평양, 실감할 수 없을 만큼의 너비를 가진 바다가 그녀와 나 사이에 놓여 있었다.

말해 줘. 당신의 말을 보고 싶어.

아니, 차라리 그녀가 나를 보지 못하는 것이 좋겠다. 그렇다면 그녀는 내게 먹일 따끈한 음식을 만들겠다고 하겠지. 내 손을 잡아끌어 다시 침대에 집어넣고, 이불을 꼭꼭 여며줄지도 모르지. 내 이마를 짚어보고, 달아오른 입술에 차가운 입술을 가져다 대고, 아프지 마, 속삭일지도 모르지. 아니다. 내가 원하는 것은 그런 것들이 아니다. 이런 제길, 나는 그저 혼자이고 싶은 것이다. 아무도 건드리지 않는 곳에서, 끙끙거리며 쓰러져, 땀이나 한 번 흠뻑 쏟아버리고, 다시 일어나고 싶은 것이다.

아무 말도 하지 않는군. 내 눈 앞에는 내가 보낸 말들만 쌓이고 있어.

그래, 내 눈앞에도 당신이 보낸 말들만 쌓여있군. 이 정도면 충분하잖아. 아무리 당신이 그렇게 말을 해도, 나는 당신이 원하는 것을 들어줄 수 없어. 누구에게나 그런 것들이 있는 법이지. 해 주고 싶지만, 할 수 없는 일들. 당신도 잘 알고 있잖아. 그러니 그만해. 부탁이야.

목울대가 따끔거렸다. 잔뜩 부어올라 막혀있는 곳으로 입 안 가득 고인 침이 통과하는 것은 쉽지 않았다. 이제는 정말, 더 이상 그녀의 말을 듣고 싶지 않다. 나는 지쳤고, 쉬고 싶을 뿐이다. 머리가 무거웠다.

혼잣말을 하고 있는 느낌이야.

내게 왜 이러는 거지? 그렇게 사람이 필요하면 지금이라도 일어나. 그리고 밖으로 나가. 지금 여기가 늦은 오후니까, 거기는 자정 이전이겠네. 어디 가까운 클럽이라도 찾아가서, 어슬렁대는 사내놈 하나 고르면 될 거 아냐.

함부로 말하지 마.

거긴 여기보다 만나는 것도, 헤어지는 것도 쉽다며? 그럼 놈팡이 하나 고르는 것도 그리 어렵지 않을 거 아냐. 적당한 놈 골라서 얘기 실컷 해. 술도 마시고. 내키면 같이 자던가. 그건 당신 일이야. 내가 관여할 문제가 아니라고.

그런 식으로 말하지 말아 줘.

껌둥이 놈이랑 붙어먹든, 마리화나를 피우든, 쓰리썸 게임을 하든, 그건 당신이 알아서 할 문제야. 내게 말하지 말고. 난 당신이 어떻게 하든지 상관할 수 없어. 하고 싶지도 않고. 아니, 동업자로서 충고하자면, 이왕이면 꼭 사진을 찍어 두라고. 그래야 우리 일에 써 먹어야 할 테니까. 잘됐군 그래, 사람들이 당신 마스터베이션 사진은 지겨워했었는데, 이제 좀 방문자가 늘겠어.

당신이라면 들어줄 것 같았어.

내게 그런 걸 바라지마. 나는 당신에게 아무것도 아니잖아. 이봐, 분명히 말하지만, 나는 동업자일 뿐이야. 당신 애인이 아니라, 동업자. 나는 당신에게 그 이상도 그 이하도 아니야. 당신도 내게 마찬가지고.

미안해…….

담배 한 개비를 입에 물었다. 이런, 컴퓨터 앞에서 담배를 피우려 하다니. 담배연기는 컴퓨터에 치명적이다. 모니터에 스며들어 화면을 바래놓기도 하고, 몇 달 동안 쌓일 먼지보다 더 많은 입자를 마더보드에 달라붙게 만들기도 한다. 하지만, 아무려면 어떤가. 떠오르는 대로 그녀에게 보내버린 말들이 눈앞에서 깜빡거렸다. 그 말들이 입안을 말라붙게 해서, 견딜 수가 없었다. 담배에 불을 붙였다.

당신이 화내지 않았으면 좋겠어.

그녀가 사라졌다. 목울대가 아팠다. 불에 달군 바늘이 목구멍을 훑고 지나가는 느낌이었다. 그녀는 이제 그만 나가보겠다는 말도 없이, 사라져버렸다. 어지러웠다. 며칠간 피우지 못했던 담배가 나를 어지럽게 만들었다. 손가락으로 이마를 짚었다. 미적지근한 온기가 느껴졌다. 끈적거리는 땀이 흘러내렸다. 일어나서 침대로 가고 싶었지만, 가지 않았다. 기다려야할 것 같았다. 그녀가, 내게 말을 하라고 요구하던 그녀가, 내가 말을 하고 나자 사라져버렸다. 나는 아직 여기 있는데, 접속을 끊고, 나가버렸다. 피곤했다. 머리가 무거워 견딜 수가 없다. 모니터에서는 아직도 그녀가 남긴 말들이 깜박이고 있다. 눈꺼풀이 감겼다. 그녀의 말들이 흐릿해졌다. 눈을 치켜떴다. 그녀의 말은 여전히 그 자리에 있었다. 하지만 그녀는 없다. 온몸으로 땀이 흘러내렸다. 다시 눈꺼풀이 감겼다. 잠을 자고 싶었다.

2

당신을 기다리고 있었어.

다시 컴퓨터 앞에 앉았을 때, 그녀는 거기 있었다. 어찌된 일일까, 가슴 한쪽은 후련해졌는데, 다른 한쪽은 답답해졌다. 다시 담배를 입에 물었다. 어지럽지는 않았지만, 여전히 목이 아팠다. 쉽게 침을 삼킬 수 있을 것 같지 않았다.

담배 한 개비가 다 타 들어갈 때까지, 나는 아무 말도 그녀에게 보내지 못했다. 화가 나 있는 것은 아니다. 그저 피곤하고, 막막할 뿐이다.

고층건물 입구에서 고장 난 엘리베이터를 만난 기분이었다. 그녀 역시 아무런 말도 보내지 않았다.

　우리가 말을 주고받지 않아도, 침묵이 그녀와 나를 감싸버려도, 세상은 여전히 돌아갔다. 익스플로러 툴바(Tool-bar)의 한쪽 귀퉁이에서 지구가 자전을 계속하고 있었다. 하지만 내가 열어놓은 대화창에는 아무런 움직임이 없다. 그저 비어있는 대화창에서 커서가 반짝이고 있을 뿐이었다. 깜빡이는 커서가 그녀가 아직 거기에 있다는 것을, 나와의 끈을 놓지 않고 있다는 것을 알려주었다. 가늘고 긴 실낱이 그녀와 나를 이어주고 있다는 생각이 들었다. 머리카락보다 가는 광케이블이, 그녀의 왼쪽 손목에서 내 오른쪽 손목으로, 내 왼쪽 손목에서 그녀의 오른쪽 손목으로 이어지고 있었다. 마치, 동맥과 정맥처럼. 커서의 깜빡임은 그녀에서 내게로 전해지는 심장박동이었다. 그녀의 심장박동이 모니터 안에서 나를 재촉했다. 이제 그녀에게 말을 보내야겠다. 바다를 가로지는 가는 실낱, 그녀와 나는 그 양쪽 끝을 잡고 서로에게 말을 건네려하고 있었다.

　기분 상했다면 미안해.

　이번에도 그녀가 먼저 말을 걸었다. 눈앞이 조금 밝아지는 기분이었다. 하지만 여전히 그녀를 어떻게 대해야 할지 난감하기만 했다. 그녀는 지금 무엇을 하고 있을까? 말이라는 것은 언제나, 뱉어내기 이전보다 뱉고 난 후가 더 어색한 법인데……. 혹시라도 그녀도 지금 자기가 뱉어낸 말 때문에 어색해하고 있지는 않을까.

　당신에게 그런 말을 하는 게 아니었어.

　그래, 예전처럼 그녀에게 말을 보내자. 그녀가 그런 말들을 꺼내기 이전으로 되돌아가자. 그것이 그녀를 가장 편하게 해주는 방법일 것이다. 기억을 더듬어, 그녀가 내게 말을 보내오기 직전을 생각해냈다. 그리고 그 끊어진 부분에서부터, 다시, 시작했다. 다시 업무 얘기를 하는 게 어때? 그게 당신과 내가 하려고 했던 거였어.

그렇게 해…… 당신이 원한다면.

그럼 지난주에 얘기했던 것부터 시작하자. 당신 사진에 대한 문제야. 사람들은 새로운 자극을 원해. 작년까지만 해도 당신 누드나 마스터베이션 사진만으로도 만족했지만, 이제는 달라. 식상해버린 거지. 사람들이란 항상 그렇잖아. 쉽게 흥분하고, 쉽게 싫증내고, 점점 더 강한 자극을 바라고…… 우리도 그들의 요구에 맞춰줘야 해.

그건 지난번에 이미 얘기했어. 난 창녀가 아니야. 그런 건 하고 싶지 않아.

알았어. 그건 접어두기로 하지. 나도 당신이 원하지 않는 일은 강요하고 싶지 않으니까. 하지만 당신도 우리 사이트 접속률이 떨어지고 있다는 것을 생각해줬으면 해. 이대로 가다간 몇 개 남지 않은 배너 광고마저도 떨어져 나갈 거야.

그건 나도 생각하고 있는 거야.

좋아, 다음은 〈컴샷(Cum Shot)〉 갤러리에 대한 얘기야. 이건 이미 서너 페이지는 채울 수 있을 정도의 자료를 보냈는데, 왜 개설하지 않는 거지? 아까도 얘기했지만, 이제 평범한 누드나 섹스 사진으로는 사람들을 모을 수가 없어.

꼭 그런 사진이어야 해?

사람들이 그걸 원하니까. 누구나 생각하고는 있지만, 감히 시도는 하지 못하고 있는 거니까. 이봐, 차별성이 있어야해. 그래야 살아남을 수 있어. 생각해봐, 처음 이 사업을 시작했을 때는, 정말 폭발적인 인기였잖아. 개설한지 한 달 만에 방문자가 십만을 넘겼으니 말이야. 왜 그랬는지 알아? 독창적이었기 때문이야. 누구도 이런 건 생각하지 못했거든. 젊은 여자 유학생이 운영하는 포르노 사이트, 〈장미의 정원〉. 하지만 지금은 어때? 숱한 모방 사이트가 생겼어. 단지 미국에서 유학 중인 여대생이라는 것만으로는 눈길을 끌 수 없게 된 거야. 이제 전략을 바꿔서 승부해야 해.

하지만 그런 건 마음에 들지 않아. 구역질이 날 것 같아.

여자라 좀 다른가? 남자들은 대부분 그런 걸 원해. 내가 말하고 싶은 건, 당신도 익히 알고 있겠지만, 우리 사이트에 들어오는 대부분의 사람은 남자라는 거야. 그리고 한가지만 더 말하겠어. 중요한 건, 당신이 바라는 게 아냐. 사이트에 들어오는 사람들이 원하는 거지.

왜 남자들은 그런 걸 원하지?

가학취미일 수도 있겠지. 정복욕 같은 거일 수도 있고. 하지만 무엇보다, 그 사진들은 섹스가 끝난 후의 모습이기 때문이 아닐까? 다른 사진들은 섹스 이전이나, 도중을 찍은 거잖아. 교복치마를 올려서 팬티를 보여주는 여고생이나, 팬티스타킹만 입고 펠라티오를 하는 여자. 이런 것들은 사람들을 흥분시키긴 하지, 그렇지만 흥분이 곧 만족은 아니거든. 그러나 그건 달라. 섹스 이후를 찍었어. 이미 욕구가 충족된 상태란 말이지. 사람들은 그런 느긋함을 즐기고 싶은 거야. 여자들의 얼굴에 쏟아 부어놓은 정액을 보면서, 사이버 섹스라는 마스터베이션의 한계를 뛰어넘고 싶은 거지.

마스터베이션?

그래, 마스터베이션. 아무리 사이버 공간에서 섹스를 한다고 해도, 그건 결국 마스터베이션에 지나지 않아. 정교하기 그지없는 시뮬레이션도 결국 진짜가 아니지. 진짜 같은 이미지, 진짜 같은 촉감을 느낄 수 있어도, 그건 진짜는 아니거든. 하지만 사람들이 원하는 건, 진짜야. 마스터베이션이 아니라, 진짜 섹스. 사람들은 언제나 현실과는 다른 꿈을 꾸고 싶어 하지만, 또 한편으론 그 꿈이 현실이기를 바라는 법이거든.

당신도 그래?

뭐? 갑자기 모니터 화면이 흔들렸다. 컴퓨터 앞에서 담배를 너무 많이 피운 모양이었다. 담배연기가 가장 많이 달라붙는 곳은 보드와 보드 사이의 접점, 전원과 하드웨어 사이의 접점이다. 언제나 연결고리라는 것은 불안하기 마련이고, 그 위에 쌓이는 입자들은 불안을 증폭시킨다. 그리고 언젠가, 예기치 못한 과부하가 일어나면, 모든 것은 단 한 번에 끝난다. 그동안의 결과물들, 그것을 쌓기 위해 들였던 시간과 노력들이, 한꺼번에, 복구가 불가능할 만큼 치명적으로, 소멸되어 버리는 것이다. 아무래도 내 컴퓨터에는 너무 많은 입자가 달라붙어 있는 듯했다. 위험하다.

그건 마스터베이션만으론 만족하지 못한다는 거잖아. 당신도 그러냐고?

글쎄…… 아무래도 이쪽으로 흘러드는 전류가 불안정한 것 같다. 모니터에 심한 노이즈가 나떴다. 불안하다. 하긴 그렇게 걱정할 필요는 없을지도 모른다. 어차피 컴퓨터 따위는 소모품에 지나지 않는다. 시간이 지날수록 거추장스러워지기 마련이고, 필요에 맞춰서 언제든지 교체할 수 있는 도구일 뿐이다. 하지만 이번 것은 이전의 것들과는 달랐다. 이미 일 년을 넘게 사용한 구닥다리이고, 지겹게도 많은 버그를 일으키고 있지만, 그래도 쉽게 망가지지 않았다. 그러나 이런 상태가 계속된다면, 견디기가 쉽지 않으리라. 포기하게 될지도 모른다.

그런데 당신은 왜⋯⋯.

드디어, 우려했던 일이 발생했다. 깜박이던 커서가 멈춰버린 것이다. 그와 동시에 떠오르고 있던 그녀의 말도 끊겼다. 맥이 풀렸다. 기다렸다는 듯 골치가 지끈거려 왔다. 이마에서 땀방울이 맺히는 것이 느껴졌다. 할 수 없지. 그래도 다행이야. 아직 전부 끝나버린 것은 아니니까.

우선은 그대로 내버려두는 수밖에 없었다. 과부하에 걸려 시스템이 타버린 것도 아니고, 그저 약간의 쇼크를 받아 정체되고 있을 뿐이다. 시간이 지나고 나면 원래대로 돌아갈 것이다. 다만 시간이 걸릴 뿐이다. 조금은 오랫동안의 시간이.

천천히 의자에서 일어나 냉장고 쪽으로 갔다. 생수를 꺼내 마셨다. 시원하지 않았다. 너무 온도를 높인 탓일까, 방안의 공기가 답답했다. 다시 한 모금의 생수를 삼키고, 눈앞으로 바싹 통을 들이댄 채, 적혀 있는 문구를 읽었다. 본 제품은 소비자 피해 보상 규정에 의거 교환 또는 보상을 받으실 수 있습니다. 좋겠군, 이렇게 쉬울 수 있다면 말이야. 생수 뚜껑을 돌려 닫으며 중얼거렸다.

창문을 열었다. 바람은 불지 않았다. 콧등성이를 타고 땀이 한 방울 흘렀다. 맞은편에 있는 교회의 윤곽선이 푸르스름하게 보였다. 어둠은 벽을 타고 서서히 다가오고 있었다. 발코니에 걸터앉아 담배를 피웠다. 밑에서부터 찬송가 소리가 들려왔다. 저녁 예배를 시작하려는 모양이다. 벽면 한가득 돋움 새김 해 넣은 십자가를 향해 조명이 켜졌다. 거대한 십자가가 어둠을 뚫고 희뿌연 동체를 드러내고 있었다.

지금쯤 그녀는 무엇을 하고 있을까? 내가 인사도 없이 사라졌다고 화를 내고 있지는 않을까. 아니면 이런 줄도 모르고, 내가 말을 하지 않는 것에 난감해하며, 전해지지도 않을 말들을 올리고 있지는 않을까. 혹시라도 멍하니 모니터 앞에 앉아, 내가 돌아오기만을 기다리지는 않을까. 바보같이. 여전히 머리가 무거웠다. 또 한 방울 식은땀이 흘러 떨어졌다.

불을 켜야 할 것 같았다. 어둠은 내 방까지 파고들었다. 주위의 것들이 잘 보이지 않았다. 재떨이를 찾아 고개를 돌렸을 때, 침대 발치 쪽에 붙여놓은 그녀의 사진들이 눈에 들어왔다. 그녀가 직접 폴라로이드 카메라로 찍어 게시판에 올려놓은 것들이었다. 명확하게 보이지는 않았지만, 사진 한 장 한 장 모두를 기억해낼 수 있었다. 속옷 차림으로 소파 위에 쪼그리고 앉아있는 그녀, 머리에 수건을 감고 세면대 앞에 서 있는 그녀, 반쯤 흘러내린 브래지어 끈을 치켜 올리는 그녀, 열장 남짓한 그녀의 사진들이 나를 바라보고 있었다.

불씨를 털어 낸 담배를 쥐고 있는 손바닥이 축축하게 젖어왔다. 바지를 내렸다. 그리고 점점 흐릿해져가는 그녀의 사진들을 보며 마스터베이션을 하기 시작했다. 열이 오르는 것 같았다. 이마에서 땀이 흘러내렸다. 쉽지 않았다. 손놀림이 빨라지면 빨라질수록, 그녀의 얼굴이 더욱 또렷하게 떠올랐다. 바람이 불었다. 당신을 만지고 싶어. 그녀의 사진들이 펄럭이며 내게 달려들었다. 손가락 사이에서 움직이는 살갗이 쓰라렸다. 땀이 흘렀다. 목이 말랐다. 손목이 아팠다. 제길, 이런 제기랄, 아직까지 왼쪽 손바닥에 쥐고 있던 담배꽁초를 내던지며 나는, 주저앉고 말았다.

눈가가 아렸다. 땀이 눈 속으로 들어간 모양이었다. 등 뒤에선 십자가가 짙어진 어둠만큼이나 더 밝게 떠올라 있으리라. 쓸쓸하다. 그렇게 중얼거린 것 같았다. 찬송가 소리가 높아지고 있었다. 눈꺼풀이 무거웠다. 자고 싶다. 밤 깊도록 동산 안에 그와 함께 있으려 하나, 괴론 세상에 할 일 많아…… 사람들이 부르는 찬송가 구절들이 내 어깨 위로 떨어져, 흙더미처럼 쌓여가고 있었다. 땀방울이 계속 떨어져 내렸다. 내 그림자 위로 십자가가 길게 솟아올랐다. 눈을 감았다. 잠이 들고 싶었다. 욱신거리는 몸뚱이가 바닥으로 미끄러져 내렸다. 머리가 무거웠다.

3

당신이었으면 했어.

그녀가 아니었으면 했다. 설마 하는 심정으로 다시 바라본 모니터에는 여전히 움직임이 없었다. 그곳에 혼자 남아 깜박이고 있는 커서, 그것이 그녀가 아니었으면 좋겠다고 생각했다. 지금쯤이면 그녀는, 컴퓨터를 종료시키고 밖으로 나가 드라이브를 하고 있었으면 했다. 제법 분위기 있는 식당에서 멋진 이브닝드레스를 입고 내가 알지 못하는 남자와 함께 샴페인 잔을 기울이고 있었으면 했다. 아니, 그런 것이 아니더라도 침대에 누워 잠이라도 자고 있었으면 했다. 아무튼 나를 기다리지 않았으면 좋겠다고…… 내가 원했던 것은 그게 전부였다. 하지만 그녀는 거기 있었다. 조금도 움직이지 않고, 컴퓨터 앞에 앉아 나를 기다리고 있었다.

확신 같은 것은 아니야.

그럼, 도대체 당신은 왜 나를 기다리는 거지? 내가 언제 다시 돌아올지도 모르면서. 그녀에게 말을 보내는 손끝이 가늘게 떨려왔다. 힘에 겨웠다. 더 이상 모니터를 쳐다보는 것조차 어려웠다. 눈언저리가 욱신거렸다.

애당초 그런 것은 믿지 않았으니까.

내가 그녀를 알고 있다는 것을 믿을 수 없었다. 오늘따라 그녀는 너무도 낯설게 느껴졌다. 고개를 돌려 그녀의 사진이 붙어 있을 곳을 바라보았다. 아무 것도 보이지 않았다. 이미 어둠이 방안에 한가득 차오른 후였다. 그녀 얼굴을 보고 싶었다. 지금 내게 말을 보내는 그녀가, 과연 내가 알고 지냈던 그 사람이 맞는지 확인하고 싶었다. 하지만 불을 켤 수 없었다. 두려웠다. 그녀의 얼굴을 확인하는 그 순간, 그녀가 내게 보냈던 말도 함께 떠오를 것 같았다.

그래도 난, 당신을 만지고 싶어.

바로 그 말이었다. 나는 그 말이 두려웠던 것이다. 처음은 아니었다. 전에도 그런 말을 들은 적이 있었다. 날름거리는 혓바닥만으로 동정을 빼앗은 첫 여자, 심한 단내를 풍기던 그 여자는 내 바지춤으로 손을 집어넣으며 말했다. 가만있어, 널 만지고 싶어.

내가 당신을 만지고, 당신이 나를 만져준다면…….

허리춤을 쓰다듬으며 바지를 벗기던 손가락들을 감당할 수가 없었다. 그저 주체할 수 없이 부풀어 오르는 아랫도리가 난감할 뿐이었다.

땀이 밴 손가락들이 끈적거린다고 느끼는 순간, 여자는 나를 꺼내 입에 물었다. 무릎이 휘청거렸지만, 주저앉지는 않았다. 나는 그때 열일곱이었다. 아직 포기하고 싶지 않았던 나이였던 것이다.

　최소한 당신 손가락 자국만큼이라도, 깨끗해질 수 있을 것 같았어.

　이제는 이리로, 여자가 나를 감싸 쥐고 끌어내렸을 때, 제기랄, 나는 여자의 허벅지에 동정을 쏟아버리고 말았다. 그때 나는 처음이었고, 불과 열일곱이었다. 생각처럼 되지 않는 것들 투성이뿐인 나이였다. 여자는 신경질적으로 티슈를 뽑아, 허벅지를 따라 흐르던 내 동정을 닦아 내버렸다. 아무 말도 하지 않고 구겨진 스커트의 주름만 꼼꼼하게 펴고 있는 여자를 보면서, 차라리 입 속에다 쏟아내는 편이 좋았을 거라고 생각했다. 그랬으면 쉽게 닦아버리지는 못했을 텐데.

　나 말이야…….

　나는 그런 것을 좋아하지 않는다. 아무리 그녀에게는 간절하다고 해도, 그런 일은 하고 싶지 않다. 나는 더 이상 만져지고 싶지도, 만지고 싶지도 않다. 만져진다는 것은, 혹은 만진다는 것은 두렵다. 가혹할 정도로 두렵다. 차라리 나는 네트워크 속을 서핑하는 것이 더 좋다. 어떤 종류의 정보 속에서 움직인다고 해도 아무도 나를 방해하지 않는 곳, 이것이 내가 서핑을 즐기는 이유이다. 그곳은 누구나에게 열려 있는듯 하지만 누구에게도 닫혀있다. 쉽게 접속할 수도 있지만 부담스러워질 때는 단 한 번의 클릭으로 도망칠 수도 있다. 그리고 그 속에서는 누구도 내 바지춤으로 끈적거리는 손가락을 들이밀지 않는다. 웹사이트들은 평화롭고, 그 속에서 나는 자유롭다. 혼자이기 때문이다. 나는 차라리 혼자인 것이 좋다.

당했어. 바로 옆집에 사는 놈들이었지.

그렇지, 언제나 그런 법이다. 항상 잘 알고 있다고 생각했던 것들이 문제를 일으킨다. 잘 알고는 있지만, 제어는 할 수 없는 것들. 혼자일 수밖에 없다는 것을 알면서도, 사이버 공간 속에서도 관계가 만들어지기 마련이다. 그 뿐인가? 마스터베이션에 불과하다는 것을 뻔히 알면서도, 사이버 섹스의 유혹에서 쉽게 헤어 나올 수 없다. 지금 내게 말을 보내고 있는 그녀 또한 그렇다. 도대체 그녀는 내게 무엇을 바라는 것인가. 내가 아무 일도 해줄 수 없다는 것을 뻔히 알고 있으면서도, 왜 그녀는 자꾸 내게 그런 말을 하는가. 또다시 머리가 아파왔다. 감기가 점점 심해지고 있었다.

이미 몇 번이나 날 범했다고 하더군, 인터넷에 올라있는 사진을 보면서.

나는 그녀를 볼 수 있다. 인터넷 포르노 사이트 〈장미의 정원〉에는 항상 그녀의 사진이 비치되어 있다. 물론 그녀가 제공하는 사진은 환상이지만, 사람들은 그것이 진실이기를 바란다. 사람들도 모르는 것은 아니다. 단지 그렇게 믿고 싶을 뿐이다. 그리고 그녀는 그들이 원하는 것을 제공한다. 그녀는 그들에게 옆집 여자가 목욕하고 있는 것을 훔쳐보고 있다는 환상을 제공하고, 아는 여자가 마스터베이션하는 것을 지켜보고 있다는 환상을 제공한다. 그리고 그녀는…… 그들에게 그 여자와 섹스를 할 수 있다는 환상까지도 제공한다.

당신…… 내 사진이 필요하다고 했었지? 잘 뒤져봐. 인터넷 어느 구석에 나 돌고 있을 거야.

그녀는 노출되어 있다. 누구라도 그녀의 사이트에 접속할 수 있고, 누구라도 그녀의 사진을 다운로드 받을 수 있다. 그리고 누구라도 그녀를 보며 마스터베이션을 할 수 있다. 사람들은 그녀를 떠나간 연인으로 상상할 수도 있다. 감히 말을 걸지도 못했던 첫사랑의 여자로 상상할 수도 있다. 혹은 우연히 길거리에서 마주친 낯선 여자로 상상할 수도 있다. 그녀가 제공하는 것은 환상이다. 환상은 자유롭다. 사람들은 그녀를 자신의 침실로 끌어들이는 상상을 할 수 있다. 사람들은 그녀의 주방에서 섹스하는 것을 상상할 수 있다. 사람들은 언제라도 후미진 곳에서 그녀를 강간하는 상상을 할 수 있다. 그녀가 제공하는 것은 환상이다. 환상은 제어할 수 없다. 사람들은 그녀를 선택한다. 그녀가 사람들을 선택할 수 있는 것이 아니다. 그녀에게는 선택권이 없다.

당신이 원하던 것처럼, 정액을 잔뜩 뒤집어 쓴 채로.

머릿속이 지끈거렸다. 도대체 이놈의 감기는 떨어질 생각을 하지 않는다. 벌써 아스피린을 두 알이나 삼켰는데도, 여전히 몸이 떨리고 오한이 가라앉지 않는다. 다시 책상서랍에서 아스피린을 꺼냈다. 이번이 마지막이다. 이것마저 삼키고 나서도 나아지지 않는다면, 어쩔 수 없다. 포기해 버리고 다시 침대로 기어 들어가는 수밖에. 이미 열일곱에 포기를 배운 나는, 체념이 빠른 편이다.

당신이었으면 했어. 그런 놈들이 아니라, 당신이었으면…….

그녀는 나를 원한다. 나를, 그녀가 원하고 있다. 무엇 때문인지는 모르겠다. 아무리 그녀가 원한다고 해도, 나는 아무 것도 할 수 없다. 나는 그녀의 애인이 아니다. 그저 동업자에 지나지 않을 뿐이다. 그놈들에게 복수할 수도, 그녀 곁에서 지켜줄 수도, 하다 못 해 그녀를 만져줄 수도 없다. 그녀도 이런 것을 잘 알고 있을 것이다. 그런데도 그녀는 내가 필요한 것일까. 아스피린을 너무 많이 먹은 탓인지, 어지러웠다. 호홉이 가빠졌다. 땀이 흘렀다. 목덜미가 흥건했다. 가슴이 답답했다. 그녀와 나는 너무 멀리 있었고, 우리를 이어주는 실낱은 너무 가늘었다.

　잘 있어. 다시는 이곳에 들어오지 않을 거야.

　우리 서로 받은 그 기쁨은 알 사람이 없도다. 우리 서로 받은 그 기쁨은 알 사람이 없도다. 이윽고 찬송가 소리가 멈췄다. 예배가 끝난 듯했다. 사람들은 와자지껄 인사를 하면서 교회를 빠져나왔다. 샬롬, 샬롬, 샬롬. 그들의 주고받는 인사말이 거리를 가득 메운 어둠을 타고 내 방에까지 스며들었다. 사람들은 개운한 얼굴을 하고 집으로 돌아가고 있을 것이다. 쌓이고 쌓인 정념을 모두 쏟아 내버린 사이버섹스 중독자들처럼. 그래, 평화. 그들은 평화로울 것이다. 내가 인터넷 속에서 평화로운 것처럼, 그들도 평화로울 것이었다. 발자국 소리들이 멀어져갔다. 내게 그들의 예배가 대수롭지 않은 것처럼, 그들에게도 역시 포르노 사이트 운영자 중의 하나가 강간당했다는 소식 따위야 대수롭지 않으리라. 하긴, 나 역시도 이 지독한 감기가 떨어지고 나면 평화로워질 테니까. 창밖으로 얼굴을 돌렸다. 십자가는 아직도 그 자리에 붙박이로 박혀있었다.

　그 말을 하려고 기다렸어. 최소한 우린 동업자였으니까.

　커서가 멈춰버렸다. 바다 건너에서 내게 전해지던 그녀의 심장은 더이상 뛰지 않는다. 하지만 변한 것은 없었다. 컴퓨터는 정확한 연산을 수행 중이고, 그녀와 내가 운영했던 사이트 〈장미의 정원〉은 조금씩 방문객이 늘어나고 있었다. 달라진 것은 아무 것도 없었다. 아니, 달라진 것은 있다. 그녀가 떠나버렸다. 다시 돌아오지 않겠다고 했다. 이제 더 이상 그녀의 정원에서는 향기가 나지 않을 것이다.

순간, 컴퓨터 뒷부분에서 불꽃이 튀었다. 타는 냄새가 났다. 얼른 전원을 뽑았지만, 이미 늦어버렸다. 연기가 나는 것을 보니, 마더보드까지도 타버린 듯했다. 예상하지 못했던 것은 아니었다. 줄곧 이렇게 되리라는 것을 예감하고 있었지만, 어쩔 수가 없었다. 손목에 감겨있던 끈이 풀어져버리는 것을 느껴졌다. 하지만 잡을 수 없었다. 지독한 감기에 걸려 나는 많이 아팠다. 그리고 잡을 수 있기에는 그 실낱은 너무도 가늘었다. 무거운 것에 눌리는 것처럼, 가슴이 답답했다. 어쩔 수가 없었다. 땀방울들이 자꾸만 눈으로 흘러들었다. 아파서, 머리가, 가슴이, 눈이…… 너무 아파서, 나는 물을 쏟아냈다. 소리가 나지도, 코끝이 찡하지도, 하다못해 슬프지도 않았는데, 눈에서 자꾸만 물이 흘러나왔다. 십자가를 비추던 불빛들이 물방울에 닿아 튕겨나갔다. 나는 흘러내리는 물을 닦아내지도 못하고서 중얼거렸다.

어쩌면 그녀의 정원에는 처음부터 향기가 나지 않았을지도 모른다고.

나비, 여름 하늘을 날다

당신들은 나를 미쳤다고 하겠지. 맞다, 나는 미쳤다. 어차피 이곳에서는 당신들만이 진실일 테니까. 당신들이 내게 어떤 죄목을 붙이든, 모두 인정할 작정이다. 그것이 십 년 전부터 예정되어 왔던 벌일 테니까. 하지만 당신들은 모른다. 진실은 절대로 내보여지지 않는다는 진실을.

나비, 여름 하늘을 날다

1

"불을 켜실 건가요?"

놈이 드디어 입을 열었다. 두 시간 삼십 분만이었다. 지독한 새끼. 가끔 이런 새끼들이 있다. 희멀끔한 낯짝에 어울리지 않게 어금니를 악다물 줄도 아는 놈들. 이런 놈들은 말로는 다뤄지지 않는다. 먼저 다짜고짜 귀싸대기부터 몇 방 날리고 조인트도 까야 겁을 집어먹을 테고, 겁이 나야 입을 열기 시작할 테다. 내가 애송이가 아니라는 것을, 이 바닥에서 잔뼈가 굵었다는 것을 보여줘야 한다. 그렇지 않으면 같지도 않은 강단을 부리면서 묵비권이니 뭐니 씨부리기 마련이다.

그런데 오늘은 영 틀려버렸다. 처음부터 기선을 제압해야 씨알이 먹힐 텐데, 저 새파란 아가씨가 옆에서 지키고 있으니 그럴 수도 없고, 아무래도 제법 시간을 잡아먹을 모양이었다. 덕분에 오늘도 집에 일찍 들어가기는 힘들게 되었다. 아파트 현관을 나설 때, 갑자기 잉어가 먹고 싶다고 쫑알대던 아내의 불룩한 배가 떠올랐다. 예정일이 며칠 남지 않았다. 이번에도 혼자 아이를 낳게 만들 작정이냐는 강짜가 자꾸 귓구멍에서 앵앵거렸다. 사실 첫째를 가졌을 때는 아버지 노릇은 고사하고 남편 노릇도 못했으니, 할 말이야 없었다. 하지만 어쩌라는 말인가. 나도 이 일이 좋아서 하고 있는 건 아니다. 아니, 애초부터 마음에 들지 않았다.

"현 형사가 잡은 놈이잖아."

반장이 내 어깨를 두드리며 이 일을 담당하라고 했을 때, 씨발, 똥 밟았구나, 생각했다. 이런 식이다. 누구도 책임지려고 하지 않는다. 특히 이번처럼 귀찮은 일인 경우에는 더 그랬다. 항상 재수 없게 걸려든 놈이 총대를 매야하는 법이다. 이 새끼만 해도 그렇다. 내가 잡은 놈이란 건 맞는 말이지만, 나 혼자서만 잡은 것은 아니었다.

우리는 일주일을 꼬박, 뽕팔이 조직을 검거하기 위해 잠복근무를 하고 있었다. 한두 번 하는 짓거리도 아닌데, 잠복은 할 때마다 지겹고 고되다. 좁은 차에 앉은 채로 몇 시간을 버텨야 하고, 언제 나타날지도 모르는 놈을 기다리느라고 항상 신경을 곤두세워야만 했다. 하지만 가장 힘든 것은 먹는 일이었다. 몇 끼니를 계속 햄버거나 컵라면 따위로 때우는 것은 정말 견딜 수 없다. 그래서 잠복근무가 끝날 때쯤이면, 머릿속에는 온통 뜨끈한 국물이 담긴 뚝배기들만 가득 들어차게 된다.

그날도 역시 그랬다. 설렁탕, 곰탕, 육개장…… 온갖 국물이란 국물은 모두 머릿속을 스쳐지나간 다음에야, 드디어 놈들이 움직이기 시작했다. 새벽 다섯 시 삼십 분, 이른 시간이었다. 이런 시간에 움직이는 사람은 딱 두 종류밖에 없다. 지나치게 성실한 일벌레거나, 사람들의 눈을 피해 도망치려는 놈이거나. 옆자리의 조 형사를 흔들어 깨우고, 낚싯대를 잡듯 조심스레 핸들에 손을 올렸다. 일단 놈들의 얼굴을 확인해야 한다. 잔챙이는 필요 없다. 노리는 건 월척뿐이다. 얼굴이 불빛에 드러나는 바로 그 순간을 놓치지 않는 것이 중요했다. 놈은 쪽방들이 빼곡하게 들어찬 언덕배기를 내려와, 잠깐 주위를 살피더니 건너편 아파트 주차장으로 걸어갔다. 찌가 움직였다. 자꾸 침이 고였다. 아까 꼬리곰탕을 떠올리며 삼킨 침하고는 다른 맛이었다. 조 형사가 내 목을 쳐다보고 씩 웃었다. 벌써 허리춤에 찬 권총을 잡고 있는 걸로 봐서, 그도 나만큼이나 긴장되는 모양이었다. 하긴 이번이 첫 번째 잠복이라고 했으니 그럴 만도 했다. 나는 첫 근무 내내 한숨도 잠들지 못했었다. 가로등 불빛에 놈의 얼굴이 드러났다. 입질이었다. 조 형사가 권총을 뽑아드는 것과 동시에 힘껏 액셀을 밟았다.

낚아!

제길, 하필이면 그때 오토바이가 튀어나올 거라고는 생각도 못했다. 엉뚱한 녀석이 범퍼에 부딪혀 튕겨나가고, 월척은 유유히 꼬리를 감춰버리고 말았다. 니미럴, 지난 일주일 동안에 떠올렸던 수많은 뚝배기들이 한꺼번에 쏟아져버린 기분이었다. 수육과 기름 냄새가 코끝에서 진동했다. 올라오는 욕지기를 참으면서, 툴툴거리는 조 형사에게 오토바이 타고 있던 놈을 살펴보라고 손짓했다. 녀석은 길바닥에 나동그라진 채 일어나려고 버둥거리고 있었다.

담배에 불을 붙여 물고 차 밖으로 나갔다. 밤새 잠을 자지 못해서인지 더럽게 추웠다. 녀석은 큰 부상을 당하지는 않은 모양이었다. 조 형사의 부축을 받고 일어나서는 별일 없다는 듯이 두어 번 손사래를 치더니, 길바닥에 내동댕이쳐진 오토바이 쪽으로 쩔뚝거리며 걸어갔다. 내가 다가가 담배 한 가치를 내밀자, 녀석이 하이바를 벗었다. 팔꿈치와 무릎에 보호대까지 차고 있으니, 젊은 놈치고는 보호 장비를 세심하게 갖춘 편이었다. 그래도 그것들 때문에, 눈가가 조금 찢어진 것 말고는 큰 외상은 없어 보였다. 다행이군. 녀석은 덜덜 떨리는 손으로 담배를 받았다. 상처가 쓰라린지 녀석이 눈썹을 찡그렸다. 유난히도 가늘고 긴 눈썹이었다.

녀석은 보상해주겠다는 조 형사의 말에 별로 다친 곳도 없다며 한사코 거절했다. 이상했다. 조 형사가 어쩔 수 없다는 표정을 지으며 어깨를 으쓱거렸다. 녀석은 다시 천천히 오토바이를 세우고는 시동을 걸었다. 이상했다. 뭔가 중요한 것을 놓쳐버린 기분이었다. 그렇게 정확한 타이밍에 녀석이 골목에서 튀어나왔다는 사실이 영 석연치 않았다. 게다가 엔진소리도 들리지 않았는데…… 더구나 녀석은 지나칠 정도로 완벽한 장비를 갖추고 있지 않은가.

낚아! 조 형사가 막 출발하는 오토바이 바퀴를 걷어차고, 녀석의 어깨를 잡아서 바닥에 매다 꽂았다. 어깻죽지를 부여잡고 뒹구는 녀석을 뛰어넘어, 오토바이를 살폈다. 그래, 횟감을 잡지 못했으면 매운탕 거리라도 잡아야지, 하다못해 마약 운반책이라도 잡아서 들어가야 반장의 잔소리를 피할 수 있을 것 아닌가.

하지만, 녀석은 매운탕 거리도 못되는 놈이었다. 오토바이 트렁크에서는 기대했던 마약 봉지는 보이질 않고, 대신에 알록달록한 여자 팬티들이 한 움큼이 넘게 들어있었다. 너저분한 새끼, 피라미 중에서도 제일 작은 피라미, 집어 삼켜봐야 간에 기별도 가지 않고 입맛만 버릴 놈이었다.

사실, 녀석은 별로 잡고 싶지 않았다. 그런 잡범은 귀찮기만 했다. 똑같이 좆뺑이 칠거라면 이왕이면 굵직한 놈을 집어넣는 편이 더 나았다. 그런 새끼들은 백 명을 잡아도, 강도나 사기범 하나를 잡는 만큼도 인사고과에 반영되지 않는다. 나라고 언제까지 현장에서 길 수야 없지 않은가. 이제 슬슬 체력도 딸려가고, 하루라도 빨리 실적을 쌓아서 책상머리에서 펜대나 굴리는 보직으로 올라가야지, 현장에 남아있다가는 언제 험한 꼴을 당할지 모를 일이었다.

오늘만 해도 그렇다. 보고서 만들어 올리기도 빠듯한 시간에, 이 여자가 쓰는 석사논문인지, 박사논문인지를 도와주라니, 이 무슨 개 같은 경우인가. 아내는 언제 통증을 시작할지도 모르는데……. 하긴, 그때 애만 생기지 않았더라면, 나도 제대로 대학을 마쳤을 테고, 그랬다면 지금쯤 저 여자처럼 대학원에 다니고 있을지도 모른다. 하지만 이미 지나간 일이다. 어설픈 후회 따위는 하지 않는다. 후회는 마약과 같아서 한번 맛을 들이면 빠져 나오기 힘든 법이다.

"차라리 그대로 두었으면 더 좋았을 거라고 중얼거렸죠. 그랬으면 엄마 품 속에 남을 수 있었을 텐데. 하지만 아빠는 날 강가까지 끌고 와서는 자갈밭으로 내던져버렸어요."

도대체, 저런 얘기를 왜 듣고 있어야 하는지 모르겠다. 저 풋내기 아가씨는 놈의 얘기가 중요한 증언이라도 되는 듯 녹음까지 하면서 받아 적고 있지만, 보고서를 쓰는 데 이 따위 얘기는 아무 쓸모가 없다. 나는 그저 녀석이 좀 더 빨리 씨부렁대기를 바랄 뿐이다. 이미 보고서의 내용은 대부분 작성되어 있다. 필요한 것은 녀석의 인적사항과 진술뿐이다. 하긴, 모르지. 오늘 일이 잘 된다면 이 여자의 소견서가 첨부될 수도 있다. 하지만 그건 저 녀석에게 별로 도움이 되지 않을 것이다. 구속되지 않는다고 해도 평생 정신병 경력을 붙이고 살아야 할 테니까. 우리나라에서 정신병력이 있는 사람은 전과자만큼이나 살아가기 힘들다.

녀석은 담배를 꺼내 물었다. 제법 긴장이 풀렸는지, 눈치를 살피지 않는 자연스러운 동작이었다. 아까부터 발을 까딱거리고 있는 꼬락서니가 눈에 거슬렸다. 나는 손을 뻗어 막 불을 붙인 담배를 낚아챘다. 녀석이 토끼 눈을 뜨고 나를 쳐다봤다. 여자는 아직도 사태파악이 되지 않는 표정이었다. 천천히, 내게로 쏟아지는 두 사람의 시선을 즐기면서, 담배를 두 동강냈다. 진짜 꾼은 절대로 서둘지 않는다. 대어(大漁)를 낚기 위해서는 기다림을 즐길 줄 알아야 한다. 이 바닥에서는 먼저 움직이는 놈이 진다. 움직여라, 더 움직여야 네놈 목구멍에 바늘이 박힐 테고, 그래야 이 지겨운 짓거리도 끝난다. 새 담배를 입에 물고 라이터를 켰다. 역시 느긋하게, 충분히 즐기면서. 매캐한 연기가 눈으로 들어왔다. 질끈, 눈을 감았지만 알 수 있었다. 아직도 두 사람은 나를 쳐다보고 있다는 것을. 담배는 미세한 소리를 내며 타 들어갔다. 담배마저 없었다면, 이 지겨운 직업을 견뎌내지 못했을 거다.

"잠깐 쉬었다가 하죠."

침묵을 깬 건, 여자 쪽에서였다. 제길, 조금만 더 기다리면 낚을 수 있었는데, 여기에서 그만둔다니. 이렇게 겁을 먹었을 때 다그쳐야 한다. 자꾸 쓸데없는 얘기를 하도록 내버려두니까, 정작 필요한 진술은 듣지 못하는 거다. 줄을 풀어서는 안 된다. 입질이 왔을 때 바로 당겨야 고기를 잡을 수 있다. 아무리 잔챙이라도, 잡는 순간만큼은 긴장해야 하는 법인데, 이 젖내 나는 아가씨는 도망갈 기회를 주고 말았다. 놈에게 자백을 받기는 이제 불가능해져 버렸는지도 몰랐다. 니미럴, 목덜미가 뻐근했다. 어디 사우나에라도 가서 뜨거운 물에 몸을 담그고 싶었다.

내가 일어서기도 전에 여자는 문을 열고 나가버렸다. 버르장머리하고는. 가방끈이 긴 년들은 왜 하나같이 싸가지가 없는지 모르겠다. 사무실에는 해장국 냄새가 진동했다. 야식을 시켜먹는 모양이었다. 조 형사가 나를 부르면서 따로 챙겨놓은 뚝배기를 가리켰다. 빠릿빠릿하지 못해서 그렇지, 제법 쓸 만한 놈이었다. 운동을 했던 놈이 대부분 그렇지만 잔정이 많고 순박한 것이 마음에 들었다. 뜨끈한 국물이 생각나서 침이 돌았지만, 입안이 까칠한 것이 영 입맛이 없었다. 대신 먹으라고 손을 흔들면서, 턱짓으로 비어있는 반장의 자리를 가리켰다. 조 형사가 손으로 술잔을 만들어 털어 넣는 시늉을 했다. 간부 회식에 딱가리로 불려간 모양이었다. 제길, 이래저래 치이는 건 밑에 있는 놈들뿐이다.

밖에는 제법 찬바람이 불었다. 여자는 어디로 갔는지 보이질 않았다. 담배 한 대를 다 피울 시간이 지나서야, 이쪽으로 걸어오는 모습이 보였다. 손에는 비닐봉지가 들려있는 걸 보니, 길 건너 슈퍼에 갔다 온 모양이었다. 저 년도 정신이 없지, 경찰서에 저렇게 몸에 붙는 원피스를 입고 오다니. 도통 마음에 들지 않았다. 그렇지만 말라 보이는 인상에 비해 굴곡이 많은 몸매를 가지고 있어서 눈요깃감으로는 제법 쓸 만 했다. 아랫도리가 묵직해졌다. 아내와 관계를 가진지도 한 달이 넘었다. 그래도 몇 달 동안은 입으로 손으로 서비스를 해주더니, 요새는 만지기만 해도 짜증부터 냈다. 출산 전 스트레스라고 하던데, 제길, 스트레스라면 나도 만만치 않다. 업무로 쌓인 스트레스를 아내 몸 속에라도 쏟아 부으면 좋겠는데, 그것마저 막혔으니 아주 죽을 맛이다. 하루에도 열두 번씩 마사지를 받으러 가고 싶다는 생각이 들지만, 요즘이 유흥업소 단속기간인지라, 형사 체면에 그럴 수도 없고 그냥저냥 술이나 퍼먹으며 참고 있다.

"보기 흉하죠?"

말려 올라간 치맛단을 쓸어내리면서, 여자가 내게 물었다. 뭐, 별로…… 자판기 커피를 탁자에 내려놓으면서 그녀의 얼굴을 살폈다. 제대로 찔렸다. 물론 의도했던 것은 아니었지만, 감추고 싶어 하는 부분을 정확하게 건드렸다는 것을 직감적으로 알 수 있었다. 휴게실 소파에 파묻히듯 앉아있던 여자가 바스락거리며 비닐봉지에서 무언가를 꺼냈다. 그녀의 허벅지에 찍힌 손바닥만 한 흉터가 다시 눈에 들어왔다. 황급히 눈을 돌렸지만, 영 마음이 편하지 않았다.

다시 담배를 꺼냈다. 마지막 남은 한 개비였다. 빈 갑을 구겨서 쓰레기통으로 던져버리자, 여자가 내게 새 담배 한 갑을 건네주었다. 멋쩍었지만 그녀가 별일 아니라는 듯이 고개를 끄덕이는 것을 보고서 주머니에 집어넣었다. 가슴 한 구석이 풀어지는 느낌이 들었다.

그녀는 말없이, 봉투에서 꺼낸 우유팩을 열어 커피가 담긴 종이컵에 따랐다.

"피곤할 때 좋아요. 잠이 오지 않을 때도 좋고. 우유의 부드러운 맛이 긴장을 풀어주거든요."

나쁘지 않았다. 커피 맛이 확실히 부드러워졌다. 그녀는 흘러내리는 머리카락을 귓등으로 쓸어 넘기며 커피를 홀짝였다. 우유처럼 뽀얀 목덜미가 드러났다. 목구멍 너머에서 간질간질한 것이 넘어 오려고 하고 있었다. 하지만 이걸 내뱉어야 할지, 삼켜버려야 할지를 알 수 없었다. 피곤한 듯, 그녀가 기지개를 폈다. 하긴, 저런 목덜미를 가진 여자에게 취조실의 딱딱한 의자는 불편하기만 했을 것이다.

누가 돌아가셨나 봐요? 제길, 이 따위로 말하려고 했던 것은 아니었다. 그녀가 머리 위로 팔을 뻗자 가슴이 도드라졌고, 그걸 보니 거기도 우윳빛일까, 핥으면 우유맛이 날까, 하고 생각했을 뿐이다. 그러다 눈이 마주쳤고, 엉겁결에 말을 하고 말았다. 검정 원피스에 달려있는 상장(喪章)이 눈에 들어왔기 때문이었다. 그녀는 한동안 말이 없었다. 내가 담배 몇 모금을 더 빨고 난 후에야 입을 열었다.

"사랑하는 사람이요."

킥, 나는 터져 나오는 웃음을 씹어 삼켰다. 씨발, 이건 또 무슨 삼류 드라마인가? 결국 이 여자도 그렇고 그런 속물에 불과했다. 자신의 상황을 애써 극적인 것으로 만들어야 직성이 풀리는 속물. 경찰서에 잡혀오는 대부분의 넥타이들이 그랬다. 이곳에서 그런 놈들의 반응은 한결 같았다. 처음에는 하나같이 높은 곳에 있는 분을 형님으로 모시고 있다며 으르렁거리다가, 시간이 지날수록 피치 못할 사정 때문에 그랬다고 눈물을 흘렸다. 제길, 그 어떤 것도 마음에 들지 않았다.

다시 돌아간 취조실에는 지금까지보다 더 지루한 일들만 남아 있었다. 여자는 나를 잠깐 동안 감동시켰던 바로 그 방법으로, 어렵지 않게 녀석의 말문을 다시 열어놓았다. 병신 같은 새끼, 황송한 듯 우유가 들어간 커피를 마시는 녀석을 보면서, 나는 속으로 중얼거렸다. 네가 조금만 더 대가리를 굴릴 줄 안다면, 저 년 수작에 놀아나고 있다는 걸 눈치 챘을 거다. 하지만 녀석이 그걸 알아차리든 말든, 알 바 아니다. 나는 그저 녀석이 주절거리는 쓸데없는 말을 건성으로 들으면서 시간을 때우면 된다. 그러고 나서 포커를 치느라 두 눈이 시뻘겋게 되었을 반장에게 전화를 걸어, 아가씨를 변태새끼에게서 무사히 지켜냈다고 보고만 하면 그만이었다.

어차피 집에 일찍 들어가는 것은 글러먹었고, 사실 집에 들어가 봐야 뭐 하나 마음에 드는 구석도 없었다. 아내는 아이를 가졌다는 핑계로 진작부터 집안 살림을 소홀히 해왔으니, 오늘도 잔뜩 어질러 놓은 꼴로 연속극이나 보다가 침대에 자빠져 잠이 들었을 게다. 차라리 여기에서 저 여자의 젖가슴이나 힐끗거리는 편이 좋겠다. 아내도 결혼하기 전까지는 저 여자처럼 쳐지지 않은 가슴을 가지고 있었는데.

"나비가 날고 있었어요. 파란 여름 하늘에 하얀 날개를 펴고, 사뿐사뿐 바람을 타고 있었죠. 그 모습이 너무 예뻤어요. 그때부터 팬티를 모으기 시작했죠."

참으로 너저분하기 짝이 없는 인생역정이었다. 녀석은 이 여자가 자기를 구해줄 거라고 믿기라도 하는 건지, 갖은 잡스러운 기억을 구구절절 끄집어내어 자기의 범죄사실을 변명하고 있었다. 그것이 쓸데없는 노력이라는 것도 모르는 채.

  볼펜이 바닥에 떨어졌다. 아니, 떨어뜨렸다. 사실 나는 이런 기회
가 만들어지기를 기대하면서 쓰지도 않는 볼펜을 손가락 사이에 끼
워 돌리고 있었다. 허리를 숙여 볼펜을 주워들면서 여자의 종아리를
훔쳐보았다. 상체보다 하체에 살이 많은 타입이었다. 허벅지가 특히
두꺼웠지만, 발목이 가늘어서 종아리는 그런 대로 보기 좋았다. 다리
를 꼬고 앉은 탓에 속옷이 내보이지 않았어도, 허벅지는 고스란히 드
러났다. 여자의 발목은, 종아리는, 그리고 허벅지는, 매끄러워 보였
다. 저런 곳에 흉터가 숨어있었다니. 다시 목구멍이 간질거렸다. 부
대 앞에 있던 허름한 여인숙에서 처음으로 움켜쥐었던 아내의 허벅
지도 저렇게 매끄러워 보였다. 그날 나는 사람의 몸에 그렇게 쉽게
자국이 남는다는 사실에 신기해하며, 아내의 몸에 덮인 솜털을 몇 번
인가 쓰다듬다가 잠이 들었다. 막 고개를 드는데 여자가 몸을 뒤척였
다. 그 순간 여자의 왼쪽 허벅지에 감겨있는 스타킹 밴드가 눈에 들
어왔다. 아무래도 안 되겠다. 오늘은 무슨 소리를 듣더라도 마사지
받으러 가야겠다. 물컹한 살덩어리에 몸을 쑤셔 넣고 싶었다. 그러지
않고서야 견딜 수 없을 것 같았다. 쓸쓸해서, 그래 제기랄, 쓸쓸하고
외로워서, 견딜 수가 없었다.

  그 뒤로는 시간이 어떻게 지나갔는지 기억나지 않는다. 여전히 녀
석은 자질구레한 이야기를 몇 가지 더 했고, 여자는 열심히 기록했다.
잠이 들었던 건지도 모르겠다. 잠결에 나비가 되어 따뜻한 햇살을 날
개로 받았다. 아직 젖가슴이 늘어지지 않은 아내가 내 날개를 쓰다듬
어 주었다. 딸깍, 녹음기가 멈추는 소리에 눈을 떴다. 끝났습니까? 여

자는 소리 없이 고개를 끄덕였다. 그녀의 눈꺼풀 위에 파란 핏줄이 도드라져 있었다. 녀석도 담배를 손가락에 끼운 채로 고개를 숙이고 있었다. 갑자기 녀석이 측은하게 느껴졌다. 허탈하지? 원래 말을 많이 하면 허탈해지는 법이야.

하지만, 감상은 금물이다. 감정에 휩쓸려서는 고기를 낚을 수 없다. 내가 배를 채우려면 누군가를 죽여야 하는 것, 그게 이 좆 같은 세상의 법칙이다. 나는 닫아두었던 노트북을 열고 파일을 불러냈다. 사건번호 제 1869번, 가택침입과 절도. 이게 녀석이 처벌받게 될 죄목이었다. 이 방에 들어오기도 전에 이미 결정되어 있던 죄목. 녀석은 꼬박 하룻밤 동안을 쓸데없는 노력을 하느라고 저렇게 지쳐버린 것이다. 이제 이 서류에서 빈 칸 몇 개를 채워 넣기만 하면, 녀석도 쉴 수 있겠지. 나는 밤새 피운 담배 때문에 자꾸만 갈라지는 목소리를 가다듬으며 물었다.

"이름?"

2

"불을 켜실 건가요? 제 눈은 어둠에 익숙한데요."

도와달라고 말하고 싶은 거다, 분명히. 나는 이 사내의 마음을 읽을 수 있었다. 그는 지쳤다. 너무 피곤해서 금방이라도 무너져 내릴 것처럼 보였다. 하긴, 이런 곳에 앉아있다면 누구라도 그렇게 되어버리고 말 것 같다. 더럽고 냄새나는 방, 어두운 조명에 딱딱한 의자. 이런 곳에서 제대로 된 상담이 이루어질 수 없다. 심리치료 매뉴얼에도 나와 있지 않은가. 상담은 의사와 환자 간에 이루어지는 커뮤니케이션이다. 그를 위해서는 쾌적하고 안락한 분위기에서 서로에 대한 신뢰를 형성하는 작업이 선행되어야 한다.

그렇지만 이것만도 다행이었다. 형사는 나와 함께 일해야 한다는 사실에 짜증을 내고 있으니까. 소개장을 들고 경찰서로 찾아왔을 때, 첫 인사를 나누는 그 순간부터, 그의 얼굴은 이미 굳어 있었다. 나는 표정만으로도 그가 하고 싶은 말을 알아차릴 수 있었다. 이 여자는 왜 나타나서 나를 귀찮게 하지?

철이 든 이후로 단 한순간도 사람들의 이런 표정에서 자유로운 적이 없었다. 그건 지도교수를 정할 때도 마찬가지였다. 교수회관에 들어서면서부터 내내 주눅이 들었던 나는 결국 한마디도 제대로 하지 못하고 연구실을 나와야 했다. 페미니즘에 대해 긍정적으로 평가한 논문을 발표했다고 해서 여성에 대한 편견이 적을 거라는 기대는 오산이었다. 그의 지성은 자유로울지 몰라도, 감성은 편견에 사로잡혀 있었다. 삼십 분이 조금 넘는 시간동안, 교수가 여러 가지 전문용어를 사용하며 했던 말은 결국 단 한마디로 요약될 수 있었다. 여자를 제자로 삼는 건 부담스러워. 하필이면 그 날, 예정보다 빠르게 생리가 시작되었다.

그럴수록 물러나지 않았다. 지고 싶지 않았다. 포기하면 아무 것도 얻을 수가 없단다. 원하는 고기를 잡으려면 먼저 기다리는 법을 배워야 해. 어릴 적, 처음 같이 낚시를 갔을 때 아버지는 내 바늘에 미끼를 걸어주며 말했었다. 그래, 나는 절대로 도망가지 않을 것이다. 당신에게도, 이 지겨운 논문에서도.

어쨌든, 바꿀 수 없다면, 주어진 여건을 충분히 활용하는 편이 현명하다. 가방에서 소형 녹음기를 꺼내고, 상담노트도 펼쳐 놓았다. 내가 할 수 있는 준비는 모두 끝냈다. 이제 그저 사내가 입을 열기를 기다리기만 하면 된다. 그렇게 기다린 시간이 두 시간 삼십 분, 적지 않은 시간이었지만, 이곳 상황을 고려한다면 그리 나쁜 출발이라고 할 수도 없었다.

"물속에서 바라보던 태양이 얼마나 아름답던지, 두렵다는 생각은 전혀 들지 않았어요."

상담은 매뉴얼대로 유년기의 기억을 떠올리는 것부터 시작했다. 첫 번째로 떠올리는 이미지가 환자의 심리를 지배하고 있는 경우가 많은데, 사내는 강에 빠졌었던 기억을 떠올려냈다. 물에 빠졌던 기억, 평범한 출발이었다. 누구라도 이런 종류의 기억은 쉽게 잊어버리지 않을 것이다. 특이한 점이 있다면, 그 사건이 아버지가 재혼했던 그 무렵에 일어났다는 것뿐이다.

형사는 여전히 못마땅한 얼굴로 노트북에 무언가를 타이핑하고 있었다. 빠르지는 않지만 제법 익숙한 실력이었다. 이 남자, 호기심을 유발시키는 타입이다. 키보드를 두드리는 소리를 들으며, 그렇게 중얼거렸다. 나는 느낄 수 있었다. 그는 통명스러워 보이긴 하지만 거칠지는 않은 사람이었다. 어쩌다가 형사가 되었을까? 어쩐지 어울리지 않는다는 생각이 들었다. 내가 형사 얼굴을 힐끔거리고 있을 때, 사내의 말이 천천히 다시 이어졌다.

"아빠는 날 강가까지 끌고 와서 자갈밭에 던져버렸어요. 철썩, 내 뺨을 때리고는 돌아섰지요. 무서웠어요. 돌아선 그 등이 너무 차가워 보여서 엉엉 울었지요. 이러면 안 되는데, 이러면 또 아빠가 싫어할 텐데, 하면서도 소리내어 울고 말았어요. 이런 병신 같은 놈, 아빠가 소리를 질렀어요. 그래도 눈물이 그치지 않았죠. 죽고 싶었어요."

입안이 바싹 말라왔다. 두려워하고 있는 것일까, 나는 떨리는 손을 바라보며 그럴지도 모른다고 생각했다. 어쩌면 처음부터 불가능한 일을 시작했던 것인지도 몰랐다. 머리가 어지러웠다. 사내는 눈치를 살피며 망설이고 있었다. 아버지, 수술대에 누운 엄마를 쳐다봤을 때도 이런 기분이 들었겠죠. 형사가 재촉하듯 소리내어 자판을 두드렸다.

부권에 대한 공포와 모성에 대한 갈급, 나는 노트에 그렇게 적었다. 가능성은 여러 방향에서 찾을 수 있을 것이다. 아버지의 재혼에 대한 반발일 수도 있고, 지나치게 높은 부모의 기대를 따라가지 못했던 자책감 때문일 수도 있다. 물론 일반적인 오이디푸스 콤플렉스의 발현일 가능성도 배제할 수 없다. 하지만 어떤 이유도 그의 행동을 충분히 설명해주지는 못했다. 서두르지 말자. 이제 시작했을 뿐이야. 이 사내가 조금 더 편안해질 시간이 필요했다.

저…… 사내가 손짓으로 책상 위에 놓인 담배를 가리켰다. 찬스다. 아까부터 사내는 조금씩 발을 떨고 있었다. 이야기를 시작했을 때 한 번, 아버지가 자기를 건지려고 머리카락을 움켜쥐었다는 대목에서 또 한 번, 그리고 자갈밭에 나뒹구는 대목에서 조금 길게 한 번. 그의 긴장이 조금씩 풀리고 있다는 증거였다. 조금만, 조금만 더 자유로워지라고. 나는 애써 미소를 지으면서 고개를 끄덕였다.

사내의 얼굴은 맑았다. 담배를 꺼내면서 지었던, 고맙다는 표정은 천진하기까지 했다. 전혀 뜻밖의 일이다. 갑자기 혼란스러웠다. 여자 속옷에 집착하는 페티시즘 환자, 더구나 자신의 욕망을 제어하지 못했던 성범죄자. 표면에 드러나 보이는 죄목과 사내의 표정 사이에는 너무나 큰 괴리(乖離)가 존재했다. 뭐랄까, 막 껍질을 깨고 나오는 병아리를 지켜보는 느낌이었다. 좋아, 조금만 더 힘을 내라고.

"이 새끼가, 여기가 너희 집 안방인 줄 알아?"

형사가 사내의 담배를 우악스럽게 빼앗았다. 나는 잠깐 동안 무슨 일이 일어난 건지 감을 잡을 수가 없었다. 상담의 분위기는 좋아지고 있었고, 이제야 조금씩 필요한 얘기가 나오는 중이었다. 그건 상담자가 의사에 대한 신뢰를 느끼기 시작했다는 뜻이었다. 그런데 저 형사는 애써 만들어놓은 신뢰를 한 순간에 무너뜨리고 말았다. 사내가 다시 입을 열도록 하려면 지금보다 몇 배의 시간이 더 들어가야 할지도 모른다. 피곤했다. 사실, 아까부터 이 냄새나는 방을 빠져나가고 싶은 마음이 간절했다.

좀 쉬었다가 다시 하지요. 나는 노트를 덮고 의자에서 일어났다. 녹음기는 끄지 않았다. 때로는 아무도 없는 곳에서 내뱉는 상담자의 독백이 중요한 단서를 제공해줄 때도 있었다. 어차피 사내는 입을 닫아버렸으니, 잠깐이라도 여유를 갖는 편이 서로를 위해서 도움이 될 것이다. 형사는 눈을 감은 채 꼼짝하지 않았다. 외면해 버리면, 자기가 저질러버린 일이 해결된다고 믿고 있는 것일까. 그에게서 비릿한 냄새가 났다. 아직 유아기를 벗어나지 못한 인간이군. 나는 그를 경멸했다. 근육의 힘만 믿고 세상을 살아가는 자들에 대한 반감이었다.

밖에는 제법 싸늘한 바람이 불고 있었다. 나는 크게 숨을 들이마시며 기지개를 폈다. 예상했던 대로 쉽지 않았다. 신경을 많이 쓴 탓인지, 아랫배가 묵직했다. 따뜻한 우유를 마시고 싶었다. 이럴 때는 아버지의 양털 카디건을 입고, 침대에 폭 파묻혀서 데운 우유를 홀짝이면 기분이 좋아질 텐데. 무릎까지 덮을 수 있는 그 옷에는 파이프담배 냄새가 배어 있다. 아버지의 냄새. 그러고 보니 형사도 담배를 많이 피우는 것 같았다. 우유를 사오는 길에 담배도 한 갑 같이 사야겠다. 어쨌든 그가 도와주지 않는다면, 일이 더 힘들어질 테니까. 아니, 최소한 방해만이라도 하지 못하게 만들어야 했다.

경찰서 앞 구멍가게 주인은 펑퍼짐한 아줌마였다. 드라마에 정신이 팔려서, 내가 우유팩과 담배를 내밀어도 본척 만척 했다. 브라운관 속의 앳된 여자는 중년 남자를 바라보며 이야기했다. 당신을 사랑하는 일이 왜 이리 힘에 겨운 거죠? 여자의 커다란 눈망울에 눈물을 그렁그렁 맺혔다가, 떨어져 내렸다. 저만한 아픔도 없는 사랑이 어디 있을까. 만일 내가 가진 사랑이 저런 정도의 어려움에 불과했다면, 나는 충분히 행복했을 것이다.

형사는 현관 앞에서 기다리고 있었다. 비 오는 날이면 버스 정류장에서 날 기다리던 아버지처럼. 그가 내뿜는 담배연기가 바람을 타고 내게 전해졌다. 저 사람에게도 사랑은 힘에 겨운 일일까? 그의 몸에서 나는 땀 냄새가 안쓰럽게 느껴졌다.

"괜한 말을 했나보군요."

형사는 정말로 미안하다는 표정이었다. 신경 쓰지 마세요. 오래된 일이라 이젠 내성이 생겨서 아프지 않으니까요. 이렇게 말해주고 싶었지만, 하지 않았다. 그는 아직 그런 말을 주고받을 만큼 편한 상대가 아니었다. 대신 비닐봉지에서 담배를 꺼내 그에게 내밀었다. 그는 조금 놀란 표정이었지만, 별말 없이 담배를 받았다. 그제야 내 상처에 머물던 그의 시선이 떨어져 나갔다. 커피와 섞인 우유가 부드럽게 혀를 감쌌다. 비라도 내렸으면 좋겠다고 생각했다.

그날은 하루 종일 비가 내렸다. 늦은 저녁을 먹으면서 태풍이 올라오는 중이라는 뉴스를 들은 것도 같았다. 집안의 창문들이 소리를 지르며 떨고 있었다. 무서웠지만, 아버지를 부를 엄두가 나지 않았다. 엄마의 기일(忌日)이었으니까. 그날만큼은 내가 아버지를 독차지 할 수 없었다. 아버지는 서재에서 꼼짝하지 않고 밤을 보낼 것이다. 아쉽기도 했고, 안타깝기도 했지만, 이해해야만 했다. 아버지는 집안 구석구석에 남겨진 어머니의 흔적과 마주치는 것을 두려워했으니까. 간혹 그것들과 마주쳤을 때면 아버지는 내게 말했다. 애야, 살아있다는 것이 부끄럽구나. 차라리 이사를 갔더라면 좋았을 텐데, 아버지는 나를 염려했다. 가뜩이나 사람들과 쉽게 사귀지 못하는 내가, 전학이라도 가게 된다면 얼마나 힘겨워할지를 걱정했던 것이다. 그렇지만 나는 그게 더 싫었다. 아버지가 원하기만 한다면, 그보다 더한 고통도 참아낼 자신이 있었으니까.

그날 밤은 쉽게 잠들 수가 없었다. 그런 곳에 살아본 사람들은 알 것이다. 낡은 한옥지붕을 통과하는 바람소리가 얼마나 음산한지. 처마에서 떨어지는 빗소리를 듣고 있으면 숨이 막혀버릴 것 같았다. 벌을 서는 느낌이었다. 어깨 위로 얼음 조각처럼 차가운 물이 쏟아지고, 내 몸은 질책의 무게를 이기지 못하고 쪼그라들어 버릴 것만 같았다.

따뜻한 우유를 마시고 싶어졌다. 늦게까지 잠들지 못하는 때면 아버지는 우유를 데워서 가져다주곤 했는데…… 아래층으로 내려가니, 아직도 서재에는 불이 켜져 있었다. 들키지 않으려고 살금살금 움직였다. 살며시 냉장고 문을 열어 우유를 꺼내고 주전자에 따랐다. 또로록, 어둠 속에서 울리던 소리가 어찌나 크던지, 심장이 두근거리기까지 했다. 가스레인지를 틀어 약한 불에 맞추고 주전자를 올려놓았다. 이상했다. 서재의 불빛이 그날따라 유난스레 더워 보였다. 아버지 몰래 나쁜 짓을 하는 느낌이었다. 자꾸만 마른침이 넘어갔다. 불을 끄고 주전자를 들어 우유를 따르려고 할 때, 번개가 쳤다.

악! 주저앉을 때 싱크대에 부딪혔는지, 허리 근처가 시큰거렸다. 내가 내지른 소리를 듣고, 아버지가 서재에서 뛰어나왔다. 이름을 부르는 아버지의 목소리를 들었을 때야, 나는 비로소 허벅지에 뜨거운 우유가 쏟아졌다는 것을 깨달았다. 울고 싶지 않았지만, 어느새 눈물이 흐르고 있었다. 물끄러미 바라보던 아버지가 나를 안았다. 아버지, 뜨거워요. 뜨거워서 견딜 수가 없어요. 파이프담배 냄새가 났다. 아버지의 손이 닿는 곳마다 뜨겁게 달아올랐다.

"커피 맛이 좋아졌는데요."

형사는 내가 건넨 커피를 마시고는 활짝 웃었다. 조심스레 그의 얼굴을 살폈다. 그는 한결 부드러워진 표정으로 나를 바라보고 있었다. 다행이었다. 이제는 방해하지 않을 테지. 다시 한 번 기지개를 폈다. 형사의 눈은 나를 떠나지 않았다. 무엇 때문인지 묻기도 전에, 그의 손이 내 가슴에 달린 상장을 가리켰다.

어떻게 대답해야 할까? 얼마 전에 아버지가 돌아가셨다고. 그래서 이제 나는 세상에 혼자 남겨져버렸다고, 말할 수 있을까. 잘 알지도 못하는 사람에게 어떻게 그런 이야기를 할 수 있을까. 이야기한다고 해도 그가 부담스러워하지 않을까. 내가 드라마를 부담스러워하는 이유도 그 때문이었다. 드라마 속의 사람들은 너무 쉽게 자신의 고통을 이야기한다. 정말 고통을 느끼고 있다면, 그렇게 쉽게 뱉어내지 못할 것이다. 정말 그 중년남자를 사랑하고 있는 거라면, 그렇게 쉽게 힘들다고 말하지는 못할 것이다. 영원히 소유할 수 없는 사랑을 떠나보내고도, 그 고통을 입 밖으로 꺼낼 수 없는 사람도 있다. 바로, 나처럼.

"들어가시죠."

형사의 얼굴에 또다시 권태와 짜증이 떠올랐다. 그는 도무지 종잡을 수 없는 사람이었다. 이제야 조금 친밀감을 느꼈다고 생각했는데, 또 어느 틈인가 냉혹한 형사라는 페르조나를 뒤집어 쓰고 있었다. 취조실을 나오며 느꼈던 맹렬한 적의를 떠올리며, 그의 뒤를 따라 들어갔다.

담배를 피우고 있던 사내가 형사의 얼굴을 보고서 얼른 담배를 비벼 껐다. 피식, 형사의 얼굴에 웃음이 스쳐지나갔다. 나는 사내에게 종이컵을 내밀었다. 마셔요, 피곤할 때 좋아요. 사내는 형사의 눈치를 살피며 조금씩 커피를 핥았다. 꼭 우유를 마시는 고양이 같았다. 따뜻한 것을 마셔서일까, 사내의 긴 속눈썹이 파르르 떨렸다. 형사는 더 이상은 관심이 없다는 듯이, 자기 의자에 앉아 노트북을 열고 타이핑하기 시작했다. 나는 사내에게 미소를 보이고는 다시 한 번 기억을 떠올려 보라고 요청했다.

"새파란 하늘이었어요. 여름 하늘치고는 지나치게 파랬지요."

사내는 이번에는 사춘기의 기억을 끄집어냈다. 나비와 관련된 기억이었다. 사내의 새엄마에게는 딸이 있었는데, 나이는 그보다 서너 살이 많았다고 했다. 얼음으로 만든 조각이었어요. 사내는 자신의 누나를 그렇게 표현했다. 얼굴도 예쁘고 공부도 잘했지만, 너무 도도하고 냉정해서 말도 한 번 제대로 걸어보지 못했어요. 사내의 말을 들으며, 나는 그의 누나가 심한 스트레스를 받고 있었던 것이 아닌가 생각되었다. 주기적으로 약을 복용했고, 때로는 가학적인 취미를 보이기도 했다고, 사내는 진술했다. 하루 종일 뒷마당에 쪼그리고 앉아 있었지요. 무슨 일인지 궁금해서 나가보니, 여기저기 그을린 날개가 흩어져 있었어요. 누나는 처마 밑에 앉아서는 나비의 날개에 불을 붙이고 있었지요. 그리고 불이 사그라지면, 가늘고 흰 손가락으로 날개를 뜯어냈어요. 알고 계신가요? 나비가 얼마나 완강하게 버둥거리는지. 날개가 잘려진 몸뚱이를 불로 태웠어요. 나비가 불 속에서 꿈틀거릴 때마다 웃었어요. 오른 손에 아빠의 지포라이터를 꼭 쥔 채로, 누나는 환하게, 웃었어요.

사내가 말을 마치고 다시 담배 한 개비를 뽑았다. 불을 붙이는 그의 손이 떨렸다. 그가 담배를 피우는 동안 침묵이 이어졌다. 그의 입 주변은 말라붙어 하얗게 일어나 있었다. 연기 때문일까, 눈이 따끔거리고 목이 말랐다. 차가운 물을 마시고 싶다는 생각이 들었지만 멈출 수가 없었다. 아직 해야 할 일이 많이 남았다. 손을 흔들어 그의 말을 재촉했다.

간혹 그런 증상을 보이는 사람들이 있다. 특정 대상에 대한 집요한 가혹행위. 지나치게 민감하거나, 견딜 수 없는 상처를 받았을 때, 자신의 쉐도우를 그런 식으로 발산하기도 한다. 하지만 이런 사실을 그에게는 말해 주지는 않았다. 그의 기억을 방해하고 싶지 않았다.

"집안은 깜깜했어요. 두터운 커튼이 쳐져있었죠. 갑자기 움직일 수가 없었어요. 처음에는 그게 무엇인지 알 수 없었죠. 눈이 어둠에 익숙해지고 나서야 살덩어리라는 걸 알 수 있었어요. 숨가쁘게 움직이는 살덩어리. 그 중에서 밑에 깔려 있던 것이 누나였어요."

갑자기 어지러웠다. 잠깐 중심을 잡기 위해 비틀거리자, 바닥에 떨어진 볼펜을 줍고 있던 형사가 화들짝 놀라 고개를 들었다. 사내도 조금 놀란 것 같았다. 팬티 밑이 축축해진 느낌이 들어서 기분이 좋지 않았다. 예정일은 아직 멀었는데, 재빨리 날짜를 되짚어봤다. 아니다. 아직 일주일이나 남았다. 손을 흔들어, 사내에게 말을 계속할 것을 종용했다.

사내는 얼굴을 찡그렸다. 말을 계속해야 하느냐는 뜻이었다. 하긴, 더 이상은 말하기는 고통스러울 것이다. 하지만 말해야 한다. 주사 맞는 것을 두려워해서는 병을 고칠 수 없으니까. 병을 고치기 위해서는 피하지 말고 말을 해야 한다. 나는 다시 한번 손을 흔들었다. 사내가 몇 번인가 더 담배연기를 들이키더니, 결심한 듯 입을 열었다.

"그 자리에 쓰러져서 정신을 잃었어요. 눈을 떠보니 누나가 서 있었죠. 그런데 이상했어요. 누나 키나 너무 컸거든요. 그땐 이미 제 키가 누나보다 컸는데, 일어서도 누나의 가슴팍 정도밖에는 닿지 않았어요. 그때서야 누나의 발로 시선을 옮겼지요. 떠, 있었어요. 공중에 둥실, 떠서, 누나가 나를, 내려다보고 있었죠. 오른 손에는…… 피로 얼룩진 팬티를 꼭 쥐진 채로 말이에요."

사내는 고개를 숙여버리고 말았다. 울고 있는 것일까, 그의 어깨가

들썩였다. 형사는 벽에 등을 기댄 자세로 눈을 감고 있었다. 가볍게 코까지 고는 걸 보니, 제법 깊은 잠에 빠진 듯했다. 답답했다. 해답은 예상외로 쉽게 나왔지만, 무언가가 가슴에 걸려 내려가지 않았다.

애야, 이제는 그만 쉬자구나. 환자용 소변기를 비우고 와서 책을 펼쳐드는 내게 아버지는 그렇게 말했었다. 쉴 수 없어요, 아버지. 그러면 지니까요. 난 절대로 편견 따위에 굴복하지 않을 거예요. 그러니까 아버지도 이겨내세요. 아버지는 평생 병든 사람을 고치며 살아왔잖아요. 그런데 왜 자기 병은 고치지 못하세요. 하지만 힘이 남아 있지 않았다. 어깨는 무거웠고, 눈꺼풀은 뻑뻑했다. 눈물이 나면 좋을 텐데, 나지 않았다. 아버지의 무덤 앞에서 너무 많이 울어버려서, 이제는 눈물이 남아 있지 않았다.

다시 한 번, 축축한 느낌이 들었다. 아무래도 안 되겠다. 그래요, 아버지, 이젠 저도 쉬어야 할까 봐요. 너무 피곤해요. 나는 취재노트를 덮고, 녹음기의 스톱버튼을 눌렀다. 그 소리에 형사도 눈을 떴다. 그는 아직 정신을 차리지 못했는지, 몇 번을 두리번거리고는 내게 물었다.

"다 끝났습니까?"

나는 말없이 고개를 끄덕이고는 일어났다. 우선 화장실이 급했다. 아무래도 시작된 모양이었다. 어떻게 해야 할지 막막했다. 아니, 답은 분명하게 나와 있었다. 사춘기에 누나가 강간당하는 장면을 목격했던 충격으로, 여자들의 속옷에 집착하게 되었다. 더구나 누나는 자살할 때, 혈흔이 묻은 팬티를 손에 쥐고 죽었으며, 그로 인해서 사내는 팬티를 누나와 자신을 이어주는 심리적 매개물로 간주하게 되었다. 이쯤에서 잘못된 순결 이데올로기가 사내의 누나를 죽음으로 몰아넣었고, 나아가 사내를 성도착자로 만들게 되었다는 평가를 집어넣는 것도 가능했다. 그렇지만 개운하지 않았다. 너무 빤히 보이는 결말이다. 어쩌면 이렇게 잘 맞아떨어질 수 있을까. 사내의 얼굴을 보고 싶었다. 그가 이야기를 시작할 때 지었던 천진한 표정을 다시 한 번 볼 수 있다면, 내가 내린 결론을 확신할 수 있을 텐데.

생리대를 하고 돌아왔을 때 모든 것은 끝나 있었다. 형사의 심문은 진작에 마무리 된 뒤였고, 사내는 보이지 않았다. 얼굴을 보지 못한 것이 아쉬웠지만, 어쩔 수 없었다. 형사는 다시 말끔한 얼굴로 돌아와 나를 배웅했다. 아직 동이 트지는 않았다. 하지만 그리 어둡지도 않았다. 형사가 내게 손을 내밀었다. 조금 망설이다 그의 손을 잡았다. 어쨌든 이제 논문을 쓸 수 있을 것이다. 바람이 시원하게 목덜미를 스쳤다.

3

불을 켜실 건가요? 눈이 너무 아픈데요.

말을 해야 한다는 것은 언제나 버거운 일이었다. 다른 사람들은 어떨지 몰라도, 적어도 내 경우에는 그랬다. 어릴 적부터 나는 말주변이 없는 아이였고, 그건 지금도 별반 달라지지 않았다. 내가 편하게 말을 할 수 있는 상대는 두 명뿐이었다. 엄마와 누이. 그나마 그들도 이젠 내 말을 들을 수 없게 되었다.

그래도 말을 해야 한다고, 그래야 도와줄 수 있다고, 당신은 내게 말했다. 글쎄, 아마 당신 말이 맞을 것이다. 당신은 나를 도와주기 위해서 온 사람이라니까. 그렇지만 내가 어떻게 당신의 말을 믿을 수 있는가. 나는 당신을 오늘 처음 보았을 뿐인데. 사실, 이곳으로 오기 전부터, 나는 많이 망설였다. 당신이 들어오기 전, 형사가 말했다. 쓸데없는 소리하지 말고 묻는 말에만 대답하라고. 그게 좋을 거라고. 그래도 말을 해야겠다고 생각했다. 그건, 나비 때문이다. 당신 가슴에 매달려 있는 나비 모양의 리본, 그게 마음에 들었다. 그런 걸 달고 다니는 사람이라면, 내가 하려는 말을 조금이라도 이해할 수 있을지도 모르겠다.

"떠오르는 것을 먼저 얘기하세요. 어린 시절 기억이면 더 좋구요."

당신은 또 한 번 내게 어려운 요구를 했다. 어린 시절의 기억을 떠올리라니. 그런 건 열세 살 이후로는 생각해본 적도 없었다. 무엇을 말해야 하나, 나는 잠시 혼란스러웠다. 이럴 때는 담배를 피우면 좋을 텐데, 형사의 얼굴을 보니, 그런 말은 꺼내봐야 씨알도 먹힐 것 같지 않았다. 그래, 그걸 먼저 얘기해야겠다. 새엄마가 누나와 함께 우리 집으로 들어왔던 그 때, 아빠가 낚시를 하자며 데리고 갔던 그 강가, 바로 거기.

물속에서 바라보던 햇살이 얼마나 아름답던지, 이상하게 두렵지 않았어요. 다만 이렇게 고요한 세상 속에 내가 들어가 있다는 것, 그것만으로도 충분히 기뻤으니까요. 그런데 그때 갑자기 아빠가 나타났어요. 이제 막 끝나려고 하는데, 모든 게 제자리를 찾아가려고 하는데, 아빠가 모두 망쳐놨어요. 조금만 더, 조금만 더 그대로 있었으면 엄마를 만날 수 있었을 텐데. 아빠가 머리채를 움켜쥐고 나를 밖으로 끄집어냈지요. 그때서야 죽음이란 말이 떠올랐죠. 이렇게 죽는 구나, 하고 생각했어요.

당신은 내 말을 녹음하고 있었다. 그걸 어디에 쓸 건지는 알 수 없었지만, 누군가 내 말을 반복해서 들어줄 거라는 생각만으로도 기분이 좋아졌다. 느낌이 좋았다. 당신 앞에서라면 조금 더 솔직하게 얘기를 할 수 있을 것도 같았다.

차라리 그냥 두었으면 더 좋았을 거라는 생각도 들었어요. 그러면 엄마를 만날 수 있었을 테니까요. 아빠는 나를 강가까지 끌고 와서는 그대로 자갈밭에 내팽개쳤어요. 병신 같은 새끼, 철썩, 철썩, 내 뺨을 갈기고는 돌아섰지요. 부끄러워하고 있구나. 저 사람은 나를 부끄럽게 생각하는구나. 죽어 버렸으면, 이라고 했는지 죽여 버렸으면, 이라고 했는지 정확하게 기억이 나지 않아요.

당신은 무언가를 노트에 적었다. 궁금했지만, 참기로 했다. 그보다는 담배 생각이 더 간절했다. 나는 수갑이 채워진 손을 뻗어, 탁자 위에 놓인 담배를 가리켰다. 당신은 흔쾌히 고개를 끄덕여 주었다. 멋진 미소였다. 아마 우리 엄마도 당신처럼 멋진 미소를 가지고 있었을 것이다. 엄마를 떠올리니 조금 쓸쓸했고, 많이 행복해졌다. 여섯 살이라면 기억날 만도 한데, 나는 엄마의 얼굴을 기억하지 못했다. 그게 항상 미안했다. 얼굴도 알지 못하는 엄마, 그래도 엄마를 생각하면 따뜻해진다.

"이 개새끼야, 여기가 너희 집 안방인 줄 알아?"

형사가 고함을 지르며, 이제 막 불을 붙인 담배를 빼앗아갔다. 누군가 내게 고함을 지르는 건 정말로 싫다. 왜 사람들은 자기와는 다른 사람을 견디지 못하는지 모르겠다. 나는 그저 담배를 피우고 싶었을 뿐이다. 그런데 왜 그렇게 화를 내는지 알 수 없었다. 자기는 이 방에 들어와서만 벌써 몇 개비 째를 피웠으면서. 나를 도와주겠다고 했는가, 하지만 당신은 너무 무력하다. 도대체 무엇을 도와주겠다는 말인가.

당신은 잠깐 쉬었다 하자고 말했다. 그러나 형사는 꼼짝도 하지 않았다. 그는 완강하게 입을 다물고 의자에 앉아 있었다. 당신은 어쩔 수 없다는 듯이 한숨을 쉬고는 문을 열고 나가 버렸다. 나는 무서웠다. 형사와 단둘이 남는 것은 두려웠다. 아빠도 그랬다. 잔뜩 술에 취한 날이면 어김없이 나를 벽장에 처넣었다. 아무런 설명도 없이, 단 한마디 말도 하지 않고 뺨을 후려쳤다. 철썩, 철썩, 철썩. 그리고 나서야 말했다. 꼼짝하지 말고 여기 처박혀있어. 무서웠다. 어둠이 스멀거리며 목덜미로, 손등으로, 발목으로 달라붙었다. 울어버리고 싶었지만 그럴 수 없었다. 문 밖에서 소리가 들렸기 때문이었다. 벌레들이 서까래를 갉아먹는 것 같은 소리. 나는 몸을 동그랗게 말아, 배고픈 벌레들의 주둥아리를 피하려고 했다. 하지만 소리는 그치지 않았다. 저렇게 먹어치워 버리면 이렇게 낡은 하꼬방 따위는 금방 주저앉아 버릴 거야. 엄지손톱을 잘근잘근 씹으며 엄마를 불렀다. 엄마, 무서워, 엄마. 한참의 시간이 지난 뒤에 누나가 벽장으로 올라왔다. 더듬거리며 웅크리고 앉은 나를 찾아서, 이제 막 봉긋해진 젖가슴을 입에 물려줬다. 뒷산에 지천으로 핀 밤꽃냄새가 누나의 가슴 사이에 묻어 있었다. 욕지기가 올랐다.

형사도 얼마 지나지 않아서 문을 열고 나가버렸다. 차라리 이게 편

했다. 혼자 있는 것은 익숙한 일이었으니까. 웬일이었을까, 탁자 밑에는 담뱃값과 라이터가 떨어져 있었다. 걱정하지 말아요. 난 당신을 도우려고 왔어요. 당신이 했던 말이 떠올랐다. 그래, 이렇게 돕겠다는 뜻이었군. 나는 조심스레 담배를 빼냈다. 꼭 도둑질을 하는 기분이었다. 손끝이 떨렸다. 하지만 기분이 나쁘지는 않았다.

필터 끝이 타들어 갈 때까지 담배를 피우다가, 혼자 돌아가고 있는 녹음기에 눈길이 갔다. 형사가 없는 곳에서 얘기를 해보라는 뜻이리라. 무슨 말을 해야 할까. 좀 막막했다. 하지만 말을 해야 할 것만 같았다. 담배에 대한 보답으로라도, 말을 남겨놓아야 했다. 한참 동안을 고민했지만, 떠오를 듯 떠오를 듯하면서도 적당한 말이 떠오르지 않았다. 에라, 나는 그냥 나오는 대로 지껄여버리고 말았다.

기억하라. 진실이란 언제나 이해되지 못하는 곳에 숨어있는 법이다.

떠벌리고 나니, 제법 마음에 들었다. 당신에게 꼭 해주고 싶었던 말인 것도 같았다. 나는 우쭐해져서, 또 한 개비의 담배를 뽑았다. 좋은 말을 해주었으니 이 정도 보답은 받을 수 있겠지. 이번에는 느긋하게 불을 붙이고 연기를 빨아들였다. 이만하면 당신에게 제법 멋진 선물이 될 수 있을 거라는 생각이 들었다.

그때, 갑자기 문이 열렸다. 재빨리 담배를 재떨이에 비벼 껐다. 또 한번 고함소리를 듣고 싶지는 않았다. 당신은 종이컵을 들고 들어왔다. 달콤한 커피 냄새가 났다. 어쩌면 이렇게 기분을 잘 맞출 수 있을까. 나는 당신을 믿어보기로 했다. 커피는 부드러웠다. 설탕이 좀 더 들어갔다면 좋았겠지만, 이런저런 요구를 할 만한 상황이 아니라는 것쯤은 알고 있었다. 혀를 길게 내밀어 종이컵 가장자리에 묻은 설탕을 핥았다. 눈썹을 떨었다. 그건 오래된 버릇이었다. 나는 행복한 순간마다 눈썹을 떨었다. 처음으로 도둑질을 했던 날도 그랬다. 건조대 위에 널어놓은 하얀 팬티를 주머니에 집어넣고 종종걸음으로 골목길을 빠져 나오던 저녁 무렵, 그 얇으면서도 부드러운 천을 손끝으로 만지면서, 나는 떨리는 눈썹을 주체할 수 없었다.

당신은 이야기를 계속해보라고 했다. 좋다. 까짓, 이 정도면 충분한 보상을 받았다. 그리고 무엇보다 나는 당신의 미소에 반했다. 당신이 노트에 무엇인가를 적을 때마다 이마를 짚는 그 가늘고 긴 손가락에도. 누나도 그랬지만, 나비 더듬이처럼 긴 손가락을 가진 여자는 나를 매료시킨다.

새파란 하늘이었어요. 여름날 하늘치고는 지나치게 파랬지요. 가을이 오려면 아직 멀었는데, 하늘만 너무 파랬어요. 보충 수업을 마치고 집으로 돌아오는 길이었지요. 아뇨, 다른 곳으로는 가지 않았어요. 보통은 학원에 들르곤 했지만 그 날은 그냥 집으로 곧장 돌아왔어요. 왜 그랬는지는 모르겠어요. 그리 중요한 이유는 아니었겠죠. 머리가 아팠거나 배가 아팠거나 하는, 그 나이 또래들은 누구나 한번쯤 겪게 되는, 그렇고 그런 이유였을 거예요. 당시에는 아주 급박하고 절실한 문제였지만, 시간이 지나버리면 기억에도 남지 않는 그런 거 말이에요. 대문에 들어서자 뭔가 다르다는 것을 느꼈어요. 평상시와는 다른 공기가 집안 구석구석에서 피어오르는 것 같았죠. 아무리 주변을 둘러봐도 모든 건 그대로인데, 이상하게 낯설었어요. 그리 더운 날씨도 아니었는데, 겨드랑이에서 자꾸 땀이 났어요. 입에서는 달큼한 냄새가 피어올랐고요. 왜 그랬는지는 모르겠어요. 원래 단

것을 좋아했는데, 그 냄새만큼은 싫었어요. 가슴이 답답했어요. 체육 시간에 단체 기합을 받아 운동장을 돌 때처럼, 하늘이 뱅글뱅글 맴을 돌았지요.

형사는 이제 아무런 관심이 없는 것처럼 보였다. 그는 노트북을 켜놓고 자판을 두드리고 있었다. 이제야 비로소 대화는 당신과 나만의 것이 되었다. 나는 조금 더 용기를 내어 이야기를 계속하기로 했다.

어쩌면 그건 소리 때문이었는지도 몰라요. 현관으로 다가가자 작은 소리가 들려왔거든요. 한 번도 만나본 적 없던 소리, 하지만 익숙했던 소리. 현관 문턱이 학교 울타리만큼이나 높아 보였어요. 마음만 먹으면 충분히 넘어갈 수 있는데, 넘어가서는 안 된다는 생각이 들었지요. 이유는 모르겠지만, 금지된 짓을 하고 있다는 생각이 들었어요. 하지만 어쩔 수 없었어요. 그러고 싶지는 않았지만, 배가 아팠거든요. 금지되어 있다고 생각한 순간부터 갑자기, 맹렬하게 배가 아팠어요. 오래 전부터 몸속에 쌓이고 쌓여 섞어 가는 것들이 요동을 쳤어요. 참을 수가 없었지요.

내 입은 열심히 이야기하고 있었지만, 눈은 당신의 어깨로 향해 있었다. 알고 있는지 모르겠다. 당신은 글씨를 쓸 때마다 왼쪽 어깨를 올리곤 한다는 것을. 그때마다 원피스가 들썩이고, 언뜻언뜻 브래지어 끈이 내비친다는 것을. 그리고 당신이 입고 있는 검정 원피스가 그 하얀 어깨 끈을 유난히도 돋보이게 한다는 것을.

당신이 나를 보고 웃었다. 혹시 눈치 챈 것은 아닐까. 눈길을 돌렸다. 당신을 쳐다볼 용기가 나지 않았다. 알고 있다. 당신은 분명히 알고 있다. 그렇지 않으면 갑자기 웃음을 지었을 이유가 없었다. 그런데,

왜 화를 내지 않았던 것일까. 혹시 당신이 내 시선을 즐기고 있었던지도 모른다. 아니, 그럴 리는 없다. 당신은 그런 여자가 아니다. 그렇다면 당신은 나를 무시하는 것일까. 너 따위가 감히, 하는 심정으로 비웃었던 것은 아닐까. 아니다. 그러면 안 된다. 당신은 그래서는 안 된다.

문을 열고 들어갔어요. 집안은 깜깜했지요. 갑자기 어둠 속으로 들어온 나는 아무 것도 볼 수 없었어요. 움직일 수도 없었고요. 처음에는 그게 무엇인지 알 수 없었죠. 살덩어리, 숨 가쁘게 움직이는 살덩어리가 보였어요. 차츰차츰 눈이 트이자, 그것이 하나가 아니라 두 개라는 걸 알았어요. 구릿빛 도는 살덩어리가 있었고, 그리고 그 밑에 박꽃처럼 하얀 살덩어리가 깔려있었지요. 알아버렸죠. 아니, 알고 있었는지도 몰라요. 처음 보았지만 나는 이미 모든 걸 알고 있었던 거예요.

갑자기, 당신이 비틀거렸다. 빈혈이 있는 걸까. 누나도 그랬다. 햇살 따가운 마당에 오래 앉아있을 때나, 계단에서 내려오거나 할 때면, 누나도 당신처럼 손을 이마에 짚은 채로 휘청거리고는 했었다. 그 모습이 너무 예뻐서, 계속 아프기만 했으면 좋겠다고 생각한 적도 있었다. 그날 밤 꿈속에서도 누나는 하루 종일 뒷마당에 앉아있었다. 나는 그 앞에 쪼그리고 앉아 나비를 가지고 놀았지. 누나의 손에 지포라이터를 쥐어주고는 불을 붙여달라고 했어. 타오를 수 있도록 만들어 달라고. 나의 첫 몽정은 그렇게 나비의 날갯짓과 함께 찾아왔다.

다급하게 머리를 들던 형사는 탁자에 부딪히고 말았다. 더러운 새끼, 저 새끼는 아까부터 당신 다리를 훔쳐보고 있었다. 저런 놈이 나를 심판하려 하다니. 나는 저런 새끼들을 알고 있다. 제법 근엄하게 꾸며진 가면을 쓰고 있지만, 그 뒤에는 지린내를 풍기며 기어 다니는 벌레의 얼굴을 숨기고 있는 새끼. 나는 그런 새끼와 같이 살았다. 역겨워. 지금 라이터만 있다면 네놈도 그 새끼처럼 태워버릴 수 있을 텐데.

당신 얼굴이 갑자기 어두워졌다. 당신도 저 새끼가 일부러 볼펜을 떨어뜨렸다는 걸 알아차린 모양이었다. 그런데도 당신은 가만히 있었다. 왜 알면서도 용납하는 것일까. 혹시 당신은 두려워하는 것은 아닐까. 아니, 그럴 리가 없다. 당신은 나를 지켜주기겠다고 하지 않았는가. 그런 사람이 저따위 벌레 같은 새끼를 두려워할 리가 없다. 당신은 지나치게 신중할 뿐이다. 이제 곧 응징의 횃불을 높이 들 것이다. 드디어, 당신이 움직였다. 빨리, 빨리 저 벌레를 무찔러, 짓밟아, 태워버려. 그런데 제기랄, 당신은 저 새끼에게 웃어 보였다. 하얀 이빨을 내보이며, 비굴하게. 이런 씨발, 얼마나 멋있었는데, 왜 저런 새끼에게 팔아치우는 거야. 당신은 별 것 아니라는 듯이 내게 손을 흔들었지만, 난 이미 알아버렸다. 더럽다. 당신은 창녀보다도 더럽다. 오줌발에 젖은 팬티가 당신보다 더 깨끗했다.

더 이상 말을 한다는 것은 의미가 없었다. 나는 기만당했다. 더러운 년, 나를 속였어. 입에서 튀어나오는 대로 내뱉어 버렸다. 복수, 거짓을 말하는 자에 대한 합당한 복수는 거짓뿐이다. 견딜 수가 없었다. 왜 내 말을 들어주던 사람들은 하나같이 거짓말쟁이들일까. 금방 돌아올 거라던 엄마는 돌아오지 않았고, 죽어 버리겠다던 누나는 죽지 않았지. 그리고 당신, 당신은 도와주겠다고 하고는 나를 가지고 놀았어. 나를 마음대로 가지고 놀다가 불을 붙이고 날개를 떼어내고는 팽

94

개쳐버린 거야. 나를, 나비도 아닌, 나를.

울음이 터졌다. 참을 수가 없었다. 나는, 울었다.

당신은 도망치듯 문을 열고 나가버렸다. 뒤도 돌아보지 않고, 그동안 참느라고 힘들었다는 듯이. 졸고 있던 형사가 나지막한 목소리로 물었다. 이름? 나이? 모든 것이 정해진 순서였다. 엄마가 나를 떠났고, 누나가 나를 떠났듯이, 당신도 나를 떠났다. 형사는 기다렸던 것처럼 재빠르게 일을 처리했다. 주소? 직업? 그리고는 또 다른 형사를 불러 나를 인계했다. 내가 막 문턱을 넘어서려는 순간, 등 뒤에서 그의 목소리가 들렸다.

"허탈하지? 원래 그런 법이야. 말을 많이 하면 허탈해지거든."

돌아보는 내 얼굴 위로 형사는 담배연기를 내뿜었다. 나는 꼭 저런 표정을 본 적 있다. 배가 부른 자, 허겁지겁 욕망을 채운 자…… 벽장에서 나를 풀어줄 때 아빠의 표정도 꼭 저랬다. 귀찮은 방해물을 모두 치워버리고서 비로소 사냥감을 먹어치운 자의 표정, 그는 달콤한 포만감에 미소를 짓고 있었다. 개새끼, 너무 기뻐하지는 마. 나는 아직 말을 끝내지 않았으니까.

이곳으로 끌려오던 날도 눈물을 흘리고 있었다. 차라리 죽는 것이 좋았을 누나는, 밤이 되면 떠오르는 그날의 악몽 때문에 잠들지 못하고 울기만 했다. 울다가 내 이름을 부르고, 나를 쓰다듬다가, 벌벌 떨면서 팬티를 내리고는 울음을 터뜨렸다. 화내지 말아요, 때리지 말아요, 제발. 누나는 내 얼굴에서 누구를 보고 있는 걸까. 그 사람은 이미 세상에 없다고, 한껏 벌어진 누나의 다리를 애써 외면하며 나는 중얼거리고 또 중얼거렸다.

벌써 십 년이 지났다. 그날따라 그런 생각이 떠올랐다. 묵직한 것이 내 심장을 내려친 느낌이었다. 누나는 기억하지 못하는 십 년이라는 세월이, 한꺼번에 심장을 향해서 달려들었다. 아니, 차라리 그것뿐이라면 견딜 수 있었을 지도 모르겠다. 창밖이 밝아진 후에야 잠이 들었던 누나가 내게 말을 했다. 오늘도 그럴 거야, 내일도 그렇고. 지금까지 그런 것처럼, 십 년이 지난 후에도, 또 십 년이 지난 후에도, 나는 깨어나지 못해. 그러니 제발, 나를 쉬게 해줘. 누나의 얼굴은 어느덧 열일곱의 소녀로 돌아와 있었다. 내가 건네준 라이터를 손에 꼭 쥐고, 햇살 속에서 얼굴을 찡그리던 그때의 표정을 하고, 누나는 잠이 들어 있었다.

나는 손을 들어, 누나의 목덜미에 맺힌 땀방울을 닦아내 주었다. 차고 미끈거리는 감촉에 진저리를 치면서. 익숙한 느낌이었다. 언젠가 내가 뜯어내 버렸던 것들도, 꼭 이런 느낌을 가지고 있었어. 한번 익힌 감촉은 지워지지 않아. 머릿속에 넣어둔 기억은 뒤죽박죽이 되어버려도, 손끝으로 느꼈던 기억을 잊어버릴 수는 없거든. 힘들지, 힘들어서 견딜 수가 없는 거지. 나는 그렇게 중얼거리며 손아귀에 힘을 주었다. 아니, 어쩌면…… 죽어, 죽어버려, 라고 했는지도 모르겠다. 기억나지 않는다. 누나가 너무 예뻐서, 미간을 찡그린 채로 보일 듯 말 듯 한 미소가 입가에 물고 있는 그 얼굴이 너무나 예뻐서, 다른 것들은 기억할 수가 없었다.

캑, 하고 누나가 내지르는 소리를 듣고서야, 자리를 박차고 일어났다. 견딜 수 없었다. 누나의 입에서 침이 흘러나와, 손자국이 찍힌 목덜미로 떨어졌다. 숨이 가빠졌다. 누나의 숨결이 고르게 가라앉을수록, 내 심장은 터질 것처럼 펄떡거렸다. 눈물이 났다. 그런 짓을 하고 나면 어김없이 부풀어 오르는 아랫도리가 서글퍼서, 자꾸만 눈물이 쏟아졌다. 그때, 창틈으로 아침햇살이 파고들었다. 혹시 모른다. 해가 뜨지 않았더라면, 그날따라 날이 맑아 햇살이 방안으로 들어오지만 않았더라면…… 그랬다면 나는 이런 곳으로 잡혀오지 않았을 것이다. 누나의 곁에 누워, 땀 냄새 나는 젖가슴에 얼굴을 묻고 엄마, 하고 웅얼거리며 잠이 들어버렸을 게다. 그랬다면 어땠을까. 적어도 지금보다는 따듯한 자리에 누울 수 있겠지. 하지만 후회하지 않는다. 당신들에게 당했던 이 모든 수모는 어차피 예정된 일이었으니까. 열세 살부터 지금까지 미뤄졌을 뿐이야. 누나는 아직도 그 라이터를 손에 쥐고 있었다. 그것도 예정되어 있던 모양이다. 한두 번 보아온 것도 아닌데, 그날따라 타오르던 옛집이, 피멍이 든 이마에 손을 얹고 처마 밑에 쪼그리고 앉아있던 누나가, 불타 죽어가면서도 펄럭이던 나비의 날개가, 떠올라서 견딜 수가 없었다.

나는 누나에게 달려들어 라이터를 빼앗았다. 누나는 손을 휘저으며 몸부림쳤지만 울지는 않았다. 그래, 내 잘못이야. 이런 것만 누나에게 주지 않았어도 아무 일도 일어나지 않았을 텐데. 허공에 매달려서도 놓지 않았던 라이터. 이제 다시 내 손으로 들어온 그것을, 변소에다 던져버렸다. 그날 버려 버렸어야 했는데, 너무 늦어버린 건지도 몰랐다. 어쨌든, 이제 끝났다. 구더기가 우글거리는 틈바구니에 파묻힌 라이터를 보며, 그렇게 중얼거렸다. 그리고는 오토바이를 끌고 나왔던 거였다. 원망인지 고마움인지 모를 눈빛으로 나를 물끄러미 쳐다보던 누나와 함께 있을 자신이 없어서. 바람을 맞으며 달리고 나면 가슴이 좀 식어버릴 것 같아서.

　당신들은 나를 미쳤다고 하겠지. 맞다, 나는 미쳤다. 어차피 이곳에서는 당신들만이 진실일 테니까. 당신들이 내게 어떤 죄목을 붙이든, 모두 인정할 작정이다. 그것이 십 년 전부터 예정되어 왔던 벌일 테니까. 하지만 당신들은 모른다. 진실은 절대로 내보여지지 않는다는 진실을.

　다시 돌아온 유치장의 작은 창틈으로, 하얀 나비가 한 마리 날아들었다.

나를 보라

툭, 목덜미에서 핏줄기가 솟구치는 소리가 들렸다. 내가 담겨져 있는 생명유지액이 순식간에 핏물로 변했다. 시원했다. 막혀있던 곳이 뚫려버린 느낌이었다. 보라. 모두들 보라. 나는 살아있다. 나를 보라. 자꾸 감겨지는 눈꺼풀을 들어올리며, 나는 소리치고 또 소리쳤다.

나를 보라

이것을 막을 수 있으리라는 생각은 어리석을 뿐이다.

—이언 월머트

1

아주 멀리, 하루를 꼬박 바다 위에서 보내야 도착할 수 있는 저 너머에, 사방을 둘러보아도 지평선뿐인 곳이 있다고 한다. 붉은 흙으로 뒤덮인 그곳에는 커다란 바위가 하나 우뚝하니 서 있다. 울루루, 태초부터 그곳을 지키던 사람들은 그 바위를 그렇게 불렀다. 세상의 중심, 모든 것이 만들어진 곳이라는 뜻이다. 저곳에 올라서면 신(神)의 얼굴을 볼 수 있을까.

"저곳으로 가고 싶어요."

꼭대기에 올라서면 강풍이 몰아쳐 사람이 떨어져서 죽기도 한다고 말했을 때, 그녀가 내 손을 꼭 잡았다. 마치 지금 바람이 불어오고 있는 것처럼. 여기, 나는 손을 뻗어 바위의 한쪽 귀퉁이를 가리켰다. 이

곳이 죽은 자들을 위한 곳이야. 바위를 오르다 죽은 사람들의 이름이 적혀 있지. 그녀는 내 손가락을 따라 포스터가 붙어 있는 여행사 창문으로 바싹 얼굴을 붙였다.

"이렇게 고요하고 아름답기만 한데."

그녀의 등 뒤로 비가 내렸다. 창문 너머의 저곳에는 일 년 내내 비가 내리지 않는다고 한다. 헤드라이트 행렬이 쉴 새 없이 이어졌지만, 빗소리에 묻혀 아무 소리도 들리지 않았다. 그녀가 내쉬는 숨결을 따라 바위산 등성이에 안개가 피어올랐다가 사라졌다. 세상은 고요하고 아름다웠다. 적어도 그 날, 그녀를 처음 바래다주던 그 날 밤까지는.

"그래도 가고 싶어. 저 위에 올라 당신과 입 맞추고 싶어."

바위에 오를 수 있는 길은 하나뿐이다. 해가 지는 곳에서부터 시작되는 작은 길. 그 길에는 하얀색 줄이 그려져 있고, 그 줄만 따라가면 정상에 오를 수 있다고 한다. 그 줄만 밟고 가면 살 수 있다. 벗어나지만 않는다면, 잘못된 곳으로 발을 내딛지만 않는다면.

2

나는 발을 잘못 내딛었다. 물론 이렇게 되기를 바랐던 것은 아니다. 그녀가 공연했던 연극 속의 대사처럼, 벗어날 수 없는 운명이 나를 이리로 끌고 왔을 뿐이다. 너무 많은 길을 와 버린 것일까. 돌아가야 할 길은 아득히 멀어 끝이 보이지 않았다.

아무리 부정하려 해도 틀림없다. 나는 종속되어 있다. 그는 나의 창조주이고, 나는 그의 명령에 복종해야 한다. 그리 어려운 것은 아니었다. 그는 내가 감당할 수 있는 일들만을 명령한다. 세밀한 통계가 필요한 브리핑, 술버릇 고약한 직장상사와의 회식자리, 혹은 별거 중인 아내와의 짧은 점심식사. 이 정도가 그가 내게 바라는 전부였다. 굳이 내가 대신할 필요는 없었지만, 그렇다고 그가 있을 필요도 없는 자리. 그는 그런 자리를 내게 넘겼다. 불만 따위는 없다. 나는 온전히 그를 위해서 만들어졌으므로. 언제나 명령은 그의 몫이다. 내가 할 수 있는 것은 오직, 복종뿐이다.

날카로운 경고음이 울렸다. 선을 밟고 말았다. 빨간 램프가 반짝였다. 되돌려야 한다. 심장박동그래프가 요동쳤다. 되돌려야 한다. 내가 들어있는 생명유지액이 역류했다. 탄산음료처럼 솟아오르는 기포가 코 속으로 파고들었다. 하지만 돌아갈 수 있을까? 눈동자의 실핏줄이 터졌다. 시야가 뿌옇게 흐려졌다. 눈을 감았다. 어쩌면, 너무 늦어버린 것인지도 모르겠다. 문밖에서 다급한 발소리가 들려왔다.

"상태는?"

"일시적인 발작입니다. 쇼크를 받은 것 같습니다."

정수리가 따끔했다. 신경안정주사가 투여된 모양이었다. 주먹으로 유리벽을 내리쳤다. 다시 경고음이 울렸다. 말해 줘, 제발. 내리감기는 눈꺼풀을 추어올렸다. 쓰라렸다. 입천장에서 피가 터졌다. 비릿한 핏물이 목구멍으로 밀려들었다. 말해 줘. 말을 하고 싶었지만 혀가 움직이지 않았다. 숨이 막혔다. 양손으로 목을 눌렀다. 다급했다. 조금 있으면 귀에서도 피가 흘러 들을 수도 없어질 것이다. 발버둥쳤다. 기포가 끌어올랐다. 그러나 발버둥치면 칠수록 더 많은 피가 쏟아질 뿐이었다. 눈을 뜰 수 없었다.

"예정대로 진행될 수 있겠어?"

아귀힘이 풀려나갔다. 무릎이 꺾였다. 안정제의 효과가 나타나는 모양이었다. 졸음이 밀려왔다. 듣고 싶어. 한번만 더 듣고 싶어. 여전히 말을 할 수 없었다. 자꾸만 눈이 감겼다. 바다 속 깊은 곳으로 가라앉는 기분이었다. 어두웠다.

"생명에는 지장이 없습니다. 용도변경작업은 예정대로 진행하겠습니다."

들었는가. 저들은 내게 생명이라고 했다. 입꼬리가 올라가는 것이 느껴졌다. 내게도 생명은 있다. 온전히 내 것일 수 있는 생명이. 귀에서 뜨끈한 진물이 흘러나왔다. 하지만 들렸다. 어둠 속으로 작은 소리가 스며들어 또렷하게 들려왔다. 내 기억 속에는 있을 리 없는, 엄마가 들려주던 자장가 소리. 뭉근한 온기를 피우던 젖가슴 밑에서 울리던 심장박동소리. 그 소리들이 추락하는 나를 안아 바닥에 사뿐히 내려놓았다. 잠들고 싶다. 손가락 사이에서 돋아나던 그녀의 젖꼭지를 입에 물고 잠이 들고 싶었다.

3

비가 내리기 때문이야.

그가 깊은 잠에 빠져 있던 나를 깨워 그렇게 말했다. 평소와는 다른 명령에 의아해 하는 나를 보며 그는 다시 입을 열었다. 걱정할 것 없어. 여느 때와 같이 평범한 일이야. 그는 안심시키기 위해 몇 번이고 같은 말을 되풀이했지만, 바로 그랬기 때문에 나는 더욱 불안했다.

그는 그런 사람이 아니었다. 연극을 보고, 커튼콜이 끝나면 꽃다발을 전해 줘. 분장 지우기를 기다려서 저녁을 대접하고, 오피스텔 현관까지만 바래다줘. 그리고 돌아오는 거야. 가벼운 포옹 정도야 상관없지만 섹스는 하지 마. 평소의 그라면 이렇게 말했을 것이다. 주저하지 않고, 또박또박, 정확하고 직접적으로.

하긴, 그리 이상할 것은 없었다. 그는 언제나 그런 식으로 나를 사용했다. 해야 할 두 가지 일이 겹쳤을 경우에. 아마도 내가 그녀를 만나고 있을 시간에, 그는 신규 제품에 대한 브리핑을 할 것이다. 다를 것이 없었다. 그러나 달랐다. 다른 때였다면 그는 브리핑을 하려고 회의실에 들어가기보다, 그녀의 허리에 손을 얹고 오피스텔로 들어갔을 것이다.

그러나 명령은 항상 그의 몫이다. 나는 복종할 뿐이다. 그 날도 역시 마찬가지였다. 나는 명령에 충실했다. 그녀가 그에게 선물해준 넥타이를 매고 공연장으로 향했다. 그녀에게 건네줄 노란 장미 한 다발도 잊지 않았다. 객석에 앉아 팜플렛을 뒤적이며, 지나치게 심각한 연출의 변이니, 기획 의도니 하는 것들 틈에서 그녀의 출연 소감을 찾아 읽기도 했다. 무대 위에서 나는 피어오른다. 그녀는 그렇게 썼다. 부러웠다.

연극은 그리 대단하지 않았다. 아니, 엉망에 가까웠다. 배우들의 감정표현은 절제가 없이 격렬하기만 했고, 동선(動線)을 고려하지 않은 위치 설정과 분할로 무대는 산만했다. 애써 현대적인 분위기로 바꿔

놓은 무대장치와 음향효과는, 그리스 비극의 장엄함을 잃어버린 채, 난삽하기만 했다. 어느 모로 보아도, 전문 극단의 공연이라고 하기에는 부족했다. 아마추어 수준을 겨우 넘긴 듯했다.

이들 사이에서 그녀는 단연 돋보였다. 물론 그녀의 연기도 그리 훌륭했던 것은 아니었지만, 적어도 그녀는 자신이 연기하는 인물에 밀착되어 있었다. 특히 불안해하는 오이디푸스를 다독이는 장면에서, 그녀는 유난히 빛났다. 걱정하지 말아요. 인간 따위가 걱정해서 무엇 하겠어요? 인간에게 운명이란 절대적인 것이어서 무엇 하나 앞일을 분명히 알 수 없는 법이랍니다. 그녀의 목소리가 귓불을 간질거렸다. 눈을 감았다. 나도 무대로 올라가 그녀에게 안기고 싶었다. 연인과 어머니, 두 개의 얼굴을 동시에 가져야 했던 여인의 이중성을 그녀는 간파하고 있었다. 적어도 그 순간만큼은 그녀는 그녀가 아니었다. 그녀는 이오카스테였고, 꽃이었다. 무대 위에서 활짝 피어오르는 꽃이었다.

4

"정말 와줄 거라고는 생각하지 않았어요."

그녀가 포크로 샐러드를 뒤적거리면서 말했다. 그랬겠지, 그랬으리라. 그는 좀처럼 연극을 보지 않는다. 그녀에게는 바쁘다고 핑계를 댔지만, 그래서만은 아니었다. 그는 무대 위의 그녀보다는 침대에서 눈썹을 찡그리는 그녀를 좋아했다. 연극 따위는 냄새나는 변두리 가라오케에서 직장상사가 부르는 뽕짝과 다를 바 없다. 그는 그렇게 생각했다. 지루하기 짝이 없는 시간 낭비에 불과하다고. 그에게 있어 그녀와 연극을 보러 가는 것은, 침대로 들어가기 위해 거쳐야 하는 몇 가지 번거로운 과정 중의 하나에 지나지 않았다. 물론 그는 몇 번인가 그녀와 함께 연극을 보기도 했다. 그녀가 배우지망생이기 때문이었다. 만일 그녀가 가수지망생이었다면, 그는 주저없이 콘서트홀이나 디너쇼 무대를 찾았을 것이다. 그는 그런 사람이다.

하지만 그는 이제 그녀가 지겨워졌다. 그녀가 제법 반반한 얼굴을 가진 배우지망생이라는 것도, 자기보다 열두 살이나 어리다는 것도, 듣기 좋은 신음소리를 낸다는 것도, 그에게는 더 이상 의미가 없다. 그는 그녀를 중요하게 생각하지 않는다. 귀찮을 뿐이다. 중요하지도 않은 일을 억지로 할 필요는 없다. 그래서 그는 나를 보냈다. 더구나 구질구질하게 비까지 내리기 때문에. 이것이 그가 나를 사용하는 방법이다.

"오늘 공연 좋았어."

그녀의 손놀림이 멈췄다. 오른 손에 쥐고 있던 포크 끝이 떨렸다. 순간, 입안이 바짝 말라붙었다. 나는 손을 내밀어 테이블 위에 놓은 담뱃갑을 집었다. 그녀의 눈길이 내 볼을 타고 지나갔다. 불을 붙였다. 담배연기가 기분 좋게 기도를 타고 빨려들었다. 탁, 그녀가 소리 나게 포크를 내려놓았다. 다시 한번 빨아들였다. 담배연기가 흔들렸다. 그녀가 고개를 숙였다.

"할 말이 있는 거죠?"

그럴 때가 있다. 내키지는 않지만, 어쩔 수 없이 시작할 수밖에 없는 때. 하지만 내가 내켜하든 내켜하지 않든 그런 것은 상관없다. 그것은 명령이고, 나는 복종해야 한다. 다시 한 모금, 담배연기를 들이마셨다. 그녀가 고개를 들었다. 나를 지켜보는 눈동자가 떨리고 있다는 것을 느낄 수 있었다. 고개를 돌렸다. 그녀가 손을 내밀어 물잔을 잡았다. 목이 말랐다. 유리잔 둘레에 맺혔던 물방울이 그녀의 손가락을 타고 흘렀다. 물을 마시고 싶었다.

그럴 때가 있는 법이다. 체념하듯 시작해야 할 때. 그녀가 잔을 들어 입으로 가져갔다. 매캐했다. 담배연기가 눈에 들어간 모양이었다. 손등으로 눈가를 비볐다. 꼴깍, 목울대가 달싹이는 소리가 들렸다. 눈자위가 쓰라렸다. 테이블 위를 더듬어 재떨이를 찾았다. 눈을 떴을 때, 그녀는 고개를 숙인 채로 말려 올라간 스커트 자락을 끌어내리고 있었다.

"물론 이상하게 들릴 수도 있겠지. 하지만……."

언제고 한 번은 그럴 때가 있는 법이다. 내 의지와는 상관없이 일이 시작되어 버리는 때. 조건반사처럼, 말머리를 꺼내자 그녀는 고개를 들어올렸다. 허리를 꼿꼿하게 펴면서, 그녀가 나를 바라보았다. 가슴 한복판에서 묵직한 것이 떨어져 나갔다.

그녀의 볼 위로 까만 선이 길다랗게 그려져 있었다. 그럴 때가 있다. 시작하고 싶지 않지만, 시작되고 마는 때. 넘어가고 싶지 않지만, 선을 넘어갈 수밖에 없는 때. 그 때가 바로 그랬다.

5

처음부터 그랬던 것은 아니다. 그녀가 소리 없이 눈물을 흘리고 있을 때에도, 그저 조금 지겹고 막막했을 뿐이다. 체념처럼 노란 장미 한 다

108

발을 내밀었을 때에도, 내가 해야 하는 말을 그녀가 조금이라도 빨리 눈치 챘으면 좋겠다고 생각했을 뿐이다. 울고 있는 여자에게 무엇인가를 이야기해야 하는 일은 힘겨웠다. 그저 빨리 끝내고만 싶었다. 그의 명령을 마치고 돌아가, 뜨거운 물에 몸을 담그고 잠들고만 싶었다.

하지만 그럴 수 없었다. 장미 향기가 코끝에 닿자마자 그녀의 눈물이 감쪽같이 사라져버렸기 때문이었다. 그때부터였다. 그녀가 꽃다발 속에 얼굴을 파묻었을 때, 다시 고개를 들었을 때, 그리고 지워지지 않은 검은 얼룩이 여전히 그녀의 여윈 뺨에 남아있는 것을 보았을 때, 그제야 두렵기 시작했다. 하지 말아야 한다는 것을 알면서도 그녀의 뺨으로 손을 내밀고 말았을 때, 그녀가 웃어 보였을 때, 그녀가 내게로 와서 어깨에 얼굴을 기댔을 때, 그때서야 선을 밟아버렸다는 것을 사실을 알 수 있었다.

피할 수는 없었다. 그의 명령을 피하는 것은 불가능했다. 목덜미에 삽입된 생명유지장치에 의해서, 내 몸은 언제나 명령을 수행할 수 있는 상태로 유지된다. 손가락 한마디보다 작은 마이크로칩이, 내 몸의 상태를 정밀하게 파악하여 메인 컴퓨터에 보고하고, 컴퓨터는 종합의료시스템과 연계하여 나를 건강한 상태로 유지시킨다. 내게는 아플 수 있는 권리도, 피할 수 있는 권리도 없다.

그는 자신의 명령이 수행되지 못했다는 것에 대해서 불쾌해 했다. 당연한 일이었다. 창조주의 권위는 오직 복종에 의해서만 유지될 수 있기 때문이다. 복종이 따르지 않는 명령은 명령이 아니고, 명령할 수 없는 창조주는 창조주가 아니다.

그렇다고 그가 내게 화를 내거나, 징벌을 내리지는 않았다. 다만 침묵

했다. 내게로 연결되는 모든 코드들을 끊어버린 채, 그는 침묵 속에 나를 버려두었다. 평온한 시간이 흘렀지만, 나는 전혀 평온할 수 없었다.

사람들은 나를 외면했다. 나는 그저 실험 대상이었고, 유리 캡슐에 담긴 표본이었다. 담당 연구원조차도 사무적인 점검만을 반복했다. 누구도 말을 걸어주지 않았다. 강요된 침묵은 외로움을 만든다. 나는 두려웠다. 그의 징벌도 두려웠지만, 이런 침묵이 내일도 이어질 것이라는 예감이 더욱 두려웠다. 아무런 방법도 없이, 다가올 징벌을 기다릴 수밖에 없었다. 침묵은 두려움을 만들었다.

어깨를 눌러오던 그녀의 체중이 떠올랐다. 팔꿈치에 닿았던 뭉클한 감촉도 되살아났다. 보고 싶었다. 오이디푸스처럼, 나도 그녀에게 매달리고 싶었다. 하지만 불가능한 일이었다. 두려워도 그의 징벌을 피할 수는 없는 것처럼, 아무리 보고 싶어도 그녀를 다시 만날 수 없다는 것을, 나는 잘 알고 있었다.

기다린다는 것은 지겨운 일이었다. 두려움이 외로움으로 바뀌고, 외로움이 지겨움으로 바뀌도록 그는 나를 부르지 않았다. 꼬박 한 달 동안을, 조금씩 빨라지는 심장 박동을 헤아리며, 들려오지 않는 창조주의 목소리를 기다렸다. 그는 냉혹했다. 차라리 나를 징벌한다면 이렇게까지 고통스럽지는 않았을 것이다. 간단한 일이었다. 나는 그에게 종속되어 있으므로. 그저 한마디 명령만 내리면 그만이었다. 그런데도 그는 보류하고 있었다. 침묵하고만 있었다.

그는 이미 알고 있었을 것이다. 침묵이, 그리고 그로 인한 기다림이, 그 어떤 체벌보다 가혹하다는 것을. 그의 침묵 속에서 나는 두려웠다. 다른 방법은 없었다. 영악하고 냉정한 신 앞에서, 나는 기다리고 또 기다릴 수밖에 없었다.

6

구원은 파멸의 냄새를 피우며 찾아왔다. 사십 일째가 되던 밤, 그가 나를 불렀다. 지칠 대로 지친 내게 들려온 그의 목소리는 구원이었지만, 또한 유혹이었다. 그는 그녀를 다시 만나라고 명령했다. 이번에도 연극을 관람하라고 했다. 그렇다. 나는 분명하게 예감하고 있었다. 이제는 결코 돌아올 수 없으리라는 것을. 내가 고개 숙이는 것을 바라보면서, 그는 다시 은근한 목소리로 또다른 명령을 덧붙였다.

같은 넥타이를 매고, 같은 종류의 꽃을 사들고 극장으로 갔다. 결박당한 프로메테우스. 그녀가 속한 극단에서 기획한 〈고전의 재해석〉 시리즈 중에서 마지막 작품이었다. 이번 연극도 역시 그저 그랬다. 배우들의 대사는 여전히 들떠 있기만 했고, 현대적으로 재구성된 세트는 그리스 비극의 질서와 조화를 여지없이 무너뜨렸다.

하지만 무엇보다 아쉬웠던 것은 프로메테우스에 대한 해석이었다. 그들이 만들어낸 프로메테우스는 혁명가였다. 제우스라는 권위를 전복시키고자 했던 혁명가, 인간의 편에서 신에게 반기를 들었던 혁명가, 올림푸스 신전의 불씨를 훔쳐내 세상의 들판에 붙여놓은 혁명가, 프로메테우스. 반기를 든 것은 오직 나밖에 없었어. 나는 감히 그와 맞섰단 말이야. 쇠사슬에 묶인 프로메테우스가 고함쳤다.

아니다. 프로메테우스는 저렇게 크게 소리치지 않았을 것이다. 그는 혁명가가 아니다. 다만 운명에 따랐을 뿐이다. 인간을 사랑할 수밖에 없었던 자신의 운명에 순응했을 뿐이다. 프로메테우스가 토해내는 말들은 비난이나 성토가 아니라, 차라리 체념이어야 했다. 그는 체념하고 중얼거렸어야 했다. 참고 견디는 수밖에. 운명이 던져준 그것을 되도록 가볍게 견뎌 보아야지. 침착하게, 두렵기만 한 운명 앞이지만 차분하게, 프로메테우스는 그렇게 말했을 것이다.

그녀는 머리에 두 개의 뿔을 단 채로 등장했다. 이나코스의 딸, 제우스의 사랑을 받았다는 이유로 암소가 되어야 했던 이오였다. 분장 때문일까, 보지 못한 사이에 그녀의 뺨은 야위어 있었고, 목소리는 슬펐다. 그럼 그것을 피할 방법이 없단 말씀인가요? 눈물이 가득 고인 눈으로 그녀는 내게 물었다. 난감했다. 그녀에게 어떻게 말을 해야 할지, 답답하기만 했다.

7

"다신 찾아오지 않을 줄 알았어요."

고개를 숙인 채로 그녀가 입을 열었다. 목이 말랐다. 잔을 잡았다. 차가웠다. 그녀가 고개를 들었다. 화장기 하나 없는 얼굴이 나를 바라보았다. 떨고 있었다. 그녀의 눈동자가 흔들리고 있었다. 앞자락으로 물이 떨어졌다. 그녀가 담배를 꺼내 입에 물었다. 라이터를 들어 불을 붙여주었다. 연기가 눈에 들어갔는지, 그녀가 눈을 찡그렸다.

"당신, 참 이상한 사람이에요."

망설이고 싶지 않았다. 피한다고 피할 수 있는 것도 아니었다. 어떻게 시작된 것이든, 더 이상 아무 상관도 없었다. 끝을 보아야 한다. 입안이 껄끄러웠다. 다시 한 모금, 물을 들이켰다. 이번에도 물을 흘렸다. 그녀가 냅킨을 건넸다.

"당신은 도대체 누구예요? 난 당신이 누군지 모르겠어요."

나를 바라보던 눈동자가 흔들렸다. 그녀가 눈을 감았다. 눈초리가 경련을 일으키고 있었다. 담배를 들고 있는 손가락이 떨렸다. 목이 말랐다. 잔을 잡았지만, 물은 남아 있지 않았다. 얼음을 물었다. 차가웠다. 그녀의 숨소리가 점점 커지고 있었다. 여전히 입 안은 껄끄러웠고, 뜨거운 기운이 식도를 타고 치밀어 올라왔다. 얼음을 삼켰다. 차가운 것이 식도를 훑고 내려갔지만, 갈증은 조금도 가시지 않았다. 나는 천천히 입을 열었다.

"나도 그래. 나도 내가 누군지 모르겠어."

8

그녀가 내 손을 잡아끌었다. 텅 빈 무대, 그녀가 조금 전에 내려왔던 그 무대 위로, 내 손을 잡아 인도했다. 처음이었다. 무대에 오르는 것도, 이렇게 어색한 것도. 그녀가 뛰어다니며, 여기저기 감추어진 버튼들을 눌렀다. 서서히 막이 올라가고 조명이 켜졌다. 그녀가 나를 무대 중앙에 세웠다. 스포트라이트가 켜졌다. 아팠다. 갑자기 쏟아지는 불빛들이 눈동자로 파고들었다. 눈을 감았다. 두어 걸음쯤, 뒷걸음질 치며 눈을 감았다.

"누구나 그래요. 내가 누구인지 말할 수 있는 사람은 아무도 없죠."

그녀의 목소리가 들렸다. 어둠 속에서 그녀가 말을 걸어왔다. 얼굴 위로 빛살이 흐르는 것이 느껴졌다. 따듯한 온기. 그녀의 체온처럼, 따스한 온기가 내 몸의 구석구석을 쓰다듬었다. 만지고 싶었다. 손을 내밀어, 내게로 뿜어지는 온기를 끌어안고 싶었다.

"하지만 이곳에서는 달라요. 이곳에 서면 다시 태어날 수 있어요."

그녀의 목소리가 내 눈꺼풀을 걷어 올렸다. 눈을 떴다. 춤을 추고 있었다. 빛 속에서, 그녀가 춤을 추고 있었다. 눈이 부셨다. 빛의 파편들이, 그녀가 내뻗는 팔에 부딪혀 잘게 부서지며 튀어 올랐다. 그녀의 허벅지가 허공을 가르며, 머리 위로 불빛들을 차올렸다. 그녀의 하얀 원피스가 빛과 어둠을 넘나들며 펄럭였다.

그녀의 동작이 점점 빨라졌다. 흑갈색 머릿결이 출렁이고, 긴 속눈썹이 떨렸다. 쏟아지는 빛줄기를 온몸에 받으며, 그녀는 절정에 오르는 여인처럼 눈초리를 떨었다. 그녀의 어깨를 따라 손등으로, 허리선을 따라 종아리로 불빛들이 흘러내렸다. 떨렸다. 한껏 웅크린 몸뚱이가 부들부들 떨려왔다. 그녀가 맴을 돌았다. 빛살들이 사방으로 튀어 나갔다. 아팠다. 빛의 화살을 맞으며 나는 몸을 떨었다. 그렇지만 달랐다. 그동안 느껴왔던 아픔과는 전혀 다른 느낌이었다. 안으로 파고드는 것이 아니라, 밖으로 터져 나가려는 아픔이었다. 오랫동안 곪았던 상처가 터져 고름을 뿜어내려 하고 있었다.

홀쩍, 그녀가 스포트라이트의 경계를 뛰어넘어, 어둠 속으로 몸을 던졌다. 하얀 꼬리를 길게 끌면서 그녀는 무대 위를 내달렸다. 작은 극장 안이 온통 하이힐 소리로 가득 찼다. 숨을 쉴 수가 없었다. 질주하는 기관차에 매달린 것처럼 가슴이 꽉 막혀왔다. 나를 묶고 있는 쇠사슬을 거머쥐어야 할 것인가. 끊어버려야 할 것인가. 알 수 없었다. 부여잡고 싶기도 하고, 놓아버리고 싶기도 했다. 그녀가 달려왔다. 어둠에서 빛을 향하여, 무대 저 편에서 나를 향해서, 그녀가 달려들었다. 나는 주춤거리며 뒤로 물러났다.

등허리에 바위가 닿았다. 더 이상 물러날 곳이 없었다. 이미 나는 끝까지 와버린 것이다. 눈물이 흘렀다. 슬픈 것은 아니었다. 뺨을 타고 눈물이 흘러내렸다. 눈이 시린 것도 아니었다. 그런데 눈물이 흘러내렸다. 멈출 수가 없었다.

그녀가 내 앞에 섰다. 땀에 젖은 그녀의 머릿결 위로 뽀얀 안개가 피어올랐다. 가늘고 하얀 손가락이 볼에 닿았다. 축축했다. 눈물이 그녀의 손바닥으로 흘러들어 갔다. 그녀의 이마에서 떨어지는 땀방울이 내 입술로 떨어졌다. 목이 말랐다. 물을 마시고 싶었다.

그녀가 내 가슴에 얼굴을 묻었다. 가슴팍이 축축해져 왔다. 심장 박동 소리가 들렸다. 내 품에서 할딱이는 그녀에게서 들려오는 소리가, 귓바퀴를 타고 밀려들어왔다. 그녀가 손을 뻗어 내 왼쪽 가슴에 올려놓았다. 그리고는 내 손을 잡아끌어 자기의 왼쪽 가슴 위에 올려놓았다. 따듯했다. 그녀의 몸은 따뜻하고, 축축했다. 내 가슴에서도 박동소리가 울려나오기 시작했다. 나의 가슴에서 그녀의 손으로, 그녀의 가슴에서 내 손바닥으로, 소리들이 이어져 흘렀다. 그녀가 내 귓불을 물며 속삭였다.

"살아 있군요. 당신 심장이 뛰는 소리가 들려요."

9

그렇다. 나는 분명히 잘못을 저질렀다. 복종해야 할 것에 복종하지 않았고, 다가가지 말아야 할 것에 다가갔으며, 느끼지 말아야 할 것을 느꼈다. 하지만 그리 되기를 바랐던 것은 아니었다. 다만 제어할 수 없었을 뿐이다. 그가 나의 반역을 제어할 수 없었던 것처럼, 나 역시 그녀를 제어할 수 없었다. 그것이 운명이었다. 운명은 누구의 힘으로 도 제어할 수 없다. 오직 신의 은총만이 그것을 되돌릴 수 있는 것이다. 하지만 늦었다. 신은 이미 나를 버렸다. 오래 전부터 그는 내게서 등을 돌렸다.

그녀가 내 가슴에 손을 얹었을 때, 그때 나는 확실하게 알 수 있었다. 너무 멀리 걸어왔다는 것을. 이미 경계선을 훌쩍 뛰어넘어 버리고 말았다는 것을. 돌이킬 수 없었다. 나 혼자만이 그런 것은 아니었다. 그녀도 역시 그에게로 돌아갈 수 없었다. 너무 늦었다. 하지만 그녀는 몰랐다. 불쌍한 이오, 불행한 나의 이오카스테. 그녀는 곁에 있는 사람이 누구인지 알지 못했다. 그 사람의 손에 속옷이 벗겨지는 것이 얼마나 큰 죄악인지, 그녀는 알지 못했다.

물론, 안다고 해서 해결될 수 있는 문제는 아니었다. 불구덩이라는 것을 뻔히 알면서 뛰어들 수밖에 없는 경우도 분명히 있기 마련이다. 그녀는 몰랐겠지만, 나는 알고 있었다. 너무도 명백하게 알고 있었다. 하지만 바로 그랬기 때문에, 거역할 수 없었다. 그런 것이다. 그것이 싫증나버린 여자를 차버리는 가장 손쉬운 방법이었고, 징벌을 앞둔 자에게 내리는 마지막 만찬이었다.

목덜미를 핥아 내려가는 혓바닥을 느끼면서, 어깨에 파고드는 손톱을 느끼면서, 나는 그의 얼굴을 떠올렸다. 은근한 눈빛으로 그는 내게 속삭였다. 오늘밤에 그녀를 품어주란 말이야. 어때, 너도 바랐던 일이지? 마지막 명령을 입력하면서, 그의 입가에 맺혔던 미소가 또다시 떠올랐다.

그녀의 젖무덤 위로 얼굴을 묻었다. 땀방울이 흥건히 배어 나온 골짜기에다 눈물을 닦았다. 아직도 마르지 않은 눈물이 그녀의 젖꼭지에 묻어났다. 긴 손가락이 내 등허리를 훑고 올라오는 것을 느꼈다. 그녀의 어깻죽지에서 짭짤한 소금 맛이 났다. 살아 있구나, 그렇게 중얼거렸던 것 같다. 땀 냄새가 났다. 나는 땀 흘리는 그녀의 등허리를 힘껏 끌어안았다. 축축한 손가락이 척추를 지나고 있었다.

흠칫, 그녀의 손가락이 내 목덜미에서 멈춰 섰다. 끝났다. 이제 모든 것이 끝났다는 것을 알 수 있었다. 그녀가 나를 밀쳐냈을 때에도, 벌떡 일어나 벗어 던진 옷가지를 찾아 입을 때에도, 신발도 신지 않은 채 극장 문을 닫고 나가버렸을 때에도, 나는 움직이지 않았다. 다시 그의 얼굴이 떠올랐다. 예감하고 있던 일이다. 모든 유혹은 달콤하지만, 그 달콤함만큼의 파멸이 감추어져 있다는 것을, 나는 이미 알고 있었다.

10

나는 종속되어 있다. 그것은 틀림없는 사실이었다. 나는 오직 그의 명령에 의해서 행동하고, 그의 의지에 따라서 말을 하며, 그의 은혜를 통해서만 내일을 허락받는다. 그런데 나는 그의 명령을 어겼다. 그러므로 이제 내게, 내일은 없다.

내가 되돌아오자, 사람들은 나를 붉은색 라벨의 캡슐로 옮겼다. 용도변경실. 그곳에서 나는 어느 때보다 건강한 상태로 만들어졌다. 하루에 한 번씩 정밀 진단을 받았고, 세 번씩 영양제를 투여받았다. 생명유지액 밖에서의 생활은 용납되지 않았으며, 오직 캡슐 안에서만 움직일 수 있었다. 불만은 없다. 결국 이렇게 될 수밖에 없다는 것을 알고 있었으니까. 이것이 나의 운명이다. 만들어졌던 순간부터 나는 오직 이렇게 되기 위해서 사육되어 왔다.

이제 시간이 얼마 남지 않았다. 몇 분 뒤면 나는 다른 용도로 변경될 것이다. 그녀가 보고 싶었다. 무대 위에서 그녀가 춤추는 것을 다시 볼 수 있으면 좋겠다. 아직까지 그녀는 이마에서 흐르던 땀방울을 닦아내지 않았을지도 모른다. 내가 그것을 닦아줄 수 있으면 좋겠는데. 한 번만, 꼭 한 번만 다시, 그녀의 심장 박동소리를 들었으면 좋겠다. 그리고 그녀가 내 가슴에 얼굴을 묻고 말해주었으면 좋겠다. 살아 있어요. 당신, 살아 있어요. 하지만 어쩔 수 없는 일이다. 이제 나는 그녀를 다시 만날 수 없을 것이다.

물론 나의 몸은, 아니 그의 몸은 다시 복제될 것이다. 그를 대신해야 했던 시간들에 대한 기억도 모두 복제될 것이다. 복제인간 따위야 얼마든지 다시 만들 수 있으니까. 나는 소모품에 불과했다.

문이 열렸다. 흰색 수술복을 입고 마스크를 쓴 사람들이 들어왔다. 이것을 막을 수 있으리라는 생각은 어리석을 뿐이다. 복제양 돌리를 처음 만들었던 이언 윌머트 박사는 그렇게 말했다. 우려의 목소리도 적지 않았지만, 결국 그의 말이 맞았다. 사람들은 아무것도 막을 수 없었다. 하지만 그는 알고 있었을까? 자신이 만들어낸 작은 양 한 마리가, 몇 십 년이 지난 지금, 나와 같은 인간으로 대체될 수도 있었다는 것을.

11

사막 위에 서 있는 꿈을 꿨어요. 당신과 함께 보았던 그 바위산이 있는 곳이에요. 모래바람이 몰아쳐 눈을 뜰 수가 없었어요. 손을 뻗어 무언가를 잡아보려 했는데, 아무 것도 잡히지 않더군요. 그때 누군가 내 손을 잡아주었어요. 바람에 날려 휘청거리는 내 손을 잡아, 일으켜 주었지요. 당신이라는 걸 알 수 있었지요. 보고 싶어요. 당신 얼굴을 보고 싶은데 모래 때문에 눈을 뜰 수가 없었어요.

그런데…… 당신은 누구죠? 제 손을 잡고 있는 당신은, 도대체 누구지요? 내 눈물을 닦아주던 당신인가요. 아니면 당신을 내게 보낸 또 다른 당신인가요?

12

사람들은 장갑을 끼고, 작업 준비를 시작했다. 보급형 복제인간. 남성형 시험모델. 제공자의 요청에 의해 용도 변경 준비 중. 복제물의 건강 상태, 특히 제공자가 요청했던 간장의 건강상태 양호. 작업 가능. 용도 변경 시작…….

사람들은 두 가지 용도로 복제인간을 사용한다. 첫 번째는 자신이 하고 싶지 않은 일을 대신 시키는 것이고, 두 번째는 복제인간의 건강한 장기를 자신에게 이식하는 것이다. 라이트가 켜졌다. 빛이, 내 머리 위로 쏟아져 내렸다.

그는 나의 창조주이다. 모든 피조물들은 창조주에게 복종해야 한다. 그것은 창조주의 권리이며, 피조물의 의무이다. 내가 무엇을 원한다고 해서, 그것을 얻을 수는 없다. 중요한 것은 창조주의 삶이지, 피조물의 삶이 아니다. 그것이 운명이다. 결국 운명의 굴레를 벗을 수 없었던 오이디푸스처럼, 제우스의 독수리에게 자신의 간을 내어주어야 했던 프로메테우스처럼, 그 누구도 운명을 거역할 수는 없다. 그저 순응할 수 있을 뿐이다. 몇 천 년 전 그리스인들도 이미 그 모든 것을 알고 있었다.

모든 것은 끝났다. 이제 내가 할 수 있는 것은 없다. 그저 나의 종말을, 결코 그의 것이 될 수는 없는 내 생명의 소멸을, 기다릴 뿐이다. 아니, 남았다. 아직 하나가 남았다. 정수리가 따끔했다. 마취제가 투여되었다. 이제 나는 잠에 빠져들 것이다. 그리고 다시는 눈을 뜨지 못할 것이다. 아니다. 이렇게 잠들 수는 없다. 보고 싶다. 죽음을, 다른 이의 것이 아닌 오직 나만의 죽음을, 보고 싶다. 두 눈을 부릅뜬 채로, 지켜보고 싶다.

손을 뻗었다. 손을 뻗어 목덜미로 가져갔다. 새끼손가락 한마디만 한 돌기가 잡혔다. 보라. 나를 보라. 나는 캡슐 너머의 사람들에게 소리쳤다. 손아귀에 힘을 주었다. 그리고 힘껏 그 돌기를 잡아 뜯었다.

아팠다. 하지만 한편으로는 시원했다. 보라. 모두들 보라. 당신들은 나의 탄생을 지배했지만, 나의 죽음까지 지배할 수는 없다.

툭, 목덜미에서 핏줄기가 솟구치는 소리가 들렸다. 내가 담겨져 있는 생명유지액이 순식간에 핏물로 변했다. 시원했다. 막혀 있던 곳이 뚫려버린 느낌이었다. 보라. 모두들 보라. 나는 살아 있다. 나를 보라. 자꾸 감겨지는 눈꺼풀을 들어올리며, 나는 소리치고 또 소리쳤다.

나무무덤에 내리는 눈

저기 저 너머 무덤가에 심어둔 나무 위에도 눈송이가 내려앉았으리라. 그리고 아버지의 앙상한 가슴 한복판에 심은 나무 위에도. 버스는 여전히 움직일 줄 몰랐고, 돌아갈 길은 아직 많이 남았지만, 아버지는 오랜만에 깊은 잠에 빠져 있었다. 아버지의 코고는 소리를 들으며, 나도 무거운 눈꺼풀을 감았다. 어깨로 느껴지는 체중은 한없이 가벼웠다. 창밖에 내리고 있는 눈송이들이 내 어깨에도 내려앉았다.

나무무덤에 내리는 눈

　겨울을 넘기기 어려울 거라고 했다. 아무리 발버둥쳐도 주어진 시간은 그리 많지 않다고. 산산이 부서진 얼음조각처럼 날이 선 목소리로 그들은 그렇게 말했다. 애를 쓰지 말라고, 그만 하라고, 더 이상 희망도 가지지 말라고.

　모르겠다. 그들의 말이 끝나는 순간, 물방울이 하나 볼을 타고 흘러내렸는데, 나는 도무지 이유를 알 수 없었다. 내 몸 어느 구석에 숨어 있던 것인지, 왜 하필이면 이럴 때에 튀어나오는지, 그리고 또 왜 이렇게 차갑게만 느껴지는지, 아무래도 설명할 재간이 없었다. 다만 그들이 입고 있는 가운의 새하얀 빛깔이 눈을 찔러와, 너무, 아팠다.

　차라리 다행인지도 몰랐다. 그들이 말을 꺼내지 않았다면, 내가 먼저 입을 열었을 것이다. 더 이상 견뎌낼 힘이 없다고, 그만 하자고, 이만하면 충분한 것 아니냐고. 몇 번이나 속으로 중얼거렸지만, 차마 소리로 만들어내지 못하고 삭히고 있던 말을 그들이 대신해 주었을 뿐이다. 원망스럽지는 않았다. 원망이라니, 오히려 고마워해야 하지 않는가. 그런데도 원망스러웠다. 내 볼을 타고 또 한 방울 흘러내리는 눈물이 그들 때문인 것만 같았다.

꼼짝할 수도 없었다. 다만 눈이 너무 시려서 자꾸만 눈꺼풀을 껌뻑거릴 뿐이었다. 손수건을 꺼내 뺨을 닦을 생각도 못하고, 그저 그렇게 앉아 있었다. 나를 바라보는 표정들이 순간적으로 흔들렸지만 그들은 끝내 자신의 직업을 잊지 않았다. 몇 번인가 헛기침을 내뱉고 나서, 이내 말을 이었다. 아까보다 한층 강건한 말투로. 댁으로 모시고 가는 것이 좋겠습니다. 다시 눈물방울이 흘러내렸다.

그렇게 아버지가 돌아왔다. 집을 나선 지, 꼭 일 년 육 개월 만이었다. 아버지는 어머니의 잔소리에 떠밀려 집을 나갔었다. 입 안이 조금 헐었다고 무슨 병원까지 가느냐며, 혓바늘이 가라앉지 않는다고 죽기라도 하냐고 투덜거리면서. 진단서나 받아오려고 했던 것뿐인데, 그날부터 아버지는 돌아올 수 없었다.

반팔 와이셔츠를 입고 나갔던 아버지를 위해서 어머니는 백화점에서 가서 긴팔 티셔츠를 샀다. 그것이 아버지가 난생 처음 입어본 백화점 옷이었다. 예전 같았으면 쓸데없는 짓거리를 한다고 고래고래 소리를 질렀겠지만, 이제는 그럴 힘도 없었다. 아무 말도 못하고 어머니가 사온 옷을 입으면서, 얼굴을 찡그리기만 했다. 아버지도 알고 있었다. 계절이 바뀌어서 새 옷을 입게 된 것만은 아니라는 것을. 장롱 속에는 아버지의 몸에 맞는 옷이 하나도 없었다.

겨울은 더디게 지나갔다. 그들은 금방이라도 끝이 찾아올 것처럼 말했지만, 끝은 좀처럼 보이지 않았다. 오랜 시간을 두고 야금야금 헛바닥을 점령했던 암세포들은 물러날 때에도 더디기만 했다. 형이 태어나던 해에 직접 지었다는 낡은 집이 조금씩 무너져 내리는 것처럼, 아버지의 몸도 눈에 보이지 않게 허물어지고 있었다. 어제까지 멀쩡했던 천장에서 빗물이 새고, 시멘트 가루가 흘러내리는 벽 어딘가에 생긴 틈으로 바람이 스며들었다. 한두 군데를 손본다고 해서 고칠 수 있는 정도가 아니었다. 남은 일은 이곳을 떠나는 것뿐이었다. 구석구석 추억이 베어 있는 곳이라고 해도, 이제는 떠날 때가 된 것이다.

아버지도 알고 있었다. 더 이상은 고집을 부려봐야 소용없다는 것을. 일주일에 한 번씩 방사선 치료를 받으러 갈 때를 빼고는 집 밖으로 나가려고 하지 않는 것도 그래서였다. 조금씩이라도 운동을 해야 한다고 말했지만 애초부터 먹히리라고는 생각하지 않았다. 더 이상 새로운 것들하고 만나고 싶지 않구나. 병원에서 돌아오는 버스 안에서 아버지는 그렇게 말했다.

암이라는 병은 그랬다. 누가 먼저 지쳐 쓰러지느냐가 문제였다. 앓고 있는 사람이 먼저 쓰러지느냐, 지켜보는 사람이 먼저 쓰러지느냐. 결국에는 누구라도 쓰러지기 마련이다. 아무도 쓰러지지 않으면, 그때서야 암이 쓰러진다. 하지만 거기까지 견뎌내는 사람은 별로 없다. 아버지가 그런 것처럼.

겨울은 그렇게 지나갔다. 주변의 공기는 무겁게 가라앉아 미동조차 하지 않았다. 이 한정 없는 시간을 견뎌내기 위해서 몰두할 만한 무언가를 찾아야 했다. 그것도 혼자 해야 하는 일 중에서. 함께 하는 일은 조만간 누군가를 떠나보내야 한다는 사실을 떠올리게 만들었다. 그런 생각에 빠지지 않으려면 혼자 일하고, 혼자 힘들어하고, 혼자 견뎌내는 법을 배워야 했다. 아버지는 햇살이 두터운 날을 골라 마당에 나가 가지치기를 했고, 어머니는 연주암(戀主庵)의 돌계단을 오르내렸다. 그리고 나는 오래도록 미뤄두었던 번역작업을 다시 시작했다. 벌써 몇 학기째 마무리하지 못한 학위논문 때문에 그랬던 것도 아니었고, 가끔씩 독촉전화를 하는 출판사 사장과의 약속을 지키기 위해서도 아니었다. 다만 하루가 다르게 바싹바싹 말라가는 시간을 견디기 위해서였다.

"꿈에 나무가 보이더구나."

전지가위를 들고 마당을 어정거리던 아버지가 그렇게 말을 걸어왔을 때, 나는 고개를 들어 하늘을 올려보았다. 멀리 보이는 관악산 중턱에 먹장구름이 낮게 깔려 있는 것이, 아무리 봐도 나무를 다듬을 만한 날씨는 아니었다. 하지만 아버지는 이미 단단히 채비를 갖추고 있었다.

모르는 것은 아니었다. 그저 모른 척하고 싶었을 뿐이다. 나는 아버지가 무슨 말을 하는지 알고 있었고, 아버지도 역시 내가 왜 머뭇거리는지 잘 알고 있었다. 고개를 돌려 어머니를 돌아보았지만, 탐탁치 않은 표정을 지으며 털모자를 내밀기만 했다. 모셔다 드리렴. 마지막이 될지도 모르는데…….

하긴, 어쩔 수 없는 일이었다. 마당에는 더 이상 가지치기를 할만한 나무가 남아 있지 않았다. 남아 있는 것은 한 그루뿐이었다. 그것만은 남겨두고 싶었지만, 어쩔 수 없었다. 결정은 온전히 아버지의 몫이 될 수밖에 없으니까. 더구나, 어머니의 말처럼, 이제는 정말, 마지막이 될 수도 있지 않은가. 집으로 돌아온 아버지가 왜 그리 나무를 돌보는 일에 매달렸는지 우리는 모두 알고 있었다. 결국 아버지는 단 한 그루의 나무만을 바라보고 있었던 거니까.

오리털 파카를 목까지 채워 올리고 가죽장갑에 털모자까지 뒤집어 쓴 아버지의 몸피는 제법 두툼해 보였다. 하지만, 움푹 들어간 볼 살 만큼은 감춰지지 않았다. 마스크라도 쓰고 나올 걸 그랬나 보다. 나는 아버지의 말에 대꾸할 엄두도 내지 못하고, 얼굴을 돌리고 말았다. 왜 이리 초라해졌을까. 예전에는 이렇지 않았는데. 바람이 불어올 때마다, 아버지는 옷섶에 고개를 파묻고 어깨를 잔뜩 웅크렸다.

몇 년 전까지만 해도 제법 북적거렸던 곳이었는데, 신촌 기차역 앞 시외버스 정류장에는 더 이상 사람들이 모이지 않았다. 마지막으로 왔을 때만 해도, 양손 가득 짐 보따리를 든 사람들이 줄지어 버스를 기다리곤 했는데. 하긴 그 때만 해도 봄날이었지. 이렇게 칼바람 부는 계절은 아니었다. 한번 지나가 버린 계절을 되돌릴 수는 없으리라. 이 곳에 다시 사람들이 모여들 수 없는 것처럼. 사람들은 더 이상 이곳을 찾지 않을 것이다. 신도시들이 개발되면서 여기저기에 버스노선이 생겨났으니까.

"이제 이곳에서 타지 않아도 돼요. 집 앞에도 그리로 가는 버스가 있는데……."

"거기에서 타면 엉뚱한 곳으로 가더라. 거기도 일산이라고는 하는데, 나는 도통 익숙하지가 않아서. 불편해도 여기에서 타는 게 좋아."

그랬다. 그곳은 몇 년 사이에 너무 많이 변했다. 아무리 오래간만에 찾아가는 길이라고는 해도, 눈에 익은 것들은 거의 남아 있지 않았다.

꾸불꾸불 이어지던 좁은 도로는 반듯한 시가지가 되었고, 논밭이 있던 곳에는 빼곡하게 아파트 단지가 들어섰다. 기차역을 중심으로 터미널과 오밀조밀한 상가들이 모여 있던 한적한 시골 읍내의 모습은 아무래도 떠올릴 수 없었다.

사람이 늘었으니 차도 늘어난 것은 당연한 일이었다. 출근시간이 지난 지도 한참이 되었는데 도로는 오고 가는 차들로 그득했다. 시원스레 달려보지도 못하고 가다 서다를 반복하기만 했던 버스는 일산 시내로 진입하면서부터는 아예 꼼짝도 하지 못했다.

아버지는 덜컹거리는 버스가 영 힘에 부친 모양이었다. 파리한 얼굴로 좌석에 파묻히듯 앉아서 겨우겨우 가쁜 숨을 내뱉고 있었다. 육십 평생을 하루에 열두 시간씩 차를 몰았으면서도, 고작 한 시간 남짓한 여행도 견디지 못하는 몸이 되어 버린 걸까. 그러니까 집에나 처박혀 있을 것이지, 그까짓 나무가 뭐 볼 게 있다고. 왈칵 치밀어 오르는 말을 삼키면서, 손을 뻗어 꽁꽁 여민 아버지의 파카 앞섶을 열어젖혔다. 가뜩이나 휘발유 냄새가 진동해서 골치가 아팠는데, 한참 동안이나 문을 열지도 않은 탓에 버스 안은 후텁지근했다. 이렇게 땀을 흘리면서…… 장갑하고 모자 좀 벗어요. 하지만 이번에도 역시 소리를 내지 못했다. 도드라진 빗장뼈가 눈에 들어왔기 때문이었다.

제길, 할 수만 있다면 눈을 돌려버리고 싶었다. 손수건을 꺼내 아버지의 목덜미를 닦아주었던 것도 그래서였다. 앙상해진 가슴팍을 눈에 담아 두고 싶지 않아서. 나중이라도 이런 모습을 떠올리고 싶지 않았다. 그저 어린 시절 매달렸던 넓고 탄탄한 가슴만을 기억하고 싶었다.

내 손이 목덜미를 지나 홀쭉해진 뺨에 흐르고 있는 땀을 닦아냈을 때, 아버지는 흠칫 몸을 떨었다. 아파서 그랬던 것은 아닐 것이다. 그렇게 오랫동안 방사선으로 입안을 태웠는데, 신경 따위가 남아 있을 리가 없었다. 손가락이 닿았던 곳마다 선명한 자국이 남았다. 아버지의 몸은 정말 많이 지쳤나보다. 이제는 흐트러진 모습을 추스를 힘도 남지 않은 모양이었다.

이마에 손가락이 닿자, 아버지는 내 손을 움켜쥐었다. 좀 나아졌구나, 그만하렴. 조금씩 버스가 움직이기 시작했다. 하지만 털모자 밑으로 삐져나온 아버지의 머리카락에는 여전히 땀방울이 맺혀 있었다. 다시 손을 움직이자, 아버지는 완강하게 고개를 저었다. 그만하래도 그러는구나. 아버지는 차창 밖으로 고개를 돌렸다. 잔뜩 움츠린 어깨 너머로 가지 잘린 가로수들이 줄지어 서있는 모습이 보였다. 저 나무들에게도 새파란 잎사귀를 피어 올렸던 기억이 있을 것이다. 저렇게 앙상한 나무들에게도.

형은 아무 말도 하지 않았다. 그건 아버지도 마찬가지였다. 벌써 한 시간이나 지났는데, 아버지는 그만 일어나라는 말을 하지 않았다. 그저 천천히 손을 움직여 잔가지를 잘라내고 있을 뿐이었다. 나는 반쯤 열린 창문 틈으로 마당을 내다보고 있었다.

그 날은 형이 처음으로 유치장 신세를 졌던 날이었다. 야간근무를 섰던 아버지를 대신해서 어머니가 형을 꺼내 왔다. 겨우 하룻밤이 지났을 뿐인데, 형은 삼사 년은 더 나이를 먹어버린 듯한 표정으로 돌아왔다. 근무를 끝내고 집에 돌아와 있던 아버지는 형이 대문에 들어서자마자 달려들어 뺨을 후려쳤다. 어머니가 매달리지 않았다면, 아버지는 무슨 짓을 했을지 모른다. 아니, 어쩌면 아무 일도 없었을지도 몰랐다. 아버지는 손을 부들부들 떨면서도 무릎을 꿇고 있는 형을 물끄러미 내려다보았을 뿐이었으니까. 한참을 그렇게 바라보다가, 내뱉듯이 한마디 던지고서는 뒤돌아섰을 뿐이니까. 미친 놈, 제까짓 게 뭘 안다고. 뒤돌아서서는 곧장 나무가 있는 곳으로 걸어가 가지를 쳐냈을 뿐이니까.

"고생했다. 그만 들어가거라."

다시 한참이 지나서야 아버지가 입을 열었다. 하지만 형은 끝내 아무 말도 하지 않았다. 그저 꾸벅 고개를 숙이고 나서 몸을 일으켰을 뿐이다. 현관문을 열고 들어오는 소리에 창문을 닫고 책을 펼쳤다. 형의 얼굴을 똑바로 바라볼 수가 없었다. 무서웠다. 어제 아침에 집을 나서던 형과 지금 들어오는 형은 같은 사람이었지만 분명히 달랐다. 지금까지 형은 먼저 태어난 사람에 지나지 않았는데, 이제 나와는 전혀 다른 차원의 사람이 되어버렸다. 방으로 들어온 형은 가방을 책상 위에 내던지고는 방바닥에 들어 누워 담배를 꺼내 물었다. 나는 숨을 죽인 채 펼쳐든 책에 얼굴을 파묻었다.

"다치스로 시즈오〔達城靜雄〕를 읽는 게냐?"

형은 어느 틈에 등 뒤로 다가와서, 내가 들고 있던 책을 집고서 스탠드 불빛 아래로 밀어 넣었다. 애비는 종이었다. 밤이 기퍼도 오지 않았다. 형은 내가 밑줄을 그어놓은 부분은 반복해서 읽었다. 형의 입에서 달디단 술 냄새가 났다. 달랐다. 형은 어른이었고, 나는 여전히 어린아이에 불과했다. 백열등 불빛 때문이었을까? 아니면 술기운 때문이었을까? 형의 눈가가 점점 붉어지는 것 같았다. 애비는 종이었다.

132

밤이 기퍼도 오지 않았다.

휙, 형은 들고 있던 시집을 벽을 향해 힘껏 내던졌다. 나는 벌떡 자리에서 일어났지만, 아무 말도 할 수 없었다. 생각 같아서는 주먹이라도 한번 날려 보고 싶었다. 네까짓 게 뭘 알아. 하지만 그건 아버지의 말이었다. 내가 할 수 있는 말이 아니었다. 제길, 나는 움켜쥔 주먹을 풀고 말았다. 형의 눈가에서 굴러 떨어지는 눈물방울을 보았기 때문이었다. 차라리…… 형은 입술을 씰룩거리더니 책상 위에 던져놓은 가방에서 복사용지 한 묶음을 던졌다.

"차라리, 이걸 읽어라. 병든 수캐마냥 헐떡거리지 말고."

내 나이 열일곱 살의 여름, 그렇게 박노해를 만났다. 그리고 그 뒤로 일주일 동안 잘린 손들이 무덤에서 기어나오는 꿈을 꾸었다. 아침에 일어나면 베개맡이 흥건하게 젖어 있었다. 잠이 드는 것이 두려웠다. 꿈을 꾸는 것이 무서웠다.

며칠 집에 붙어있던 형은 또다시 집에 들어오지 않았다. 혼자 방을 지키던 시간 동안 나는 형의 책장 앞에서 얼쩡거렸다. 형이 어떤 책을 읽는지, 어떤 생각을 하는지, 그리고 무엇 때문에 아무도 권하지 않은 길로 뛰어든 것인지 궁금했다. 책장에는 전공서적보다 표지가 없는 복사물들이 더 많이 있었다. 호기심이 생기지 않았던 것은 아니지만, 나는 끝내 그 책들을 펼쳐 보지 않았다. 두려웠다. 책장을 넘기면 또다시 잘린 손들이 기어나올 것만 같았다. 난 그저 그 앞을 얼쩡거렸을 뿐이다. 그 이상 아무 것도 하지 못했다.

그만 포기하려고 했을 때, 비로소 제대로 된 표지를 가진 책을 찾을 수 있었다. 허리를 숙여 제일 밑 칸에서 먼지를 뒤집어쓰고 있던 책들을 꺼내들었다. 두 권으로 된 그 책들은 베개로 삼을 수 있을 정도로 두툼했다. 그 뒤로 나는 형이 들어오지 않는 밤마다 책상머리에 붙어 앉아 『마의 산』을 읽으면서 보냈다.

형이 세 번째로 유치장에 잡혀갔을 때, 나도 그 책을 세 번째로 읽고 있었다. 이제 형은 쉽게 빠져나올 수가 없다고 했다. 더 이상은 단순 가담자가 아니라고, 그래도 세상이 좋아져서 직결로 심판받는 것이 아니라고. 사식을 들고 찾아간 어머니에게 형사는 그렇게 지껄였다고 했다.

어머니는 형의 호적에 빨간 줄이 그어지지 않게 하려고 여기저기로 뛰어다녔고, 아버지는 또다시 전지가위를 들었다. 어머니가 누굴 만나고 다녔고, 어디에 어떻게 돈을 찔러 넣었는지는 모르겠지만, 형은 교도소로 넘어 가지 않았다.

다행이었을까? 어머니는 앞길이 구만 리 같은 큰아들을 전과자로 만들지 않아서 다행이라고 생각했지만, 형은 그래 보이지 않았다. 형은 혼자 남겨졌다는 사실을 견디지 못했다. 그랬다. 그런 사람이었다. 항상 모자라고 부족했던 나는 혼자인 것에 익숙했지만, 형은 그렇지 않았다. 친구들에게 둘러싸여 자랐고, 동지들과 함께 세상을 살았다.

형은 풀려난 것이 아니었다. 오히려 사로잡혀 있었다. 어머니는 형사들과 거래를 했던 것이다. 형은 풀려나자마자 징집영장을 받았다. 비무장지대는 아니었지만, 한참을 달려가도 사람을 만날 수 없는 산골짜기에서 군대생활을 하면서, 형은 누구에게도 연락을 하지 않고 육 개월을 보냈다. 아니, 할 수 없었을지도 모른다.

겨울이 되어서야 형은 내게 엽서 한 장을 보냈다. 하얀 종이에 볼펜으로 산골짜기를 그려 넣은 것이었다. 여행을 떠나 이틀만 지나면 인간은 일상의 생활, 의무나 권리나 걱정이나 희망 따위, 여하튼 자기가 그런 이름으로 부르던 모든 것으로부터 멀어지게 마련이다. 엽서 한 귀퉁이에 낯익은 구절이 적혀 있었다. 형이 보낸 엽서를 한참 동안 들여다보고 있으니, 그곳은 군대가 아니라 휴양소일지도 모른다는 생각이 들었다. 그리고 끝내는 그곳에서 돌아오지 못할지도 모른다는 생각이 들었다. 형이 적어 보낸 그 작품의 주인공이 그러했듯이. 나는 겨울이 다 지나도록 그 책을 손에서 내려놓지 못했다.

그해 겨울, 나는 별다른 고민 없이 이름 없는 대학의 독문과에 지원을 하고, 학력고사를 보았다. 학과별로 면접을 보던 날, 머리에 새하얗게 눈이 내린 교수는 독일 작가의 작품을 읽어본 적이 있느냐고 물었다. 같이 들어갔던 녀석들 중에서 한 놈은 대답도 하지 못했고, 다른 한 놈은 너무도 당당하게 앞으로 읽을 계획이라고 말했다. 그리고 나머지 두 명은 헤르만 헤세의 『데미안』을 읽은 적이 있노라고 자랑스럽게 대답했다. 하긴, 그럴 수밖에 없었을 것이다. 우리가 고등학교 독일어 시간에 배운 것이라고는 구텐 모르겐에서 시작해서 구테 나흐트로 끝났으니까. 사귀던 단발머리 여자애에게 이히 리베 디히라고 속삭일 줄 아는 놈은 그나마 제법 열심히 공부한 축에 들었다. 지원자의 대부분이 그랬던지 노교수는 새삼스레 실망하는 것 같지도 않았다. 다만 좀 피곤하고 지친 표정으로, 안경을 벗어서 책상 위에 내려놓았을 뿐이다. 그리고 짧은 한숨을 내쉰 뒤에 다시 물었다. 질문을 조금 바꿔서. 이번에는 내 차례였다.

"그래, 캠퍼스를 둘러보니 어떤가?"

석유난로가 빨갛게 달아올라 있던 연구실 창가로 겨울 햇살이 밀려들었다. 전쟁처럼 보냈던 지난 삼 년에 비하면 여기는 지나치게 평온했다. 이런 곳에서 살았으면서 형은 왜 구태여 다른 피난처가 필요했을까? 형이 보낸 엽서가 떠올랐다. 어쩌면 이곳이 내게 휴양소가 될지도 모르겠다는 생각이 들었다. 노교수가 대답을 재촉했다.

"잘 모르겠습니다. 아직 이틀이 지나지 않았으니까요."

이틀이 지나야, 공간이 가진 망각의 힘을 느낄 수 있다. 지금 한 말, 토마스 만을 염두에 두고 한 것인가? 노교수가 다시 물었다. 어느덧 그는 안경을 쓰고 있었다. 햇살이 안경 위에서 반짝였다. 나는 고개를 돌려 창문 너머로 보이는 눈 덮인 캠퍼스를 내려다보았다.

택시에서 내리자마자 아버지는 길가에 있는 구멍가게로 들어갔다. 하긴 문을 연 곳이라고는 거기밖에 없었으니 당연한 일이었지만, 너무도 자연스러운 걸음걸이였다. 간판에는 슈퍼라고 써 있었지만, 주로 조문객들을 상대로 꽃을 파는 집인 듯했다. 문 옆으로 국화와 철이른 프리지어가 다발로 쌓여 있었다.

뿌옇게 김이 서린 유리문을 열고 들어서니, 한쪽 구석에 놓여 있는 목로가 눈에 들어왔다. 국수며 술추럼거리도 만들어 파는 모양이었다. 익숙한 자리를 찾아가듯 맨 구석자리에 앉은 아버지는 버스 안에서도 줄곧 끼고 있던 장갑을 벗었다. 그리고 맨손으로 홀쭉해진 볼을 비볐다. 거친 손길을 따라서 하얗게 버짐이 일었다. 꼭 우리집, 그 허물어져가는 낡은 한옥의 벽에서 시멘트 가루가 떨어지는 것처럼.

"간만에 들렀구려."

시키지도 않은 국수를 내오면서 주인 할머니가 아는 척을 했다. 아버지는 고개를 끄덕이고는, 말없이 손을 뻗어 냉장고를 가리켰다. 할머니는 냉장고에서 소주 한 병을 꺼내 아버지에게 내밀었다. 으레 그래왔던 것처럼. 하지만 소주라니, 그럴 수는 없었다. 나는 얼른 손사래를 쳤다.

한 잔 정도는 괜찮아. 아버지는 내 손을 가로막으며 소주병을 받아들였다. 괜찮을 리가 없다. 당연하지 않은가. 아버지는 환자였다. 그것도 언제 어떻게 될지 모르는. 죽고 싶어서 환장했어요? 그렇게 소리라도 지를 수 있다면 얼마나 좋을까. 하지만 그럴 수 없었다. 그저 볼멘소리로 투정부리듯이 말할 수 있을 뿐이었다.

"몸에 좋지 않아요."

피식, 내 말을 들은 아버지는 헛웃음을 내뱉었다. 아버지의 저런 얼굴을 볼 때마다 가슴이 철렁 내려앉았다. 어쩌면 그렇게 같을까? 내게도 저런 표정이 숨어 있는지는 모르겠지만, 형의 얼굴에서는 저것과 똑같은 표정을 본 적이 있다.

가기 싫었다. 어머니의 부탁이 아니었다면, 벌써 일주일째 집에 들어오지 않는 형이 궁금하지만 않았다면, 나는 절대로 그곳으로 찾아가지 않았을 것이다. 무서웠다. 표지가 없는 책들로 가득한 형의 책장만큼이나, 전경들과의 대치상황이 며칠째 계속되고 있다는 대학교는 두렵기만 한 곳이었다. 어머니는 내 손에 옷가지가 든 쇼핑백을 들려주면서, 구태여 교복을 입고 나가라고 했다.

"이렇게 입고 있으면 무슨 일이 생겨도 너까지 잡아가진 않을 게다. 혹시 순경들이 물어보거든, 지원할 대학교에 미리 구경 왔다고 해라."

찾아가는 길은 어렵지 않았다. 학교 앞 버스 정류장에서부터 전경들이 줄을 서 있었기 때문이었다. 교문까지 쭉 늘어선 그들을 따라가기만 하면 형이 있는 곳이 나올 것이다. 전경들은 지나가는 사람들을 붙잡고 주민번호를 물어보거나 가방을 까뒤집기도 했지만, 까까머리 고등학생까지 신경 쓰지는 않았다.

나는 천천히 걸었다. 세상일에 무관심하기만 한 아이처럼 보이기 위해, 애써 권태로운 표정까지 지으면서. 하지만 곤색 제복이 눈앞으로 다가올 때마다 소스라치는 가슴은 어쩔 수 없었다. 몇 번씩이나 허방다리를 밟은 것처럼 다리가 꺾였지만, 꼬꾸라지지 않으려고 애썼다. 쓰러질 수 없었다. 형을 만나야 했다. 그렇게 간신히 교문 앞에 도착했을 때, 나는 더 이상 움직일 수가 없었다.

활짝 열린 교문을 사이에 두고 두 패가 서로를 노려 보고 있었다. 그런데 이상한 일이었다. 버스를 타고 오면서 줄곧 상상했던 것 같은, 길을 걸으면서 내내 느꼈던 것 같은, 그런 팽팽한 긴장감은 들지 않았다. 그들은 그냥 시큰둥한 표정으로 서로를 바라보고 있을 뿐이었다. 방패와 몽둥이, 빨간 머리띠와 각목만 없었다면 꼭 장난치고 있는 어린애들 같았다. 승부가 나지 않아서 어쩔 수 없이 지루한 놀이를 계속해야 하는 동네꼬마 녀석들. 이러다가 어느 쪽에선가 먼저 노래를 부르며 다시 시작할 것 같았다. 우리 집에 왜 왔니, 왜 왔니?

나는 그들의 중간에 멈춰선 채로 형의 얼굴을 찾았다. 등 뒤에 서 있는 전경들도, 눈 앞에 서있는 대학생들도 누구 하나 입을 여는 사람이 없었다. 귓가에는 자동차들이 지나가는 소리만 시끄럽게 울렸다. 뙤약볕이 짧게 자른 머리 위에 쏟아졌다. 햇살이 너무 강해서 자꾸만 눈이 감겼다. 자꾸만 내려오는 눈꺼풀을 힘겹게 들어올렸을 때, 익숙한 얼굴이 들어왔다. 우리 집에 자주 들락거렸던 형의 친구였다. 그도 나를 알아보았는지, 무심결에 몸을 내밀었다.

착! 전경들이 소리를 내며 방패를 가슴에 갖다대었다. 느슨하게 풀려있던 주변의 공기가 갑자기 팽팽하게 당겨졌다. 숨이 막혀왔다. 조금이라도 건드리면 터져버리는 폭탄을 품고 있는 것 같았다. 하지만 한참이 지나도 그들은 움직이지 않았다. 그들이 뒤집어쓴 투구에 햇살이 반사되어 반짝거렸다.

나는 몸을 돌려 교문 안쪽을 바라보았다. 이번에는 형의 얼굴이 또렷하게 들어왔다. 눈이 마주쳤지만, 형은 아는 척하지 않았다. 아니 할 수가 없었을 것이다. 등 뒤에서 다시 철컥이는 소리가 들렸다. 햇살이 이렇게 뜨거운데, 등허리에 소름이 돋아났다. 형이 나를 보며 눈꺼풀을 깜빡였다. 그만 가보라는 말인 듯했다. 나는 뒤돌아섰다. 어쩔 수가 없었다. 천천히 발을 움직였다. 떨지 마, 걱정할 것 없어. 속으로 그렇게 중얼거리면서 애써 태연하게 또 한쪽 발을 내밀었다. 전경들은 여전히 방패를 가슴에다 붙이고, 오른 손을 허리춤에 찬 곤봉에 대고 있었다. 투구를 뒤집어 쓴 얼굴에서 땀방울이 흘러내리는 모습이 보였다. 하지만 그들은 눈도 깜빡이지 않은 채 나를, 아니 내 등 뒤에 있는 사람들을 노려보았다.

나는 다시 몸을 돌렸다. 이렇게 돌아갈 수는 없었다. 형에게 꼭 물어보고 싶은 말이 있었다. 몇 번 심호흡을 한 뒤에 교문 쪽에 대고 입을 뻥긋거렸다. 괜, 찮, 아? 그때 형은 아버지와 꼭 같은 표정을 지었다. 피식, 멀리 떨어져 있었지만, 나는 형이 내뱉는 헛바람 소리를 똑똑히

들을 수 있었다.

평일의 공동묘지는 고요했다. 하긴 명절도 아닌데, 누가 죽은 사람 따위를 기억하겠는가. 끝을 바라보고 있는 사람만이 마지막을 떠올린다. 이 겨울이 지나면 나도 그렇게 될 것이다. 누군가를 떠나보내는 것은 분명 서글픈 일이지만, 슬픔의 힘만으로 살아갈 수는 없는 법이니까. 조금씩 잊어버리고, 조금씩 포기해버리고, 조금씩 무신경해지면서 살아가야 한다. 누구라도 그런 것처럼. 그래야 살 수 있다.

겨우 두 잔을 마셨을 뿐인데, 아버지의 얼굴은 불콰해져 있었다. 형의 이름이 적힌 상자를 전해 받은 뒤로, 입원을 할 때까지 매일 소주병을 입에 달고 살았던 아버지였다. 바람이 불 때마다 펄럭거리는 바지 자락이 내 눈을 아프게 했다. 비틀거리면서도 아버지는 오르막길을 쉬지 않고 올라갔다. 이제 얼마 남지 않았다. 저기 저 모퉁이만 돌면 나무가 보일 것이다.

주머니에 손을 넣어 반쯤 남아 있는 소주병을 만지작거리고 있을 때, 핸드폰이 울렸다. 도시에서는 작기만 하던 그 소리가 이곳에서는 요란스럽기 짝이 없었다. 덤불 속에서 참새들이 날아올랐다. 파닥이는 작은 날개들이 어지럽게 흩어졌다. 아버지는 힐끗 뒤를 돌아보고는 다시 걸음을 재촉했다. 길가의 바위에 주저앉으며 전화기를 꺼냈다. 이제는 출판사 사장이 된 형의 친구였다.

"번역은 잘 되고 있는 거냐? 너무 질질 끌면 안 된다. 그걸 빨리 끝내야 너도 논문을 쓰지. 짜깁기로 번역하기 싫어서 너한테 부탁한 거니까, 신경 좀 쓰고. 돈은 많이 못 주는 거 알지? 그래도 논문 인쇄비 정도는 빠질 게다."

몇 번인가 들은 적 있는 소리였다. 꼭 원고 독촉을 하려고 전화를 걸지는 않았을 것이다. 사실 내가 번역하고 있는 책은 그런 작은 출판사에서 찍어낼 만한 것이 아니었다. 요즘 같은 불황에 세계 명작이라니, 더구나 인지도가 높은 작가도 아니고 토마스 만이라니, 더더군다나 단편 모음집도 아니고 『마의 산』이라니. 출판에 대해 전혀 모르는 내가 생각해도 이해타산이 맞을 일은 아니었다. 그가 항상 말하던 것처럼, 문화노동자의 자존심을 지키려는 생각인지도 몰랐고, 죽은 친구의 동생에게 용돈이나 집어 주려고 그러는 건지도 몰랐다. 그는 가끔씩 이렇게 전화를 걸어 형 노릇을 대신 하려고 했으니까. 물론 마음이야 고마웠지만, 부담스러웠다. 무엇보다, 형은 그렇게 자상한 사람이 아니었으니까.

"참, 방금 전에 떠났다."

이미 알고 있었다. 마지막으로 만났을 때, 그녀는 분명히 그렇게 말했다. 이젠 이곳을 떠나고 싶다고.

출판계의 끝없는 불황을 끝없이 한탄하던 선배가 화장실로 달려가 변기를 끌어안고 있을 때, 그녀가 내게 말했었다. 도망치고 싶어. 이마가 맞닿을 정도로 바싹 얼굴을 들이민 채로 다시 한번. 이걸로 끝이야. 오늘이 지나면 물어보지도, 기다리지도 않을 거야. 입 안이 바싹바싹 말라왔지만, 입을 열 수 없었다. 다만 고개를 돌리고 술잔을 들어 목을 축였을 뿐이다. 그녀의 손가락이 턱을 건드렸다. 하지만 나는 고개를 들 수 없었다. 생각 같아서는 헝클어진 귀밑머리라도 쓸어넘겨주고 싶었지만, 그녀의 얼굴에 겹쳐지는 형의 모습을 지울 수가 없었다. 코끝에 닿은 그녀의 속눈썹이 바르르 떨렸다. 나는 끝내 대답을 하지 못하고, 눈을 감고 말았다.

양철지붕 위로 빗방울이 떨어졌다. 피맛골 제일 구석에 있는 허름한 학사주점에 들어설 때부터 잔뜩 흐려있던 하늘이, 이제야 빗줄기를 쏟아내었다. 올해의 마지막 장마라고 했다. 이 비가 그치고 나면 덥지도 않고 축축하지도 않은 계절이 올 거라고, 사람들은 그렇게 떠들어댔다. 하지만 더 이상은 불타오르는 태양을 볼 수 없으리라고 말하는 사람은 아무도 없었다.

우린 참 잘 잊어버려, 그렇지? 어색하게 웃으며 그렇게 말했던 그녀의 얼굴이 떠올랐다. 텅 빈 강당에서였다. 공익근무요원으로 근무하던 때라, 퇴근하자마자 달려갔어도 학사모를 쓴 모습은 볼 수 없었다. 그래도 혹시나 하는 생각에 졸업식장으로 들어갔었는데, 아무도 남지 않은 강당에 그녀가 혼자 앉아 있었다. 노란 프리지어 한 다발을 꼭 움켜쥐고서. 디자인 회사에 취직하게 되었다면서, 미안하다고, 형과의 약속을 지킬 수 없게 되었다고, 그렇게 중얼거리면서 그녀는 혼자 어둠 속에 앉아 있었다. 제길, 그게 어떻다는 건가? 다른 놈들도 다 그렇게 떠나버렸는데. 누구는 출판사를 차렸고, 누구는 보험회사에 다니고, 누구는 대기업 영업사원이 되었는데. 그리고 넉살좋은 누군가는 교도소에 들락거린 것을 이력으로 삼아 금배지도 달았는데. 그래도 다들 살아가는데. 그까짓 죽은 사람과의 약속이 뭐 그리 대단하다고.

"대단한 녀석이야. 정말 떠날 줄은 몰랐네."

차 안에서 전화를 걸었는지 목소리에 경적소리가 섞여서 들렸다. 갑자기 나는 멀리 떨어진 곳에 와있는 것만 같았다. 수화기 저 너머에 있을 세상이 낯설게 느껴졌다. 기차와 마차를 번갈아 바꿔 타고 깊은 산골짜기에 자리 잡은 휴양소로 들어와 버린 느낌이었다. 지금껏 내가 걸어왔던 길이, 또 걸어가야 할 길이 아득해졌다.

아버지는 벌써 나무 곁에 도착해 있었다. 처음 심었을 때는 작은 묘목이었는데, 이제는 제법 팔뚝만한 굵기로 자라있었다. 키도 많이 자라서 아버지의 머리를 훌쩍 넘겨버렸다. 대견스러운 듯, 아버지는 발뒤꿈치를 들고서 제일 높은 곳에 있는 가지들을 쓰다듬고 있었다. 그리고 품속에서 전지가위를 꺼내 마구잡이로 자라난 잔가지들을 조심스레 잘라주었다. 아버지가 고개를 치켜들 때마다 털모자가 벗겨질 듯 달랑거렸다.

나는 주머니에 넣어두었던 소주병을 꺼내서, 나무 밑동에 조금씩 뿌렸다. 생각해 보니, 형과는 한번도 술을 마셔본 적이 없었다. 형이 곁에 있었을 때는 내가 너무 어렸고, 내가 술 마실 나이가 되었을 때는 형이 곁에 없었다. 술 냄새를 풍기면서도 당당하게 집에 들어올 수 있는 형을 얼마나 부러워했던가.

나무 주변을 둘러가면서 술을 뿌리다가, 뒤쪽에 놓여 있는 프리지어 다발을 발견했다. 아직 꽃잎이 마르지 않을 걸로 봐서 그곳에 놓인 지 얼마 되지 않은 듯 했다. 나는 손을 멈추고 꽃다발을 집어 들었다. 그제야 그녀가 떠나버렸다는 사실이 현실처럼 느껴졌다. 떠났구나, 이제, 정말로. 참새들이 작은 날개를 파닥이며 나무 위를 날아갔다. 먹구름이 잔뜩 끼어 있는 하늘 아래에서, 사방을 둘러봐도 온통 고요하기만한 그곳에서, 샛노란 꽃다발을 손에 든 채로 나는 한참 동안이나 그렇게 서 있었다. 산등성이를 따라 노을이 서서히 번져가고 있었다.

처음 만났던 날도 그녀는 프리지어를 들고 있었다. 대학에 합격한 지 얼마 지나지 않아서였다. 갑자기 풍족해진 시간을 감당할 수 없어 빈둥거리고 있었는데, 전화가 걸려왔다. 형의 후배라고 자신을 밝힌 여자는 주말에 면회를 갈 거라며, 같이 가지 않겠냐고 물었다. 생전 처음 가보는 상봉터미널 매표구 앞에서 그녀는 그렇게 서 있었다. 노란 꽃다발을 가슴에 품은 채. 나는 말도 걸지 못하고 눈만 깜빡거렸다. 양 손에는 어머니가 바리바리 싸준 통닭이며 불고기 따위가 담긴 쇼핑백을 들고서.

그 뒤로도 그녀는 항상 그랬다. 부대 안으로 들고 갈 만한 것도 아니었고, 형이 특별히 좋아하는 것도 아니었는데, 줄기차게 꽃다발을 들고 찾아갔다. 형이 변하는 것 같아서요. 서로 익숙해지고서도 한참이 지나서야 나는 이유를 물어볼 수 있었다. 다른 사람이 되는 것 같은데…… 어떻게 해야 할지 몰라서…… 이거라도 보면 조금 늦게 변할지도 모르니까…… 아니, 그럴 것 같진 않지만, 그래도 내가 할 수 있는 거라곤, 이것밖에…… 띄엄띄엄 이어지는 그녀의 말을 듣고서야, 나는 그동안 형이 왜 그리 낯설게 보였는지 알 것 같았다. 형의 눈빛은 점점 육식동물을 닮아갔다. 형은 휴양소에 들어간 것이 아니었다. 그곳은 조련원(調練園)이었다.

형은 너무 빨리 변했다. 나는 대학생이 되고서도 쉽게 변하지 못했는데, 여전히 세상은 알 수 없는 것들로 그득했고, 잘려나간 손들을 똑바로 바라보는 일도 무섭기만 했는데. 그녀도 변하지 않았는데, 이제는 거들떠보지도 않는 꽃다발을 면회 갈 때마다 사들고 갔는데. 변한 것은 형뿐이었다.

그만두고 싶었다. 애써 찾아가서 변해가는 모습을 확인하는 일 따위는 정말 하고 싶지 않았다. 하지만 내가 아니면 갈 사람이 없었다. 격일로 근무를 하는 아버지가 주말이라고 시간을 낼 수 없었고, 어머니는 자기가 그리로 몰아넣었다면서 형을 만날 엄두도 내지 못했다. 그렇다고 수감생활을 하는 형의 동지들이 찾아갈 수도 없는 일이었다. 내가 그만두면 형은 혼자였다. 아니, 혼자는 아니었다. 그녀가 찾아갔을 테니까. 하지만 그래서 더욱 그만둘 수가 없었다. 말은 하지 않았지만, 그녀 역시 형을 무서워한다는 것을 알고 있었으니까. 나는 형을 위해 면회를 갔던 것이 아니었다. 그녀를 위해 같이 버스를 탔다.

마지막으로 면회를 갔을 때, 형은 유격훈련을 받고 돌아온 직후라고 했다. 그때 형의 몸에서는 냄새가 나기 시작했다. 땀 냄새 따위가 아니었다. 굶주린 승냥이들의 침 냄새, 빗물에 젖은 털에서 나는 비릿한 냄새. 언젠가 동물원에서 맡은 적이 있었던 바로 그 냄새가 형의 몸에서 피어 올랐다.

한밤중이 되었을 때, 형은 내게 잠깐 동안 나갔다 오라고 했다. 이런 적은 없었다. 아무래도 심상치 않았지만, 거부할 수가 없었다. 새빨갛게 핏발 오른 눈이 무서웠다. 뒤를 돌아보니 그녀는 고개를 숙인 채로 이불 홑청을 움켜쥐고 있었다. 바들바들 어깨를 떨면서. 그녀와 나를 번갈아 쳐다보는 형의 얼굴에 개기름이 흘러 번들거렸다.

툇마루에 걸터앉았지만, 귀는 여전히 방 안을 향해 있었다. 궁금했다. 이래서는 안 되는데, 다가가면 안 되는데, 내 몸은 어느새 문 앞에 와 있었다. 형이 내지르는 고함소리가 문틈으로 새어나왔다. 주먹에 힘이 들어갔다. 어르는 건지, 겁을 주는 건지, 형의 목소리는 더욱 높아졌다. 부스럭거리는 소리, 철컥거리는 버클 소리, 무언가가 엎질러지는 소리, 그리고 갑자기 텔레비전 소리가 크게 들렸다. 문고리를 잡고 있는 손에 힘이 들어갔다. 한번도 내지르지 못했던, 작고 초라하기만 한 내 주먹이 파르르 떨렸다. 이번만큼은, 이번만큼은 참을 수가 없었다.

왈칵, 문을 연 것은 내가 아니었다. 블라우스 앞자락이 떨어져 나간 그녀가 방 안에서 뛰쳐나왔다. 그 날, 강원도 산골마을 버스 정류장에서, 나는 그녀의 손을 잡고 밤을 새웠다. 밤공기는 따뜻했지만 그녀의 손은 차갑기만 했다. 입고 있던 남방을 벗어 건네자, 그녀는 고개를 숙인 채 고맙다고 했다. 아니, 고마운 건 나였다. 더 이상 이곳에 오지 않아도 되었으니. 다만, 이제 그녀와 함께 버스를 탈 수 없다는 게 아쉬웠다. 한쪽 어깨에 기대서 잠든 그녀의 얼굴을 볼 수 없다는 게 아쉬웠을 뿐이다. 그녀가 눈을 감았다. 텅빈 버스 정류장, 외등 밑 벤치에 앉아서, 나는 어깨에 기대오는 체중만으로도 가슴이 벅찼다.

그녀가 형을 용서한 것은 그리 오래 걸리지 않았지만, 형은 용서의 말을 듣지 못했다. 그녀는 너무 늦었고, 형은 너무 빨랐다. 그녀는 면회를 가기 위해서 또 한 다발의 꽃을 샀지만 형이 하루 먼저 돌아왔다. 그리고 다음날, 그녀는 다시 국화 한 다발을 사야했다.

"미친 놈, 뭐 그리 급하다고 목숨을 끊었어, 그래."

아버지는 나무를 쓰다듬으며 입을 열었다. 이미 술병은 모두 비워졌고, 해도 기울어 가고 있었다. 그만 일어나야 했다. 하지만 아버지는 굽은 허리를 나무 등걸에 기댄 채로 이야기를 계속 이어갔다.

"이렇게 너를 묻었을 때, 네 어미가 얼마나 반대를 했는지 모른다. 봉분이라도 만들어 주자고. 아무리 부모보다 먼저 가버린 자식이지만 쉴 집이라도 만들어 주자고. 하지만, 그럴 수가 없었단다. 널 두 번 묻어버리는 것만 같아서. 넌 이미, 여기에 묻혔으니까."

아버지는 가슴을 움켜쥐며 주저앉았다. 한줌도 되지 않는 가루로 변해서 돌아온 형을 보고서도 터지지 않았던 울음이, 이제야 터져 나오는 듯, 아버지의 어깨는 오래도록 떨렸다. 겨울 해는 짧았다. 벌써 주위의 산들은 어둠 속에 몸을 숨기고 있었다. 아버지의 얼굴에서도 조금씩 빛이 사라지고 있었다. 손에 쥐고 있던 전지가위가 바닥에 떨어졌지만, 아버지는 줍지 않았다.

집으로 돌아오는 길도 막히는 건 마찬가지였다. 아무래도 많이 무리를 했는지, 아버지는 자리에 앉자마자 혼곤히 잠이 들었다. 여전히 버스 안은 후텁지근하기만 했고, 목덜미가 금세 흥건해졌다. 손수건을 꺼내 아버지의 얼굴을 닦아 내렸다. 목덜미에서부터 뺨을 지나, 이마까지. 내 손이 이마에 닿았을 때, 아버지는 또다시 몸을 일으키며 눈을 떴다. 잠시 손을 멈춘 채로 기다렸다. 하지만 아버지는 내 손을 가로막지 않았다. 오히려 다시 눈을 감으면서, 내 어깨에 머리를 기대왔다.

나는 천천히 털모자를 벗겨냈다. 방사선 치료를 시작하면서부터 조금씩 빠지기 시작한 아버지의 머리카락은 이제 얼마 남지 않았다. 땀에 젖은 머리카락들을 조심스레 쓸어 넘기다가, 끝내 보고 말았다. 빛바랜 머리카락 사이로 훤히 들여다보이는 정수리. 가지런히 벗겨진 것도 아니고, 여기저기 뭉텅뭉텅 뽑혀나간 새하얀 머리카락들. 그리고 그 사이로 보이는 분홍색 살갗. 이번에는 눈을 돌리고 싶지 않았다. 보아야만 하는 것이라면, 느껴야만 하는 것이라면, 끝내 짊어져야 하는 것이라면, 피하고 싶지 않았다. 견뎌야 했다. 그게, 살아가는 것이다. 나는 손수건을 들어, 아버지의 정수리에 맺힌 땀을 닦았다.

차창에 하얀 것들이 달라붙었다, 사라졌다. 고개를 돌려 창 밖을 내다보니 언제부터인지 눈발이 날리고 있었다. 탐스러운 함박 눈송이들이, 희미해지고 있는 풍경 위에 쏟아지고 있었다. 바짝 가지가 잘려나간 가로수들 위에도, 자동차들로 가득 찬 길바닥에도, 어둠 속에 우뚝 솟아있는 아파트 옥상에도.

저기 저 너머 무덤가에 심어둔 나무 위에도 눈송이가 내려앉았으리라. 그리고 아버지의 앙상한 가슴 한복판에 심은 나무 위에도. 버스는 여전히 움직일 줄 몰랐고, 돌아갈 길은 아직 많이 남았지만, 아버지는 오랜만에 깊은 잠에 빠져 있었다. 아버지의 코고는 소리를 들으며, 나도 무거운 눈꺼풀을 감았다. 어깨로 느껴지는 체중은 한없이 가벼웠다. 창 밖에 내리고 있는 눈송이들이 내 어깨에도 내려앉았다.

유리 상자 속의 꽁치

더 이상, 그림을 그리진 않지만, 이야기를 만들고 있어요. 핸드폰도 호출기도 없었던 시절이 배경입니다. 뭐, 꼭 시대를 강조하려는 것은 아닙니다. 흘러간 그 시절의 희미한 옛 사랑 따위야 구질구질할 뿐이지요. 어차피…… 돌이킬 수 없으니 말입니다.

유리 상자 속의 꽁치

핸드폰도 호출기도 없었던 시절의 이야기이다.

꼭 시대를 강조하려는 것은 아니다. 흘러간 그 시절의 희미한 옛 사랑 따위야 구질구질할 뿐이니까. 이제 와 그런 것을 들춰내는 것이 무슨 의미가 있단 말인가. 만일 옛 여자와의 일을 자랑삼아 떠들 속셈이라면 구역질나는 수컷 본능에 휘둘리는 불쌍한 허풍쟁이에 불과할 것이고, 아직도 진심을 담아 그 여자의 이름을 입에 올린다면 자기 감정밖에 모르는 편집증 환자와 다를 바 없다. 세상에는 잊어버려야 하는 것, 손 놓아 보내줘야 하는 것이 있다. 그런 것이다. 예전에는 알지 못했지만, 이제는 분명히 안다. 옆구리에 살이 붙고 눈 밑이 처져버린 대가로 나는 그 사실을 배웠다.

아무튼 그 시절에는 핸드폰을 가진 사람이 거의 없었다. 정치가나 사채업자나 조직폭력배가 아닌 이상 그런 물건을 가지고 다니는 사람을 찾아보기 힘들었다. 뭐 들고 다니는 전화기가 있다는 사실이야 익히 알고 있었다. 싸구려 동시상영관에서 사시사철 틀어주던 홍콩영화에 등장했던 삼합회 멤버, 수금을 하러 다니는 양아치, 그리고 그들을 배후 조정하는 국회의원 따위가 한쪽 손에 벽돌만한 전화기를 들고 다니면서 유난을 떨곤 했으니까.

그에 비해 호출기는 제법 많은 사람들이 사용했던 편이었다. 샐러리맨이나 의사, 혹은 형사들이 허리춤에 손바닥만 한 '삐삐'를 차고 다녔다. 그렇지만 우리에겐 여전히 낯선 물건에 불과했다. 아니, 대학생이라고 해서 가지지 못할 이유야 없겠지만, 그런 걸 살 이유도 여유도 없었다.

어쩌면 그것들을 가지지 못했기에 우리는 오히려 자주 만날 수 있었던지도 모른다. 서로가 찾아오기를 끈기 있게 기다렸고, 서로를 찾기 위해 부지런히 상대가 있을 법한 장소를 돌아다녔다. 그 시절 몇 번이고 돌려 읽었던 책의 구절처럼, 당신이 일곱 시에 오겠다고 하면 여섯 시부터 설레었고, 아홉 시에 만나기로 했으면 여덟 시부터 먼저 나가 기다렸다. 두근두근, 기분 좋은 심장 고동소리를 느끼면서.

이제야 분명하게 알게 되었다. 우리는 행복과 편리를 바꿔치기 한 것이다. 무선호출기에서 시작하여, 시티폰을 거쳐, 핸드폰에 이르기까지, 우리 손에 들어왔던 이기(利器)들은 우리에게 행복을 보장해주지 못했다. 그녀와 엇갈리지 않으려고 학생회관 계단을 황급히 뛰어오르던 그때의 설렘과 오랜만에 나간 동창모임에서 받은 귀가를 종용하는 마누라의 전화 중에서 무엇이 우리를 더 행복하게 하는가?

152

아무튼 그 시절, 정치가도 사채업자도 조폭도 아니었던, 그렇다고 샐러리맨도 의사도 형사도 아니었던 우리에겐 핸드폰도 호출기도 없었다. 맞다. 이렇게 구구절절 그때 그 시절을 이야기하는 이유는 바로 여기에 있다.

만일 그때, 우리가 지금 가지고 있는 것들을 손에 쥐고 있었다면 그런 일은 일어나지 않았을 것이다.

그때 나는 여자 친구의 집 앞에, 보다 정확히 말하자면 그 집 대문이 정면으로 보이는 놀이터 그네에 걸터앉아 있었다. 지금은 기억나지 않지만, 무언가가 잘못되어 있었다. 아마도 내 잘못이었을 것이다.

그 시절 우리는 둘 다 미숙했지만, 내가 훨씬 조급했다. 그랬기에 나는 그녀보다 참지 못했다. 얼굴을 보고 싶으면 언제라도 보아야 했고, 안고 싶으면 어디서라도 안아야만 했다. 그러지 못하면 견딜 수가 없었다. 그런 것이야말로 사랑이라고, 스무 살의 나는 그렇게 믿었다.

그 시절 우리는 둘 다 사회와 권력에 환멸을 느꼈지만, 내가 훨씬 과장이 심했다. 그래서 나는 떠벌리길 좋아했고, 그랬기에 늘 쫓겨야만 했다. 그래봐야 학교 앞 파출소의 박 경장 아저씨가 내 뒤를 밟았을 뿐이고, 붙잡힌다고 해도 훈방조치가 고작이었지만, 가끔은 그녀에게도 불똥이 튀었다. 몇 번인가 그녀의 아버지에게 연락이 간 적도 있었다고 한다. 하지만 나는 멈추지 않았다. 그런 것이야말로 젊음이라고, 스물한 살의 나는 그렇게 믿었다.

그런 이유였을까? 아마도 그랬을 것이다. 별 생각 없이 그려 주었던 걸개그림이 문제가 되어, 난생 처음 파출소 아닌 경찰서 유치장에 들어갔던 것이 그 무렵이었다. 몇 대 얻어맞고, 몇 장인가 조서를 쓰고, 몇 군데에다 지장을 찍은 뒤에 풀려났다. 날마다 추격전을 벌인 탓에 안면이 익었던 파출소 박 경장 아저씨는 내 등을 툭툭 두드리며 고생했다고 말했다. 하지만 대단한 문제는 아니었다. 애초부터 그림을 그린 것 말고는 한 일이 없었으니까.

시장에서 두부 장사를 하는 어머니가 마중 나와 있었다. 어머니는 말없이 내게 두부 한 모와 함께 입영통지서를 내밀었다. 목이 메었다. 반쯤 남은 두부를 쓰레기통에 던져 넣었을 때, 그녀가 콜라를 내밀었다. 탄산의 알싸한 맛 때문에 코끝이 찡했다. 콜라를 흘렸는지도 모르겠다. 아니면 눈물을 흘렸는지도. 그녀는 손수건을 꺼내 내게 건네주고는, 어머니께 꾸벅 인사하고 돌아섰다. 나는 누런 통지서를 움켜쥐고서 아무 말도 하지 못했다. 흘러내리는 물방울을 닦지도 못한 채.

두 주 남짓한 시간이 남아 있었다. 그 시간을 온전히 그녀와 함께 보내고 싶었지만, 그럴 수 없었다. 휴학 수속을 하기 위해 학교로 찾아가자, 친구들이 술판을 열었다. 자기들이 괜한 부탁을 해서 고생을 시켰다는 이유였다. 하지만 몇 차례 순배가 돌고, 내가 군대에 간다는 얘기를 꺼내자 분위기는 완전히 바뀌었다. 황당무계한 놈, 비겁자, 술 취한 친구들은 내게 손가락질 했고, 막걸리 사발을 집어던졌고, 주먹질하고…… 끝내 서로 어깨를 감싸고 주저앉아, 울었다.

그런 술자리를 몇 차례 끝내고 나니 남은 시간은 일주일도 되지 않았다. 그러는 동안 그녀에게 연락할 방법이 없었다. 앞서 말했던 것처럼, 우리에게는 핸드폰이 없었기 때문이다. 학교에서 돌아오자 이번에는 여기저기 흩어져 살고 있는 친척들에게 줄줄이 인사를 다녀야 했다. 아버지 성묘도 다녀와야 했고. 역시 그녀에게 연락할 방법이 없었다. 다시 말하지만, 그때 우리는 호출기마저 가지고 있지 않았다.

아무튼 이러저러한 사정이 모두 끝나고 나니 남은 날짜는 겨우 사흘뿐이었다. 하루를 꼬박 돌아다녔지만, 그녀를 찾을 수 없었다. 우리가 자주 갔던 카페에서 온종일 기다려 봤지만, 그녀는 오지 않았다. 탁자위에서 성냥개비 탑이 서서히 솟아올랐다가, 일순간에 무너져 버렸다. 제길, 제길, 제길…… 아무리 투덜거려도 연락이 닿지 않았다. 몇번인가 그녀의 집으로 전화를 걸었지만, 아직 들어오지 않았다는 대답이 돌아올 뿐이었다. 보고 싶었다. 안고 싶었다. 뭉근한 젖무덤에 얼굴을 묻고 눈을 감을 수만 있다면 마음이 안정될 것 같았다. 하지만 그녀를 볼 수 없었고, 볼 수 없으니 눈을 감을 수도 없었다. 세 번째인가 전화를 걸었을 때 그녀의 어머니는 짜증을 냈다. 나는 다시 전화를 걸 수 없었다. 안정을 찾을 수도 없었다.

여름 해는 길었다. 스물두 살, 우리가 서슴없이 '청춘'이라 불렀던 그 시절에는 더욱 길었다. 우리가 자주 찾았던 장소들을 모두 돌아보고도 시간이 남았다. 아직 어두워지지 않은 여섯 시, 나는 마지막으로 학교 앞 동시상영관으로 들어갔다. 이곳을 찾을 때면 언제나 그랬듯이, 달리 할 일이 없었기 때문이다.

어둠 속에 들어가니 마음이 가라앉았다. 서너 시간 동안의 평화가 찾아왔다. 프랑스 영화 한 편과 홍콩 영화 한 편, 지금 생각하면 이상하기 짝이 없는 조합이지만, 당시 대학가에는 그런 극장들이 제법 있었다.

밖으로 나왔을 때는 이미 어두워진 뒤였다. 조금 전에 보았던 영화의 주인공은 뱃속에 콘크리트가 들어찼다고 외치며 밤거리를 내달렸다. 숨이 가빴다. 하지만 후련해지기는커녕, 울렁거리기만 했다. 단단하고 무거운 것이 내 가슴을 짓누르고 있었다. 자판기에서 콜라를 뽑아 마셨다. 코끝이 아렸다. 머리가 아팠다. 나쁜 피가 몸속에서 펄떡거리는 모양이었다.

똥이나 처먹어라, 이 개새끼들아!

반쯤 남은 콜라 캔을 건너편 파출소에다 집어던지며 소리 질렀다. 하지만 그뿐이었다. 몇몇 사람들이 주위를 둘러보았고, 그 중의 몇 명은 나를 향해 박수를 치기까지 했지만, 정작 경찰은 미동조차 하지 않았다. 어쩌면 순찰이라도 나갔던 것인지 모른다. 아니면 하루가 멀다 하고 고문치사와 분신이 이어졌던 시절이었으니 깡통을 맞는 일 따위야 대수롭지 않다고 생각한 것인지도.

그런다고 유명해질 줄 알아? 또 다른 영화 속의 주인공은 그렇게 되물었다. 그 말이 맞다. 변하는 건 아무 것도 없다. 스크린 속의 거리가 그랬던 것처럼, 내가 서 있는 이곳 역시 비상구가 보이지 않았다. 적어도 스물두 살의 내게는 그랬다. 어둠이 짙게 깔린 그 거리에서 나는 출구를 잃어버렸다. 그리고 비틀거렸다. 가야 할 곳도 없었고, 갈 수 있는 곳 역시 보이지 않았다.

아니, 단 한 곳, 출구는 있었다. 몇 번이나 휘청거린 뒤에야 나는 그곳을 생각해냈다. 아직 만나지 못한 그녀만이 내게 남은 유일한 탈출구였다. 나는 휘적휘적 걸음을 옮겼다. 한강다리를 걸어서 넘어가긴 그때가 처음이었다. 다리가 휘청거리고, 더 이상 움직이지도 못할 정도로 힘이 빠졌을 때, 거짓말처럼 그녀의 집이 눈앞에 나타났다.

동화 속의 성처럼, 굳게 닫힌 대문을 바라보며 나는 털썩, 주저앉고 말았다.

기다렸다. 그것 말고는 달리 할 수 있는 일이 없었다. 몇 걸음만 걸어가면 공중전화 부스가 있었지만, 이미 시간은 자정을 훌쩍 넘어버린 뒤였다. 하지만 돌아서고 싶지 않았다. 앞서도 말했지만, 그때 우리는 지금보다 기다리는 일에 익숙했다.

나는 열리지 않는 대문을 바라보며, 놀이터 모래바닥에 그림을 그렸다. 지우고, 다시 그렸다. 지워 버리기를 반복했다. 환하게 웃는 얼굴이 몇 번이나 사라지고 난 뒤에야, 찡그리던 모습, 눈물 흘리던 모습까지 차례차례 사라지고 난 뒤에야, 나는 툭툭 엉덩이를 털고 일어섰다. 더 이상 그릴 것이 없었다. 하지만 이게 전부일까? 한참을 서성거린 뒤에야 뒤돌아설 수 있었다. 뒤돌아선 뒤에도 몇 번이나 되돌아본 뒤에야 발걸음을 옮겼다.

바로 그때, 다시 거짓말처럼 문이 열렸다. 하지만 그녀는 아니었다. 성 안에서 걸어 나온 것은 반 넘게 머리가 벗겨진 중년의 사내였다. 그도 역시 나만큼이나 놀란 모양이었다. 고개를 갸웃거리며 나를 쳐다보더니, 양복 주머니에서 담배를 꺼내 물었다. 그리고 내게 다가와서 그녀의 이름을 말했다. 내가 고개를 끄덕이자, 몇 모금인가 담배연기를 빨아들이다가는 자기를 따라오라고 손짓했다.

그는 뒤도 한 번 돌아보지 않고 앞장섰다. 그러다 골목 입구에 있는 포장마차로 들어가 버렸다. 내가 붉은 장막을 걷고 머뭇머뭇 안으로 들어갔을 때, 그는 벌써 자리에 앉아 있었다. 그는 슬쩍 나를 곁눈질하면서 안주머니에서 핸드폰을 꺼냈다. 그리곤 착신음이 이어졌다.

그의 목소리는 웅얼거리며 낮게 이어졌다. 나는 어찌할 바를 몰랐다. 앉을 수도 그렇다고 나가버릴 수도 없었다. 그저 엉거주춤 서서, 좌판 위에 놓인 유리 상자에 들어 있는 곰장어나 낙지, 꽁치 따위의 안주거리를 쳐다보았다. 특별히 이상하다고 할 수는 없었지만, 그것들은 어쩐지 맥이 빠져 있는 것처럼 보였다. 하긴, 저런 곳에 갇혀 있다면야 그럴 수밖에 없을 것이다.

특별히 주문하지도 않았는데, 꽁치 구이와 소주 한 병이 나왔다. 남자는 이곳 단골인 모양이었다. 역시 말하지도 않았는데, 소주잔이 두 개가 놓여졌다. 하나는 그의 앞에, 다른 하나는 내 앞에. 그제야 나는 슬그머니 간이의자에 엉덩이를 걸쳤다. 유리 상자 안에서 이미 생기를 잃어버린 지 오래되었을 꽁치 눈알이 물끄러미 나를 쳐다보았다.

그의 통화는 끝날 듯 끝날 듯 끝나지 않았다. 한쪽 손에 전화기를 든 채로 그는 소주병을 들어 내 잔에 따랐다. 나는 얼른 두 손으로 잔을 감쌌다. 술도 넘칠 듯 넘칠 듯 넘치지 않았다. 내 잔이 가득 차자 그는 소주병을 자기 쪽으로 가지고 갔다. 그동안에도 낮은 목소리는 끊어지지 않았다. 내가 황급히 소주병을 잡았지만, 그는 슬며시 손목을 돌려 거절했다. 익숙한 솜씨였다. 그의 잔에 절반 가까이 술이 차올랐을 즈음, 통화가 끝났다. 그러자 술을 따르던 행동도 멈췄다. 그는 잔을 들고는 단숨에 술을 털어 넣었다. 역시 익숙한 솜씨였다.

어쩔 수 없었다. 나는 그의 행동을 그대로 따라했다. 그가 다시 술을 따랐다. 내 잔에는 가득히, 자기 잔에는 절반 정도. 같은 패턴이었다. 그렇게 몇 순배가 돌았다. 그는 여전히 손에 핸드폰을 들고 있었고, 나는 건드리지도 못한 꽁치 눈알만 노려보았다. 부당하다는 생각이 들었지만, 말할 수 없었다. 내 모습은 꽁치와 다를 바 없었다. 우리 앞에 소주 한 병이 다시 놓였을 때, 그는 들고 있던 전화기를 내려놓았다. 그리고 내게 물었다.

"그림을 그린다던데, 앞으로 무얼 할 생각인가?"

그는 그때까지 입고 있던 양복 상의를 벗어 옆자리에 내려놓았다. 그의 허리춤에는 손바닥만한 '삐삐'가 달려 있었다. 핸드폰을 사용하는 사람을 보지 못했던 것은 아니다. 또한 호출기를 가진 사람을 보지 못했던 것도 아니었다. 하지만 핸드폰과 호출기를 동시에 가진 사람은 만난 적이 없었다. 적어도 그 이전까지는 분명히 그랬다. 나는 그의 정체를 짐작할 수 없었다.

"민화를…… 그리고 싶습니다."

"만화?"

쯧쯧, 그가 혀를 차더니 혼자 술잔을 기울였다. 만화(漫畵)가 아니라 민화(民畵), 즉 민중그림이라고 다시 알려주고 싶었다. 그렇지만 나는 여전히 아무 말도 할 수 없었다. 나도 혼자 술잔을 비웠다. 어지러웠다. 꽁치가 나를 계속 노려봤다.

"그래도 하고 싶은 것이 있다니 좋군."

그가 다시 내게 술을 따랐다. 이번에는 내가 술병을 받아 그의 잔을 채웠다. 그가 담배를 입에 물었다. 내가 라이터를 켜서 불을 붙여주었다. 그제야 그의 모습을 바로 볼 수 있었다. 그런데 이상했다. 그는 분명히 말끔하게 다림질이 된 감색 양복에 넥타이까지 갖춰 입고 있었지만, 어느 부분인가 낡아 있는 느낌이었다. 아무리 포장을 해도 감출 수 없는 부분이 드러나 있었다. 몇 번이고 문질러 봐도 지워지지 않는 얼룩처럼. 신경 쓰지 않으려고 애를 쓰면 쓸수록 자꾸 도드라져 보이는 흠집처럼. 나는 그를 지켜보는 것이 부담스러웠다.

그가 자기 잔을 내게 내밀었다. 그 잔을 잡았을 때, 내 손가락이 그의 손에 닿았다. 내가 손을 빼려하자 그가 덥석 내 손을 쥐었다. 눅눅하고 끈적끈적한 땀이 맺혀있는 피부가 내 손을 감쌌다. 견디기 힘들었다. 하지만 견딜 수밖에 없었다. 꽁치가 다시 나를 쳐다봤다. 나는 그 눈을 마주 볼 수 없었다.

"놓지 말게."

나는 그를 돌아봤다. 그의 와이셔츠 목덜미와 소매 주변에는 얼룩이 묻어 있었다. 다시 고개를 돌려 피하려했지만, 그럴 수 없었다. 그의 목소리가 갑자기 축축해졌기 때문이었다. 유리 상자 안에 들어있던 꽁치가 푸르르 몸을 떨어 자기 몸에 남은 마지막 바닷물을 털어내는 것만 같았다. 갑자기 술기운이 올라와 내 몸도 부르르 떨렸다.

"꿈이란 건 말이야…… 한번 놓치면 다시 잡기 힘든 거라네."

나는 갑자기 그가 유리 상자 속에 갇혀 있는 것처럼 느껴졌다. 등판에 남은 푸른색을 하루가 다르게 잃어버리면서, 서서히 말라가고 있는 꽁치 한 마리가 내 옆에 앉아서 술잔을 기울이고 있었다. 나는 천천히 손을 뻗어 술병을 움켜쥐고서 마지막 남은 술을 그에게 뿌려

주었다. 그것만이 내가 할 수 있는 유일한 일이었다.

푸르르, 그가 몸을 떨었다. 아니, 그의 허리춤에 달린 호출기가 울렸다. 그는 황급히 번호를 확인하고 벗어두었던 양복을 걸쳐 입었다. 이제 얼룩은 더 이상 보이지 않았다. 핸드폰을 움켜쥔 채로 그는 지갑을 열어 푸른색 지폐를 몇 장 꺼내놓고 일어섰다.

"오늘은 늦었으니 내일 만나게. 내가 연락해 두겠네."

그는 힘차게 포장마차의 장막을 걷고 거리로 나갔다. 이곳에 들어올 때 그랬던 것처럼, 뒤 한번 돌아보지 않은 채로. 나는 여전히 안에 남아 어둠 속으로 사라지는 그의 뒷모습을 물끄러미 바라보았다. 나는 아무래도 알 수 없었다. 그는 분명히 밖으로 나갔지만, 나는 그가 밖으로 나간 것 같지 않았다.

꽁치는 여전히 유리 상자 안에 벗어나지 못했다. 그저 조금 더 큰 유리 상자로 옮겨갔을 뿐이었다.

다음 날은 꼼짝도 할 수 없었다. 며칠째 계속되었던 술자리의 피로로 더는 몸을 가눌 수 없는 지경이 되어버린 것이다. 겨우 눈을 떴을 때는 이미 한밤중이었다. 나는 간신히 몸을 움직여 한강다리를 건넜다. 그리고 다시 한 번 그녀의 집 앞 놀이터까지 갔다. 어제 그려 놓았던 그림들은 흔적도 없이 사라져 버린 뒤였다.

그날 밤, 나는 끝내 그녀를 만나지 못했다. 대문 옆에 붙어있는 차임벨을 눌렀다면, 공중전화 부스로 들어가 전화라도 걸었다면, 그녀를 만날 수 있었을지도 모른다. 하지만 그러지 않았다. 그럴 수 없었다.

그녀의 집으로 들어오는 골목 입구, 어제와 같은 그 자리에 있는 포장마차 앞을 지날 때, 나는 알아버렸다.

나도 역시 꽁치였다는 것을. 벌써 아가미가 그물코에 걸렸고, 이제 머지않아 유리 상자 속으로 보내지게 될 상황이라는 걸. 그녀의 아버지가 그랬던 것처럼, 짙은 색 양복으로 목둘레의 얼룩무늬를 감추고, 허리춤에 호출기를 차거나 안주머니에 핸드폰을 넣은 채로 누군가 나를 불러주기를 기다려야 한다는 것을. 붉은 장막 속에서 무럭무럭 피어오르는 꽁치 굽는 냄새에 욕지기나 몇 번 끌어올리고는, 나는 뒤돌아설 수밖에 없었다.

물론 아쉽지 않았던 것은 아니다. 혹시라도 그녀가 대문을 열고 나오지 않을까, 동화 속의 여자주인공처럼 창문을 열고 내 이름을 불러주지 않을까…… 껌뻑이는 외등이 달린 골목 입구를 빠져나오기 직전까지 나는 얼마나 간절히 바라고 소망하고 또 기원했던가.

하지만 그 이전까지 그랬던 것처럼, 아니 그때 이후 지금까지 쭉 그러한 것처럼, 내 바람과 소망과 기원은 어느 하나 이루어지지 않았다. 그날 밤 길을 되짚어 터벅터벅 걸어 집으로 돌아가다가, 나는 뒤를 보고 말았다. 요즘처럼 휘황찬란한 불빛을 비추지 않았던, 불그스름한 가로등 불빛으로 겨우 겨우 앞을 가늠하며 건너야 했던 마포대교 위에서, 나는 문득 걸음을 멈추었다. 그림자를 본 것이다. 내 등판에 덕지덕지 얼룩처럼 묻어 있는 시커먼 어둠을 그제야 알아차린 것이다. 이런 모습을 하고 있었으니, 설령 그녀가 집 밖으로 뛰쳐나왔더라도 내 모습을 알아볼 수 없었을 게다.

발 밑으로 짙고 푸른 강물이 꿈틀거리며 흘러갔다.

다음 날 동이 트기 전, 나는 청량리로 향했다. 춘천으로 가는 기차를 타기 위해서였다. 어머니는 조심스럽게 배웅을 해도 되겠느냐고 물었지만 나는 완강히 손을 내저었다. 모질게 뿌리치고 싶지는 않았다. 하지만 그럴 수밖에 없었다. 단단해져야 할 시간이었다. 조금이라도 물렁해지면 단박에 허물어지고 말 것이다. 등 뒤에 달라붙은 얼룩을 발견했던 순간, 나는 그 사실을 알아버렸다. 뒤돌아 보지 말자, 돌아서지 말자…… 그렇게 중얼거리며 입술을 깨물었다. 돌아보면 어머니가 소금 기둥으로 변해버릴 것만 같았다. 한쪽 손에는 김이 무럭무럭 올라오는 하얀 두부를 들고 서서.

청량리역에 도착했을 무렵, 해가 떠올랐다. 주변을 떠돌던 모든 불빛이 서서히 사라지기 시작했다. 하늘은 밝아졌지만, 거리는 오히려 어두워졌다. 밤새 빛나던 것들이 사위어가고 있었다.

나는 역사(驛舍) 맞은편 골목 안에 있는 이발소로 들어갔다. 아직 불이 꺼지지 않은 몇 안 되는 곳이었다. 머리를 자르기 위해 들어갔지만, 머리만 자르는 곳은 아니었다. 의자에 앉자마자 여자가 내 위로 올라왔다. 싸구려 화장품 냄새가 내 목덜미에 끈적끈적하게 감겼다. 나는 꼼짝도 할 수 없었다. 코끝이 아렸다. 눈을 뜰 수 없었다.

밖으로 나오기까지 그리 오랜 시간이 걸리지 않았다. 나는 고개를 숙인 채 횡단보도를 건넜다. 건너편에 도착해서 주위를 둘러보니 나처럼 짧은 머리를 한 사람들이 보였다. 그들은 하나 같이 인상을 찡그린 채로 담배연기를 뱉어내고 있었다. 나도 주머니를 뒤져 담배를 꺼냈다.

주머니에서 동전 몇 개가 짤랑거렸다. 옆에 있는 공중전화 부스에 들어갔지만, 수화기를 들 수 없었다. 반쯤 깨져나간 유리 너머로 방금 전 내가 건너왔던 횡단보도가 눈에 들어왔다. 이미 너무 많이 걸어와 버린 것이다. 며칠 전 그녀의 아버지를 만날 무렵이라면, 어젯밤 그녀의 집 앞에서 불 꺼진 창을 바라보고 있을 때였다면, 아니 불과 한 시간 전만 되었더라도 나는 망설이지 않고 다이얼을 돌렸을 것이다. 하지만 지금은 되돌아갈 수 없었다. 세상은 변했다. 어쩌면 세상이 아니라 내가 변해버린 것인지도 몰랐다. 아무튼 이제 동화는 사라지고 현실만 남았다. 그것만은 분명하게 알 수 있었다.

개찰구 안으로 들어가기 전, 구내식당에 들어가 설렁탕 한 그릇을 시켰다. 여름 날씨에도 김이 무럭무럭 올라왔던 그 뽀얀 국물은, 짜고 썼다. 어쩌면 나는 울었는지도 모르겠다. 그리고 아마도 눈물을 삼켰던 지도 모른다. 나는 멍하니 하늘만 바라보았다. 유리창 너머의 하늘이 너무 새파래서 자꾸만 눈물이 나왔다.

기차가 출발하기 직전까지 긴 머리와 짧은 머리들이 서로 뒤엉켜 인사를 나누었다. 그들은 껴안고, 악수하고, 서로의 어깨를 두드렸다. 나는 창문 너머로 그들을 바라보았다. 그녀의 집 근처 포장마차에 있던 유리 상자 속의 꽁치가 물끄러미 나를 바라보았던 것처럼.

그러다 눈을 돌렸을 때, 나는 보았다. 바람에 날리는 하늘색 플레어 스커트. 기둥에 가려 얼굴은 보이지 않았지만 직감할 수 있었다. 그녀가 틀림없었다. 아니다. 출발시간을 알려줄 수도 없었는데 그녀가 역까지 찾아왔을 리 없다. 이제와 돌이켜보면, 그저 그렇게 믿고 싶었던 것인지도 모르겠다. 그럴 것이다. 아마도 그랬을 것이다. 하지만 당시의 나는 분명히 그렇게 믿었다. 설령 그것이 거짓이라 할지라도, 그렇게 믿고 싶었다. 때론 진실보다 거짓이 더욱 아름답다는 사실을 나는 그때 처음 배웠다.

기차가 움직이기 시작했다. 그녀의 이름을 부르고 싶었다. 우리가 함께 보았던 심야영화의 한 장면처럼 차창 밖으로 고개를 길게 빼고 작별의 키스라도 나누고 싶었다. 하지만 그것뿐이었다. 그런 장면은 다만 영화 속에서나 가능할 뿐이었다. 무엇보다 기차의 창문은 단단하게 고정되어 꿈쩍도 하지 않았던 것이다. 이런 제길, 도무지 이놈의 세상에는 내 뜻대로 되는 일이 하나도 없었다.

하얀, 나비 한 마리가 차창 밖에서 날아다녔다. 자유롭겠구나, 너는. 한숨을 뱉듯이 나는 그렇게 중얼거렸다. 내 눈동자도 나비를 따라 새파란 하늘 위를 이리저리 날았다. 어느덧 얇고 투명해진 늦여름의 햇살이 나비의 날개 위에서 산산이 부서지며 찬란하게 반짝였다. 어지러웠다. 찬란한 자유가 나를 어지럽게 만들었다. 나는 눈을 감고 잠이 들었다.

나비는 꿈속까지 따라와 내 손 끝에 앉았다.

남춘천역에 내렸을 때는 이미 점심시간이 끝날 무렵이었다. 짧은 휴식을 마친 사람들이 신발을 질질 끌면서 일터로 되돌아가고 있었다. 나도 역시 남은 시간이 많지 않았다. 나는 서둘러 버스를 잡아탔다.

버스는 춘천 시내를 관통해서 달렸다. 고등학생 몇이 무리를 지어 버스에 올랐다. 방학은 아직 끝나지 않았을 텐데, 아마도 소집일이었던 모양이었다. 그들은 쉴 새 없이 떠들어대면서도 따분하기 짝이 없다는 듯한 표정을 짓고 있었다. 하긴, 나 역시 교복을 입고 다녔을 무렵에는 세상일이 무료하기만 했었다. 이제야 겨우 하고 싶은 일이 몇 가지 생겼는데, 이번에는 시간이 남지 않았다. 그랬다. 아직 등줄기에 시퍼런 줄무늬가 남아있던 그 시절부터 지금까지 항상 그러했다. 내 깨달음은 언제나 너무 느렸다. 그래서 손을 내밀 무렵에는 아무 것도 남아있지 않았다.

버스는 어느새 소양강을 넘었다. 삼거리를 지나자 '제102보충대'라고 적혀 있는 하얀 색 입간판이 눈에 들어왔다. 정거장에 도착하기도 전에, 짧은 머리들은 버스에서 뛰어내렸다. 시간이 없는 것은 아니었다. 충분하진 않지만 아직 몇 분이 남아 있었다. 단지 저들은 저곳으로 들어가는 시간을 조금이라도 늦추고 싶었을 것이다. 내가 역시 그러했던 것처럼.

보충대 입구까지 걸어가는 길목에는 어머니처럼 까만 얼굴을 한 아주머니들이 스포츠시계며 얼룩무늬 지갑 따위를 팔고 있었다. 얼핏 보기에도 조잡스럽기 짝이 없는 물건들을 누가 살까 싶었지만, 호주머니에서 돈을 꺼내는 사람들은 제법 많았다. 나 역시 어머니가 손에 쥐어주었던 만 원짜리 지폐를 꺼내서 내밀었다. 깨알 같은 글씨로 군인복무규정 따위가 적혀 있는 수첩을 뒤춤에 집어넣었다.

겨드랑이에서 비린내가 났다. 살아 헤엄치는 물고기는 냄새를 풍기지 않는다. 더 이상 움직이지 못하는 물고기에게서만 냄새가 피어오른다. 그만큼 나는 죽음에게로 가까이 다가간 것이다. 하긴 이리 더워서야 썩지 않고 남아 있을 것이 어디 있겠는가. 땀이 흘러 티셔츠가

등판에 찰싹 달라붙었다.

아직 푸른 줄무늬가 남아 있을까.

하지만 나는 고개를 돌려 확인할 엄두가 나지 않았다. 다만 푸르르, 푸르르 몸을 떨었을 뿐이다. 몸을 떨면서 주위를 돌아보니 수많은 꽁치들이 나와 같은 곳을 향해 움직이고 있었다. 아직 등에 선명한 푸른 줄이 남아있는 그들의 옆에는 부모들이 잔뜩 미간을 좁힌 채 서 있었다. 내 여자 친구의 아버지가 내 손을 잡을 때에도 꼭 그런 표정이었다.

나 역시 그들과 다를 것이 없었고, 그들 역시 나와 다르지 않았다. 그런 것이다. 꽁치가 되어버린 이상 별다를 것이 없었다. 더구나 이제 곧 푸른 군복까지 입게 되면 나와 그들은 서로 구분할 수도 없게 될 것이다. 통조림 속에 들어가버린 꽁치를 구분할 수 없는 것처럼.

연병장을 가로질러 등나무 그늘이 드리워진 스탠드에 걸터앉았다. 날씨는 더웠지만, 바람이 시원했다. 담배 한 개비를 꺼내 물었다. 사람들을 안내했던 빨간 모자를 쓴 사람들이 나를 노려보았지만, 특별히 제지하지는 않았다. 고개를 들어 다시 하늘을 보니, 초록색 잎사귀 사이로 하얀 구름이 흘러갔다. 생각보다 평온한 분위기였다. 이렇게만 시간이 흘러간다면, 머지않아 그녀를 떠올리지 않게 될지도 모르겠다는 생각이 들었다. 그런 것이다, 결국. 구름이 나를 지나쳐 흘러가 버렸다.

얼마 지나지 않아, 빛바랜 꽁치 색깔의 옷을 입은 사람들이 열을 맞춰 걸어 나왔다. 그리고 그들은 우리와 부모를 떼어놓고, 우리에게 작별인사를 하라고 권했다. 안녕히 가십시오. 우리는 까닭 없이 다소곳해져서 그들이 시키는 대로 행동했다. 안녕히 가십시오! 처음엔 웅얼거리듯 시작되었던 인사는 금방 고함으로 변했다. 안녕히 가십시오! 나도 역시 목청이 터져라 소리 질렀다. 돌이킬 수 없는 시퍼런 나이를 향해서. 안녕히 가십시오, 이제 부디, 안녕히 가십시오!

아가리 닥쳐.

그들의 목소리는 높지도 크지도 않았다. 하지만 그 목소리의 위력은 아주 명료했다. 부모들이 보충대 정문을 빠져나가자마자 갑작스레 쏟아진 그 말을 알아듣지 못한 꽁치들도 있었으나, 대부분은 얼른 몸을 움츠렸다. 이 새끼들이 아직도 여기가 사횐 줄 아나? 어쭈, 동작 봐라. 차렷, 열중쉬어, 차렷, 엎어, 굴러, 박아…… 모든 일은 순식간에 일어났다. 빛바랜 꽁치 중 몇이 뛰어올랐다고 깨닫는 순간, 등 푸른 꽁치 몇이 군화에 밟혀 허리를 꺾었다. 그리고 쉴 새 없이 말이 날아왔다. 우리는 그 말에 따라 맨 바닥을 뒹굴고, 머리를 땅에 박고, 옆 사람과 스크럼을 짜고 앉았다가 일어나고, 한 덩어리로 몸을 말았다.

쏟아지는 발길질을 옆구리로 고스란히 받아내며, 나는 깨달았다. 나는 이미 통조림 깡통 속에 들어와 버렸다는 것을. 이런 제길, 그 와중에도 하늘이 눈에 들어왔다.

닿을 수 없는 하늘은 바다처럼 파랬다.

그 뒤로는 하늘을 올려다볼 시간이 거의 없었다. 오래지 않아 우리를 짓밟았던 이들과 똑같은 복장을 지급받았다. 뻣뻣한 전투복을 입고 무거운 신발을 신고 딱딱한 모자를 쓰고 나니, 영락없이 군인이 되었다. 군인이 된 우리는 복종을 배웠고, 분노를 비굴로 바꾸는 방법을 습득했고, 무엇보다 살아남는 법을 익혔다.

정신을 차려보니 제대할 무렵이 되었다. 새로 전투복과 군화를 지급받았다. 다리미로 등판에 세 줄의 주름을 잡아넣고, 구두약에 물을 발라 광을 내고서 우리는 사회로 걸어 나왔다. 사람들은 나도 이제 어른이 되었다고 했다. 그 말을 들으면 욕지기가 치밀었지만, 나는 아무런 티도 내지 않았다. 침묵이야말로 복종의 자세였고, 비굴의 표지이며, 살아남기 위한 최선의 방법이라는 사실을, 나는 배웠다.

시간은 더 빨리 지나갔다. 복학하기 전에는 학비를 벌기 위해 여기저기에서 아르바이트를 했다. 그 와중에 나는 호출기를 샀다. 순전히 아르바이트 자리를 구하기 위해 몇 통인가 썼던 이력서의 연락처 기입란을 채우기 위해서였다. 복학하고 나서는 부족한 학점을 채우기 위해 강의실과 도서관을 뛰어다녔다. 졸업할 무렵 다시 몇 통의 이력서를 썼다. 이번에는 휴대폰을 할부로 구입했다. 그리고 중소기업 보다는 조금 크고 대기업보다는 한참 작은 광고회사에 들어가 팸플릿과 리플릿을 만들었다. 안개가 자욱한 새벽에 고속도로를 질주하는 것 같은 시간이 이어졌다. 여전히 하늘을 올려다볼 시간은 없었다. 뒤를 돌아볼 여유 따위도 없었다.

아니다. 딱 한 번 그랬던 적이 있다. 그녀의 결혼식 날이었다. 대부분의 연인이 그러한 것처럼, 그녀와의 연락이 끊어진 것은 내가 병장이 되었을 무렵이었다. 친구들은 그녀의 소식을 전하기를 꺼렸고, 나 역시 묻지 않았다. 아니, 묻지 않아도 알 수 있었다. 스물 서너 살의 여자가 감당해야 할 유혹이 얼마나 많은지쯤은 충분히 짐작할 수 있었다.

그녀를 다시 만나게 된 것은, 사회초년생 딱지를 떼었을 무렵이었다. 군 면제를 받았던 대학 친구의 대리 진급을 축하하는 술자리에 그녀가 나타난 것이다. 어색했지만 떨리지는 않았다. 그녀는 말끔한 얼굴로 내게도 청첩장을 내밀었다. 그리곤 꼭 와줬으면 좋겠다고 말했다. 맥주 탓이었을 게다. 이런저런 핑계를 댈 수도 있었는데도, 그녀의 눈을 똑바로 바라보면서 대답했던 까닭은. 그럼, 꼭 참석해서 축하해 줄게. 기복이 없는 내 목소리에 몸서리치면서, 차라리 어색하지 않고 떨리는 편이 더 좋겠다고 생각했다.

나비 날개처럼 투명한 치맛자락을 끌고 그녀가 입장했다.

혼자만의 생각이었을까. 눈이 마주쳤다고 생각한 순간, 그녀가 푸르르 몸을 떨었다. 그녀의 반응을 감지한 그녀의 아버지가 내 쪽으로 고개를 돌렸다. 나를 기억했던 것일까? 아닐 것이다. 오래 전의 짧았던 만남 따위를 기억하고 있을 리가 없었다. 요컨대 고속도로를 질주하는 것은 나 혼자만이 아닌 것이다.

예식이 모두 끝나고 나는 친구들과 헤어졌다. 내일 있을 브리핑 자료를 만들어야 한다고 둘러댔지만, 그것 때문만은 아니었다. 나는 식장으로 되돌아갔다. 하객들이 자취를 감출 동안만이라도 혼자 있고 싶었다. 사람들과 함께 하면 피할 수 없을 옛 이야기가 두려웠다.

하지만 나는 혼자 남지 못했다. 그곳에는 이미 다른 사람이 자리잡고 있었던 것이다. 그녀의 아버지, 이제는 얼마 남지 않은 머리카락이 새하얗게 바래버린 그 남자가 그곳에 앉아 있었다. 기척을 내지 않고 뒤돌아 나갈 수도 있었지만, 그러지 못했다. 그의 등이 눈에 들어왔기 때문이었다. 푸른 줄무늬를 달고 있었던 것이 언제였는지 짐작조차 되지 않을 만큼, 그의 등은 구부정하게 변해 있었다.

그가 돌아보았다. 그리고 자신의 뒤에 서있는 내 얼굴을 물끄러미 바라보았다. 오래전 그 골목에서 처음 만났을 때 그랬던 것처럼, 감색 양복을 입고 손에는 핸드폰을 든 채로. 우리는 아무 말도 하지 않았다. 소주 한 잔을 주고받았을 만큼의 시간이 지났을 때, 그가 천천히 몸을 일으켜 내게로 걸어왔다. 나는 고개를 돌리지 않고 똑바로 그를 바라보았다. 그가 내 곁을 스쳐 지날 때까지.

"아직 늦지 않았어. 놓치지 말게."

그 목소리를 듣는 순간, 나도 모르게 손을 내밀었다. 그리고 그의 손을 잡았다. 축축했다. 죄송합니다. 그리 말했던가, 아니면 이미 너무 늦었다고 중얼거렸던가. 분명하지 않다. 다만 내가 그를 부축해서 밖으로 나왔던 것만 분명하게 생각난다. 손을 꼭 쥔 채로. 마음 같아서는 다시 한 번 술잔을 나누고 싶었지만, 대낮부터 문을 연 포장마차는 찾을 수 없었다. 내가 할 수 있는 일은, 그저 가족들에게로 돌아가는 그의 뒷모습을 지켜보는 것뿐이었다.

그가 사라진 뒤에 나는 하늘을 올려다보았다. 하늘은 여전히 새파랬지만, 예전에 그랬던 것처럼 투명하지는 않았다. 하늘이 변한 것은 아니었다. 변해버린 것은 바로 나였다. 뭍으로 잡혀 올라온 생선이 으레 그러하듯, 내 눈에도 막이 덮여버린 것이다. 뿌옇게 변해버린 하늘을 바라보다, 나는 끝내 눈물을 흘리고 말았다. 스물두 살의 여름 이후로 처음이었다.

그날 무언가 나를 관통하고 지나갔다. 그래서 한동안 일을 손에 잡을 수 없었던 것도 사실이었다. 하지만 그럼에도 나는, 살았다. 그것도 성실하게. 가슴에 구멍이 뚫린 채로도 살아갈 수 있다고, 서른세 살의 나는 그렇게 믿었다.

그리고 어제, 다시 그녀의 소식을 들었다. 아버지가 돌아가셨다고 했다. 친구들과 함께 대학병원 영안실로 찾아갔다. 하루 종일 회사에서 일하느라 와이셔츠 목덜미에 생긴 얼룩을 감색 양복으로 감추고서. 광고 시안 마감이 얼마 남지 않은 탓에, 팀원들에게서 계속 연락이 왔다. 나는 술잔을 받다 말고 핸드폰을 받았다. 웅얼거리는 목소리로. 그녀와 그녀의 남편이 주위를 돌며 몇 명 남지 않은 문상객에게 인사했다. 그녀의 남편이 내게 다가와 술을 따랐다. 술잔이 반쯤 차자 나는 손목을 비틀어 거절했다. 몇 번인가 차선을 바꿔타고 나자, 어느새 이런 일에 제법 익숙해져 있었다.

새벽녘이 되자 친구들은 하나둘씩 곯아떨어졌다. 자리를 지키던 상주들도 흩어져서 새우잠을 잤다. 영정 앞에는 그녀가 쪼그리고 앉아 있었다. 예전 경찰서 유치장 앞에서 그랬던 것처럼. 나는 그녀에게 콜라 캔을 하나 내밀었다. 그녀가 설핏, 웃음을 지었다. 고개를 돌렸다. 그리고 흑백사진 속에 있는 그녀의 아버지를 바라보며 이야기를 하기 시작했다.

더 이상, 그림을 그리진 않지만, 이야기를 만들고 있어요. 핸드폰도
호출기도 없었던 시절이 배경입니다. 뭐, 꼭 시대를 강조하려는 것은
아닙니다. 흘러간 그 시절의 희미한 옛 사랑 따위야 구질구질할 뿐이
지요. 어차피…… 돌이킬 수 없으니 말입니다.

빛의 길을 걷다

바다는, 사진 속에 있던 낡은 바다는 조금도 변하지 않은 모습으로 그곳에 그대로 있었다. 까칠한 모래알의 감촉도, 출렁거리는 새파란 물결도, 매운 해물찌개의 맛도, 밤하늘에서 터지는 불꽃도, 똑같았다. 어느 것 하나 변하지 않았다.

빛의 길을 걷다

오래된 책에 이런 이야기가 전한다. 세상에 빛이 없는 마을이 있어, 그 곳 사람들은 어둠이 무서워 울부짖었다. 스스로 내지르는 소리에 귀가 멀어버릴 지경이 된 그들은 빛을 구하기 위해 여기저기로 떠돌아다니 게 되었다. 바다 건너 먼 나라에 도착하니, 빛의 정기를 가진 부부가 있 었다. 이들을 모셔와 왕으로 추대하니, 더 이상 울부짖는 소리가 들리지 않았고, 오직 바닷물 철썩이는 소리만 고요하더라. 그들은 자신들의 왕을 '태양을 이끄는 사내[延烏郎]'라고 불렀고, 왕비를 '태양에 버금 가는 여인[細烏女]'이라고 불렀다.

아지랑이의 정류장

꿈도 꾸지 못했어. 이런 일이 생기리라고는 말이야.

스물여덟, 남들은 아직 한창 때라고 했지만, 정작 그녀는 자신이 너무 늦어버린 것만 같았다. 그랬다. 그렇게 생각하고 있었다. 내게 더 이상 봄날은 없다고. 이제 모두 지나가 버려서, 돌이킬 수 없게 되었다고.

하지만 봄이 찾아왔다. 두 번 다시는 오지 않으리라고 생각했던 봄 이, 어느덧 사무실 창문 너머까지 다가와 있었다. 퇴근 시간이 지났는 데도 여전히 하늘이 환했다. 벌거숭이였던 가로수들도 파릇파릇한 잎 사귀를 달고 있었고, 거리를 지나가는 사람들의 옷차림도 한결 가벼워 보였다. 겨울이 가버리긴 가버린 모양이네. 텅 빈 사무실에서 커피를 홀짝이며 창 밖을 기웃거리던 그녀는 그렇게 중얼거렸다. 정말 겨울은 가버리고, 봄이 찾아왔다. 다시는 찾아오지 않을 것만 같던 봄이. 그녀가 내려다보고 있는 거리에도, 꽁꽁 얼어붙었던 그녀의 가슴에도.

"선배, 아직 사무실에 있어요?"

수화기 너머에서 들려오는 목소리가 그녀의 손가락을 떨리게 했다. 그녀는 책상에 걸터앉으며, 들고 있던 잔을 내려놓았다. 손끝이 떨려서 잡고 있을 수가 없었다. 정신차려, 이제 더 이상 십대 소녀가 아니야. 그녀는 바싹 말라버린 입술이 축이며 중얼거렸다. 이런 일이 생기다니. 몇 번이고 심호흡을 해보았지만, 콩닥거리는 가슴은 가라앉지 않았다.

"어디예요? 회식은 잘 하고 있어요?"

이런 걸 물어보려고 했던 게 아닌데…… 그녀는 말 한마디 제대로 하지 못하는 자신이 도통 마음에 들지 않았다. 항상 이런 식이었다. 주저주저하고, 뭐 하나 똑 부러지게 이야기하지 못하고, 그러다가 잃어버리고 놓쳐버리고 빼앗겨버리고…… 그러고 나서 후회하고, 다시는 그러지 않으리라고 다짐하고.

오늘 일만 해도 그렇다. 신입사원 환영회를 겸한 회식자리에 그녀만 빠져서 야근을 할 이유는 없었다. 아니, 그녀가 남았다는 것이 차라리 이상한 일이었다. 통계자료를 내는 정도야 누구라도 할 수 있는 일이었고, 그녀도 이제 제법 중고참 축에 들 만한 위치였으니 후배들이 나서주는 것이 당연하지 않은가. 하지만 아무도 그러지 않았다. 이상하게 생각하지도 않았다. 그동안 그런 일은 으레 그녀가 도맡아

서 해왔으니, 이번에도 당연히 그러리라고 생각하는 눈치였다. 오늘
만큼은 빠지고 싶지 않았다. 술 마시고 웃고 떠드는 게 좋아서가 아
니라, 그 사람이 그 자리에 있었기 때문이었다. 다시 찾아온 봄, 바로
그 사람이.

"선배가 없으니까 재미없어요."

그의 목소리가 다시 한번 그녀의 귓불을 간지럽게 했다. 사람들이
주섬주섬 옷가지를 챙겨 사무실을 나갈 때, 이 사람만 나를 바라보고
있었지. 미안한 눈빛으로, 애절한 표정으로, 그렇게 나를 바라보고
있었어. 어색하고 부담스러워서 얼른 고개를 돌려버렸지만, 얼마나
따스했는지 몰라. 꼭 잔디밭에 누워서 이마에 봄볕을 받고 있는 기분
이었어. 그녀는 고개를 숙이며 그렇게 중얼거렸다. 목덜미가 화끈거
렸다. 수줍음 많은 열네 살짜리 계집아이로 되돌아간 느낌이었다. 아
직, 세상살이가 따스한 봄날 같을 거라고 생각했던 그 시절로.

"빨리 일 끝내고 와요. 기다리고 있을게요."

전화기 너머에서 그 사람이 속삭였다. 그의 목소리는 그녀에게 한
여자를 떠올리게 했다. 언젠가 혼자 찾아간 재개봉관에서 봤던 옛날
영화 속의 여자. 애타게 자기 이름을 부르는 남자를 위해서 웨딩드레
스 차림으로 결혼식장을 뛰쳐나갔던 그 여자. 지금, 그녀도 역시 사무
실을 뛰쳐나가 그에게로 달려가고 싶었다.

하지만 그녀는 의자에서 일어나지 못했다. 다만 고개를 돌려, 아직 절
반이 넘게 남아 있는 서류뭉치를 바라볼 뿐이다. 나는 왜 그 여자처럼
될 수 없을까? 물론 알고 있었다. 세상일이란 결코 영화와 같지 않다는
것을. 영화 속의 여자는 애인과 함께 행복한 여행을 떠나지만, 현실에서

벌어지는 애정의 도피는 그리 행복하지도 아름답지도 않다는 것을. 설레며 달려가 봐야, 남자는 다른 여자의 이름을 부르고 있기 십상이라는 것을.

전화기를 내려놓은 그녀는 다시 한번 크게 숨을 들이마시고 일거리를 집어들었다. 그래, 내게 그런 일이 일어날 턱이 없잖아. 그녀는 머릿속 한 구석에 남아있던 생각을 끝내 떨쳐버릴 수 없었다. 이번에도 나 혼자 들떠 있는 걸 거야. 그저 지나가는 말이겠지. 직장 선배가 혼자 야근을 하고 있으니까 미안했던 거야. 실패로 끝나버린 몇 번의 경험이, 한껏 피어오르던 그녀를 붙잡았다. 쓸데없는 기대는 품지 말자. 더 이상 봄날은 오지 않아. 그녀는 그렇게 중얼거리며 컴퓨터를 켰다. 하지만 그의 말 한마디가 쉽게 잊혀지지 않았다. 기다리고 있을게요. 그는 분명히 그렇게 말했었다. 그날도 역시 그렇게 말을 했었지.

"기다려지네요."

그는 허리를 숙여 자기가 심어 놓은 묘목을 쓰다듬으며 그녀에게 말했다. 얼마 전에 있었던 식목일 행사가 끝날 즈음이었다. 신입사원 적응교육도 시킬 겸, 단합대회도 가질 겸, 산에 나무도 심을 겸, 이런저런 이유로 매년 열리는 정기적인 행사였다. 사실, 명칭만 식목일 행사라고 붙였을 뿐이지, 정작 나무를 심는 일은 온전히 신입사원들의 몫이었으니, 다른 직원들에게는 야유회나 다름없는 행사였다. 산기슭에다 천막과 돗자리를 펴놓고, 삼겹살이나 구워먹으면서, 장기자랑이나 하다가 돌아오면 그만이었다. 몇몇 사람들의 입에서는 직원들 동원해서 회장님 선산을 가꿔주는 행사가 아니냐는 빈정거림이 나오기도 했지만, 그녀에게는 제법 소중한 의미를 가진 행사였다.

그날도 역시 그녀는 슬그머니 자리를 빠져나왔다. 얘기하지 못할 만한 것은 아니었지만, 이 행사에 꼬박꼬박 참가하는 이유를 다른 사람들한테 말하기는 어쩐지 쑥스러웠던 것이다. 많은 시간이 걸리는 일도 아니었다. 그저 노래 서너 곡을 부를 만한 시간이면 충분했다. 원체 조용하기만 한 사람이었으니 자리를 비웠다고 누구 하나 신경 쓰지도 않을 것이고, 혹시 누군가 눈치 챘다고 해도 화장실에 다녀왔다고 둘러댈 수 있을 만한 시간이었다. 아니, 그보다는 그녀가 남들 몰래 다녀오기를 바라고 있었다. 이것만큼은 여러 사람과 왁자지껄하게 함께 하기보다는, 온전히 혼자만을 위한 행사로 남겨두고 싶었다.

그런데 산으로 올라가는 입구에서 그 사람과 마주치고 말았다. 이번에 입사한 신입사원이었다. 인상도 좋고 성격도 시원시원해서 여직원들에게 제법 인기가 있는 사람이었다. 동갑인 그녀에게도 꼬박꼬박 선배라고 부르며 곰살갑게 대하는 사람이었다. 그녀도 그에 대한 인상이 나쁘지 않았다. 다만 지나치게 자상한 척하는 것이 영 믿음이 가지 않았고, 더구나 친해지지도 않은 사람과 자신만의 행사를 함께 하고 싶지도 않았다.

"무슨 새마을운동 시절도 아니고, 식목일 행사라니 좀 우습네요."

고개만 까딱이며 지나치려던 그녀에게 그가 말을 걸어왔다. 심심하던 차에 잘 됐다는 말투였다. 몇 번인가 눈치를 주었지만, 그는 알아듣지 못한 것인지 알면서도 모르는 척하는 것인지, 그녀의 뒤를 따라 산에 올랐다. 그러면서 그는, 이런 동원행사는 구시대적인 발상이라는 둥, 휴일까지 회사에 반납하는 것은 그만큼 자기개발의 시간을 빼앗는 비능률적인 조치라는 둥, 원래 오늘 친구들하고 지리산에 다녀오기로 했는데 약속이 깨졌으니 이런 산 같지도 않은 야산이나 타고 있어야 한다는 둥, 쉬지 않고 투덜거렸다.

그녀는 진작 이 사람을 떼어놓지 못한 것을 후회했다. 그리고 그가 고작 이 정도밖에 되지 않는 사람이라는 것이 실망스러웠다. 하긴, 그의 말이 전혀 틀린 건 아니었다. 그녀 자신도 이렇게 혼자 산에 오르는 일만 빼면, 이런 행사가 과연 무슨 의미가 있을지 의심스러웠으니까.

이윽고 그녀가 발을 멈추자, 그도 입을 다물었다. 그녀가 더 이상 자신의 말을 듣고 있지 않다는 것을 알았기 때문이었다. 아니, 그녀의 표정이 너무 진지했기 때문이었을지도 모른다.

그녀는 어른 키만큼 자란 나무 곁에 쪼그리고 앉아, 꼼꼼하게 주변의 잡초를 뽑고, 손수건을 꺼내 잎사귀를 하나하나 정성스레 닦아주었다. 그리고 나뭇가지 하나하나를 조심스레 건드려가면서 상한 곳이 없는지 유심히 살펴보았던 것이다. 그녀의 모습은 마치, 오랫동안 찾아오지 못했던 사람과 인사를 주고받는 것처럼 보였다. 안녕? 잘 지냈니? 일 년 동안 아프지는 않았고? 그녀는 나무에게 그렇게 묻고 있는 것처럼 보였다.

그가 말없이 그녀를 바라보고 있자, 그녀가 먼저 입을 열었다. 회사에 처음 들어왔을 때, 내가 심었던 나무예요. 아프지 않고 잘 자라 주었네요. 지난 겨울은 제법 추웠는데…….

그때부터였다. 그녀를 바라보는 그의 눈길이 봄날의 햇살 같아진 것은. 바로 그날, 저녁 한때의 짧은 순간을 함께 보낸 이후부터였다. 산을 오르는 동안 쉬지 않고 떠들었던 그는, 그녀가 산을 내려갈 때까지 말이 없었다. 그저, 그녀와 그녀의 나무를 번갈아 바라보았을 뿐이었다. 그리고 산을 거의 내려왔을 때, 바로 그 말을 했었다.

"내년 봄까지도 잘 자라주겠지요. 선배 나무도, 제 나무도 말입니다. 기다려지는데요."

컴퓨터를 껐을 때는, 창문 밖은 이미 어두워져 있었다. 그제야 그녀는 허리를 펴고 주위를 둘러보았다. 텅 빈 사무실이 을씨년스러웠다. 당연하다고 생각했지만, 어쩐 일인지 쓸쓸하다는 생각이 들었다. 웨딩드레스를 입은 영화 속의 주인공이 달려 나가던 햇살 쏟아지는 거리는 내게 어울리는 곳이 아니야. 바로 여기, 아무도 남아 있지 않은 사무실이 내가 있을 곳이지. 누구도 도망칠 수는 없어. 현실에서 도망치는 건, 영화 속의 주인공들에게나 허락된 일이야. 누구에게나 현실은 겨울이지. 절대로 봄이 찾아오지 않는 겨울.

그녀는 다시 한 번 꼼꼼하게 주변을 돌아보았다. 할 일은 이미 다 끝냈지만, 무언가 중요한 일이 끝나지 않은 듯했다. 다시 주위를 돌아보았다. 통계자료는 과장님 책상 위에 올려놓았고, 내일 해도 되는 자질구레한 일 몇 가지도 끝내버렸다. 책상 정리까지 마쳤으니, 분명히 남은 일은 없었다. 하지만 개운하지 않았다.

또 한 번 주위를 돌아보던 눈길이 전화기 위에서 멈춘 뒤에야 비로소, 그녀는 알아차렸다. 바보같이, 정말 기다리고 있었던 거야? 그녀는 맥이 빠진 목소리로 그렇게 중얼거렸다. 그냥, 단지, 그저, 안부전화였다니까. 그런 전화를 받고서 기다리는 사람이 잘못한 거야. 그녀는 조용히 한숨을 내쉬고는 가방을 들고 일어섰다. 어깨가 유난히 무거웠다.

"기다려도 선배가 오지 않아서, 내가 왔어요."

거짓말이라고 생각했다. 이제 막 불을 끄려는 순간, 누군가 문을 벌컥 열고 들어왔을 때, 그리고 그녀를 향해 뚜벅뚜벅 걸어왔을 때, 김이 모락모락 올라오는 도시락을 내밀었을 때, 그녀는 믿지 않았다. 그저, 이런 일은 영화에서나 일어나는 일이야, 라고 중얼거렸을 뿐이다. 하지만 그의 몸에 묻어 있는 술 냄새를 맡았을 때, 그가 멍하니 서 있는 그녀를 의자에 앉혔을 때, 이왕 늦은 거 도시락이나 먹고 가라며 나무젓가락을 잘라주었을 때, 비틀거리며 정수기 앞으로 걸어가서 따뜻한 물을 담아서 가지고 왔을 때, 그녀의 볼에서 눈물 한 방울이 흘러내렸다.

정말 겨울이 지나가 버린 모양이었다. 목덜미를 스쳐 가는 바람이 차갑지 않았다. 언제부터랄 것도 없이, 누가 먼저랄 것도 없이, 서로의 손을 잡고 길을 걷던 두 사람이 걸음을 멈추고, 가로수를 올려보았다. 꽃봉오리가 달린 가지가 바람결에 조금씩 흔들리고 있었다.

"꽃이 피면, 같이 산에 가지 않을래요? 우리 나무들에도 꽃이 피었는지 보고 싶어요."

그의 목소리를 들으면서, 그녀는 나지막이 중얼거렸다. 그래요, 봄이 오면. 꽃 피는 봄이 오면.

바다를 따라 이어지는 국도

"우리, 열일곱 살이 아니에요, 그렇지요?"

그는 그녀의 팔목을 꼭 쥔 채로 같은 말을 되풀이했다. 오늘따라 그의 손이 유난히 뜨겁다고 생각하며, 그녀는 중얼거렸다. 나도 알고 있어요. 고개를 돌리지 않아도 입가에 쏟아지는 그의 시선을 느낄 수 있었다. 알아요. 하지만 무서워요. 겁이 나요. 어떻게 해야 되는 건지 모르겠어요. 그가 몇 번씩이나 같은 말을 묻고 있는 것처럼, 그녀도 역시 똑같은 대답을 되풀이할 수밖에 없었다. 그가 처음 그 말을 꺼냈던 순간부터, 지금까지 줄곧 그랬던 것처럼.

그녀의 관자놀이에 닿아 있던 그의 손가락이 스르르 미끄러져 내렸다. 바르르 떨고 있는 속눈썹을 스치고, 도드라진 광대뼈를 지나서, 조금씩 밑으로. 그녀는 움직일 수 없었다. 고개를 돌리고 몸을 비틀어 이 어색한 상황에서 벗어나고 싶었지만, 어찌된 건지 손끝 하나 까딱일 기력이 없었다. 다만 입술을 달싹여 다시 한 번 중얼거릴 뿐이었다. 나도 알아요. 하지만 겁이 나는 걸요. 무서워요. 어떻게 해야 하는 건지…….

그녀는 말을 끝맺을 수 없었다. 콧잔등을 훑던 그의 손가락이 입술에 와닿았기 때문이었다. 숨이 막혔다. 손가락이 이끄는 대로 고개를 움직여 그의 얼굴을 바라보았을 때, 그녀는 그만 가슴 한쪽이 먹먹해져서, 털썩 주저앉고 말았다. 하얗게 말라붙은 입술이 안쓰러웠다. 그는 자꾸만 도망치려는 아이를 붙잡은 것처럼 잔뜩 힘을 주어 그녀의 손목을 움켜쥔 채로 말이 없었다. 살이 맞닿은 부분에서 땀이 배어나와 끈적거렸다.

한참을 망설이다, 팔을 빼내려고 몸을 돌렸을 때, 그의 눈동자가 흔들리는 것을 보고 말았다. 이 사람, 떨고 있는 거야. 입으로는 이렇게 단호하게 재촉하고 있지만, 사실은 이 사람도 겁이 나는 거야.

그는 입을 달싹거렸지만, 쉽게 말을 내뱉지 못했다. 무언가 말하고 싶은데, 마땅한 말을 찾지 못하는 눈치였다. 자꾸만 우물거리는 그의 모습을 보고 있으려니, 왼쪽 가슴께가 아려왔다. 알았어요. 그렇게 해요. 결국, 그녀는 그를 끌어안으며 그렇게 속삭이고야 말았다.

여자는 유리잔 같은 거야.

앞자리에 앉아 있던 총무과 정 대리가, 들고 있던 찻잔을 소리나게 내려놓으며 말을 꺼냈다. 그리고는 자기에게 모여 있는 시선을 즐기는 듯, 천천히 손을 뻗어 시럽이 들어있는 하얀 사기그릇을 들어올렸다. 항상 입에 달고 다니는 말처럼 우아하고 기품 있어 보이는 동작이었지만, 그녀는 어쩐지 그 모습이 외설스럽다는 생각이 들었다. 스트로우를 타고 천천히 흘러내리는 시럽처럼, 정 대리의 말은 끈적끈적하게 그녀의 귓바퀴를 휘감았다. 그리곤 톡, 목덜미를 타고 흘러내렸다가 다시 툭, 가슴골로 떨어져 버렸다. 꼭 그런 것만 같은 느낌이 들어서 그녀는 진저리를 쳤다. 어느새 얼음이 담긴 유리잔에 송골송골 물방울이 맺혀있었다.

보기에는 예뻐도, 한번 금이 가 버리면 그걸로 끝장이거든.

매번 그래왔던 것처럼, 이번 달의 여직원 모임도 회의가 반에 수다가 반이었다. 특히나 이번 모임은 지난주에 결혼한 정 대리를 축하하기 위한 자리였으니, 더욱 그럴 수밖에 없었다. 웨딩촬영이 얼마나 고되고 힘들었는지, 신혼여행을 다녀온 빈탄이라는 곳의 물빛이 얼마나 새파란지, 첫날밤에 남편이 샤워하는 소리에 얼마나 두근거렸는지, 여직원들은 몇 번이고 되물었고, 정 대리는 엇비슷한 그 물음들이 지겹지도 않은지 표정 한번 찡그리지 않고 대답했다.

이제야 하는 얘기지만, 우리 그이가 연애할 때부터 좀 칭얼거리는 편이었거든. 얼마나 새살거리고, 또 얼마나 졸라대던지 그냥 허락할 뻔 했던 적도 있었다니까.

꼴깍, 그녀는 자기도 모르게 군침을 삼켜버렸다. 깜짝 놀라 주위를 둘러보았지만, 다행히 아무도 듣지 못한 모양이었다. 아니, 그들은 다른 소리에 관심을 기울일 여력이 없었다. 바야흐로 바라고 바라던 이야기가 나오려는 참이었으니까. 지금까지 그들은 결국 이 말을 듣기 위해서, 이야기를 빙빙 돌리고 있을 뿐이니까.

남자들 하는 소리가 다 그렇지 뭐. 나만 믿으라는 둥, 사랑하는데 뭘 두려워하냐는 둥, 자기는 절대로 변하지 않을 거라는 둥…… 그거 다 뻔한 수작이다? 우리 그이도 그랬었는데, 막상 그게 끝나자마자 침대 시트부터 확인하는 거 있지? 자국이 남아 있는 걸 보고, 입이 귀에 걸려서는 어찌나 벙실거리는지……. 하여튼 남자들이란 다 똑같다니까. 여직원들은 그제야 자세를 고쳐 앉으며 한마디씩 거들었다. 다시 우아하게 유리잔을 집어 든 정 대리가 벌써 반이 넘게 녹아 있는 얼음을 깨물면서 말했다.

그러니까 너희들도 조심해. 하자는 대로 다 해주면 절대 안 된다. 한 번 깨진 유리잔은 다시 붙일 수 없는 거야.

정 대리는 심각한 표정으로 아퀴를 지으며, 소파에 깊숙하게 몸을 파묻었다. 저런 얼굴을 본 적이 있었다. 감독관에게 걸리지 않고 옆 사람의 답안지를 훔쳐보는 데 성공한 사람에게서, 교통경찰의 눈을 피해 슬며시 끼어들기에 성공한 사람에게서, 아슬아슬하게 과장님보다 먼저 출근부에 도장을 찍은 사람에게서. 이제 막 고비에서 벗어난 사람들은 모두 저런 얼굴을 하고 있었다.

하지만 지금은 그 얼굴이 그녀의 어깨를 무겁게 만들었다. 정 대리의 마지막 말이 꼭 자기를 향하고 있는 것만 같았기 때문이었다. 다시 재잘거리기 시작한 여직원들 틈에서 그녀 혼자 인상을 찡그리고 있었던 것은, 창문으로 들어오는 여름 햇살이 뜨거워서만은 아니었다.

그렇지 않아도 그 사람은 며칠 전부터 휴가 계획을 짜고 있었다. 언제나 그랬듯이 올여름 휴가도 밀린 잠이나 실컷 자면서 보내리라고 생각하고 있던 그녀에게 그가 바다에 같이 가자고 말을 꺼냈던 것이다.

바다, 잊고 있던 단어였다. 물론 가보지 못했던 것은 아니었다. 꽃무늬 수영복을 입고서, 허리춤에 커다란 튜브를 걸친 채로 찍은 사진이 아빠의 낡은 앨범 속에 들어있었다. 하지만 그녀가 이제 막 철이 들기 시작했던 열네 살의 여름 이후로는 가본 적이 없는 곳이었다. 아니, 바다에 가겠다는 생각조차 해보지 못했다. 그해 여름, 택시를 몰던 아버지가 사고를 냈고, 그 때문에 집안형편이 어려워졌다. 그 뒤로 아버지는 말을 잊었고, 그녀는 바다를 잊었다. 그녀에게 여름방학은 아르바이트를 해야 하는 시간이었지, 놀러 다니는 시간은 아니었다.

그런데 그가 바다로 가자고 했다. 나는 수영할 줄도 모르는 걸요? 한참을 멍하니 그의 얼굴만 바라보던 그녀가 간신히 그렇게 말을 꺼냈다.

"가르쳐 줄게요. 나 수영 잘 해요."

그가 환하게 웃으며 말했다. 바다로 가자고. 그의 표정이 오랫동안 잊고 지낸 기억을 떠오르게 했다. 발바닥에 밟히던 모래알갱이의 까끌까끌한 감촉. 가슴께에서 찰랑거리던 물결. 아빠가 만들어 준 텐트에 누워서 들었던 파도소리. 엄마와 함께 쏘아 올렸던 폭죽, 그 매캐한 화약 냄새. 깜깜한 밤하늘에 터지던 주황색 불꽃들. 동생과 함께 후루룩거리며 떠먹었던 매운 해물찌개.

그래서였는지 몰랐다. 그의 말을 듣고 덜컥 고개를 끄덕여 버렸던 것은. 바다라고 이야기하던 그의 입가에 걸린 환한 미소 때문인지도 몰랐다. 이제는 빛이 바래버린 사진 속에서 아빠도 꼭 그렇게 웃고 있었으니까.

다음날 아침이 되어서야, 그녀는 자기가 얼마나 엄청난 약속을 해버렸는지 깨달을 수 있었다. 바다가 문제가 아니었다. 사진 속에 담긴 추억이 문제가 아니었다. 출근길 내내 그 낡은 사진 한 장이 얼마나 원망스러웠는지 모른다. 왜 하필이면 그때 그 사진이 떠올랐을까? 그것만 아니었어도, 이렇게 앞뒤 없이 약속을 하지는 않았을 텐데…….

물론, 그동안 같이 여행을 다니지 않았던 것은 아니었다. 가평 근처의 수목원을 찾기도 했고 교외선 열차를 타고 장흥에도 다녀왔으며, 자전거를 타려고 강촌에 갔다 오기도 했다. 하지만 그건 바다와는 분명히 달랐다. 그런 것들은 모두 아침에 출발했다 저녁이면 돌아오는 여행이었다. 하지만 회 한 접시만 먹자고 바다에 가는 것도 아니고,

바닷물에 발만 담갔다 바로 돌아오는 것도 아니리라.

물론, 그동안 손만 잡고 다녔던 것만은 아니었다. 팔짱을 끼고 나무 사이를 걷기도 했고, 연인들에게 머그잔을 나눠주는 카페에서 꼭 껴안고 즉석사진도 찍었으며, 구곡폭포 근처의 산책로에서 입을 맞추기도 했었다. 하지만 같이 밤을 보낸 적은 없었다. 바다에 가는 것은, 그것도 단둘이 바다에 가는 것은, 밤을 보내야 한다는 의미였다. 팔짱을 끼거나, 허리에 손을 두르거나, 입을 맞추는 것하고는 분명히 다른 일이었다.

하루 종일 망설이다가 퇴근 무렵이 되어서야 그에게 말을 꺼냈다. 실망하는 표정을 지으리라고 예상하기는 했지만, 그가 쉽게 포기하지 않으리라고는 예상하지도 못했다. 평소에는 그녀의 말이라면 뭐든지 들어주던 사람이었는데, 이번만큼은 쉽게 단념하지 않았다. 그는 지도까지 꺼내들고, 서해안도 아니고 동해안, 그것도 제일 끄트머리의 어느 해수욕장을 짚어가면서 계속 말을 이었다.

처음 같이 맞는 휴가, 처음 같이 가는 바다, 처음 같이 맞이할 해돋이. 그 사람은 '처음'과 '같이'라는 말을 강조하며, 그녀를 설득했다. 하지만 처음으로 같이 밤을 보내야 한다는 말은 꺼내지 않았다. 차라리 몰랐다면 좋았을 텐데, 그녀는 그의 말에서 감춰진 부분을 너무 잘 알고 있었다. 그랬기 때문에 그를 믿을 수가 없었다. 단 한 번도 믿음을 깨뜨린 적이 없었기에, 자꾸만 같은 말을 되풀이하는 그가 두려웠다.

결국 그가 꺼낸 '처음'이라는 말 때문에, 그녀는 처음으로 화를 내고 말았다. 처음으로 혼자서 집으로 돌아오게 되었다. 처음으로 한밤중까지 이어지던 전화통화가 끊어지게 되었다. 모든 것이 그가 꺼낸 그 말 때문이었다. 그녀는 그의 말이 두려웠다.

　그러나 그들의 첫 번째 다툼은 그리 오래 가지 않았다. 그들은 여전히 서로의 목소리를 듣고 싶어 했으며, 얼굴을 보고 싶어 했고, 퇴근 후의 저녁시간을 같이 보내고 싶어 했다. 그렇다고 앙금이 전혀 남지 않았던 것은 아니었다. 그는 여전히 처음으로 함께 가는 바다에 대해서 이야기했다. 호랑이 꼬리 부분에 있어요. 바다를 따라 이어지는 국도가 끝나는 곳에. 우리가 묵을 숙소에서 조금만 걸어가면 등대가 나와요. 하얀색 벽돌로 쌓아올린 등대가 바다로 가는 길을 밝혀줘요. 그의 말은 매혹적이었다. 하지만 그녀는 여전히 처음으로 같이 보내야 하는 밤이 두려웠다. 끝내 허락 하지 않는 그녀에게 그가 말을 걸었다. 이번에는 그녀가 먼저 일어서지 못하도록 단단히 손목을 움켜쥐고서.

"우리, 열일곱이 아니에요. 그렇지요?"

　바다는, 사진 속에 있던 낡은 바다는 조금도 변하지 않은 모습으로 그곳에 그대로 있었다. 까칠한 모래알의 감촉도, 출렁거리는 새파란 물결도, 매운 해물찌개의 맛도, 밤하늘에서 터지는 불꽃도, 똑같았다. 어느 것 하나 변하지 않았다.

　이렇게 쉽게 되찾을 수 있는 추억을 그동안 애써 잊으려 했다는 사실이 억울했다. 이렇게 기분이 좋아지는 곳을 그동안 모르고 살았다는 사실이 너무 안타까웠다. 어쩌면, 이런 곳에 자주 올 수만 있다면, 다시 웃을 수 있을지도 몰라. 낡은 사진 속의 그 계집아이처럼, 잇몸을 온통 드러내 놓고 다시 환하게.

그런 생각을 하지 않은 것은 아니었다. 하지만 시간이 흐를수록 그녀의 마음속에는 다시 불안이 자라나기 시작했다. 수평선 저 너머에서부터 어둠이 밀려올수록, 그녀의 마음도 어두워지기만 했다. 하루 종일 물속에서 텀벙거린 데다 여기저기 돌아다니기까지 한 탓에 몸은 천근만근 피곤했지만, 등대에 불이 들어올 때까지 그녀는 숙소로 들어가자는 말을 하지 못했다.

심장 뛰는 소리는 왜 이렇게 큰지, 옆에 누워 있는 이 사람의 숨소리는 또 왜 이리 큰지, 몇 번이나 군침을 삼켜봤지만 금방 입 안이 말라 버렸다. 뭐라고 말이라도 하면 좋을 텐데, 도대체 무슨 말을 해야 할지 아무 생각도 나지 않았다.

"팔베개 해줄까요?"

그가 먼저 말을 걸어왔다. 하지만 그녀는 반듯하게 누운 채로 꼼짝도 하지 않았다. 아니, 꼼짝 하지도 못했다. 그녀는 그의 목소리가 떨리고 있다고 생각했다. 아니, 떨리고 있다고 생각하고 싶었다. 차라리 깜깜했으면 좋겠는데, 등대에서 비추는 불빛이 그들의 방까지 밀려들어왔다가, 사라지고, 다시 밀려들어왔다 사라졌다.

내가 좋아하는 일은 뭐든지 해줄 수 있죠? 그녀는 그의 얼굴을 쳐다보지도 않은 채 물었다. 하지만 그가 고개를 끄덕이는 것을 느낄 수 있었다. 적어도 그녀가 알고 있던 그 사람이었다면 그랬을 것이다. 다시 가슴 한쪽이 막막해졌다. 웃고 있으면 좋겠는데, 전에 그랬던 것처럼 환하게 나를 보면서 웃어 주면 좋겠는데. 하지만 이제 그녀는 알수 없었다. 그는 변함없이 다정했지만, 요 며칠 사이에 그녀는 다른 사람을 보는 것만 같았다. 아무래도 그를 바라볼 자신이 생기지 않았다. 그녀는 질끈 눈을 감고서, 그리고 다시 그에게 물었다.

그럼, 내가 싫어하는 일은 하지 않을 거지요? 하지만 이번에는 느낄 수 없었다. 아무래도 알 수 없었다. 어쩌면 웃고 있지 않을지도 몰라. 또 화를 내면서 같은 말만 계속할지도 몰라. 왼쪽 가슴께가 아파왔다. 이제 다시는 예전으로 돌아갈 수 없을지도 모른다는 생각이 그녀의 손을 떨리게 했다.

한참을 망설이다 겨우 눈을 떴을 때, 그는 그녀의 얼굴을 빤히 내려다보고 있었다. 등대의 불빛에 따라 어둠 속에서 그의 얼굴이 떠올랐다가, 사라지고, 다시 떠올랐다가 사라졌다. 대답해줘요. 그렇다고 말해요, 제발. 짧은 한숨과 함께 그 사람이 입을 연 것은 그녀가 그 말을 열 번도 넘게 중얼거리고 나서였다.

"아무래도, 난 아직 열일곱 살인가 봐요."

그제야 비로소 들려오기 시작했다. 저기 멀리서부터 이리로 밀려오는 파도소리가, 조금씩 가깝게, 조금씩 커다랗게, 그녀의 귓가에 들려오기 시작했다. 불 꺼진 방 안으로 하얀 불빛이 스며들었다.

침묵의 바다를 통과하는 버스

일천구백팔십 몇 년의 일이다. 정확한 연대는 기억이 나지 않지만, 아시안게임인지 올림픽인지를 앞둔 해였다는 것만은 확실하다. 우리나라에서 처음 열리는 국제적인 행사라면서 텔레비전을 틀기만 하면

캠페인이 그치지 않았고, 아이들 사이에서는 역대 올림픽 개최지를 외우는 게임이 유행했으니까.

캠페인이야 새로울 것이 없었다. 태풍이 지나가면 연중행사처럼 해왔던 것이 수재민 돕기 캠페인이었으니 말이다. 다만 태풍도 쉽게 침범하지 못했던 만화영화 시간 때까지 계속 되는 걸로 봐서, 아시안게임인지 올림픽인지 하는 그 행사가 태풍보다 더 힘이 센 모양이라고, 어린아이였던 그는 그렇게 생각했을 뿐이었다.

하지만 아이들 사이에서 유행하는 게임은 낯설고 신기하기 짝이 없었다. 그건 이전에는 상상하지도 못했던 게임이었다. 세인트루이스, 스톡홀름, 안트워프, 암스테르담, 헬싱키, 멜버른, 멕시코시티, 뮌헨……생전 들도 보도 못했던 도시의 이름을 외우다니, 시험 문제로 나오는 것도 아니었는데 말이다. 하지만 아이들은 외우고 또 외웠다. 그런 이름들이 줄줄 입에서 흘러나와야 친구들과 어울릴 수 있었으니까.

하지만 이제는 신입사원 딱지를 떼고 제법 일처리에 능숙해진, 하지만 일솜씨보다는 직장 선배와의 연애로 더 유명해진, 그는 그러지 못했다. 그에게는 도무지 낯선 도시들의 이름을 구분해 낼 재간이 없었다. 더구나 앞에 숫자까지 붙어 있는 스물 몇 개의 항목은 아무리 되풀이해도 입에 붙지 않았다. 그래서 그는 아이들과 어울릴 수 없었다. 그 나이의 아이들에게 또래와 어울릴 수 없다는 사실은, 선생님의 회초리나 방과 후의 변소청소보다도 가혹한 형벌이었다.

하지만, 그는 제법 유연하게 대처했다. 도시이름 외우기를 포기한 대신에 책을 꺼내들었던 것이다. 그것도 그냥 책이 아니라 우주왕복선에 대한 책을. 컬럼비아호에 이어서 챌린저호가 맹활약했던 무렵이었기 때문에, 대부분의 아이들이 우주비행사를 장래희망이라고 대답했던 시절이었다. 그는 주변의 아이들이 침을 튀겨가며 올림픽 게임을 할 때면, 조용히 손을 들어 책표지에 그려져 있는 컬럼비아호의 배 부분을 가리키며 말했다.

"알고 있니? 여기에 세라믹이라는 물건이 붙어있는데, 도자기랑 똑같은 거래. 놀랍지 않아? 고려청자와 같은 물건으로 우주선을 만들다니. 우리가 어른이 되었을 때쯤이면 청자로 만든 로켓이 나올지도 몰라. 난 그걸 타고 달에 갈 거야. 암스트롱 아저씨처럼."

그리고는 슬그머니 고개를 돌려 멀리 창밖을 바라보곤 했다. 훤한 대낮에 달이라도 보이는 듯이. 그러면 아이들 중의 십중팔구는 존경에 어린 눈빛으로 그를 쳐다보고는 두 번 다시 그따위 유치한 게임을 하자고 조르지 않았다. 물론, 이건 그의 생각일 뿐이다. 아이들의 눈빛 속에 담겨있던 것은 존경이 아니라 조롱이었을 공산이 더 컸다. 하지만 그는 그렇게 믿었고, 또한 그렇게 되리라고 결심했다. 달에 가고 싶다고.

그가 그런 결심을 하게 된 것은 교육적인 영향이 컸다. 제3공화국 시절부터 조국의 근대화를 앞세워 무분별하게 기술·과학교육만을 강조했던 교육행정을 새삼스레 비판하려는 건 아니다. 다만, 우리나라 부모들은 대부분 운동장을 뛰어다니는 것보다는 책을 읽는 아이를 더 귀여워한다는 사실을 이야기하고 싶을 뿐이다. 책중에서도 참고서를, 참고서가 아니라면 교과서를, 교과서가 아니라면 소설책이라도, 소설책이 아니라면…… 여하튼 글자가 빽빽하게 들어 있는 책만 잡고 있으면 칭찬을 아끼지 않는다. 하다 못 해 만화책이라도 '학습만화'라는 이름을 걸고 있다면 일단 꿀밤까지 맞지는 않는다.

너무도 당연하게 그도 역시 꿀밤보다는 칭찬을 좋아하는 아이였다. 그러므로 운동에 관련된 게임을 잘하기보다는, 책에도 나와 있는 우주비행사가 되는 것이 더 좋은 일이라고 생각했다. 아니, 좋지는 않더라도 적어도 혼이 날만한 일은 아니라고 눈치 채고 있었다.

더구나 그의 머릿속에는 아직 여름방학 숙제를 했던 기억이 남아 있었다. 그때나 지금이나 아이들의 방학숙제는 자질구레하고 비현실적인 것으로만 잔뜩 내주기 마련인데, 곤충채집에, 식물채집에, 플라나리아 관찰일기까지 있었으니, 그해는 유독 심했다. 그는 탐구생활에 적혀 있던 방학숙제들을 보자마자 한숨을 내쉴 수밖에 없었다.

곤충채집이라니, 그의 눈에 보이는 곤충이라고는 파리와 모기가 전부였다. 식물채집이라니, 그가 채집할 수 있는 식물이라고는 놀이터 울타리에 피어있는 장미가 전부였다. 게다가 관찰일기라니, 수온이 낮고 깨끗한 물에서 사는 플라나리아를 구하려면, 아침부터 저녁까지 구멍가게를 지켜야 하는 부모님을 졸라서 깊은 계곡으로 바캉스라도 떠나야 할 판이었다. 결국 그는 다른 아이들이 그랬던 것처럼, 학교 앞 문방구에 있는 곤충표본과 식물표본을 구입했고, 라디오에서 불러주는 대로 관찰일기를 받아 적었다. 거짓말을 하고 싶지는 않았지만, 어쩔 수 없었다. 그렇게 그는 방학숙제를 하면서 거짓말하는 법을 배웠다.

하지만 그 숙제만은 거짓말을 하지 않아도 할 수 있었다. 비록 플라나리아가 사는 계곡으로 여행을 떠날 수는 없었지만, 노심초사 교육문제를 걱정했던 부모들이 하루 매상을 포기하고서 선뜻 그를 데리고 나섰기 때문이었다.

여의도에서 열렸던 우주과학박람회장은 아이들로 미어터질 듯이 북적거렸다. 자기 숙제도 아니면서 따라나섰던 누나는 박람회보다 자전거타기에 혹해 있었고, 김밥을 싸느라고 새벽잠을 설친 어머니는 나무그늘에 주저앉아서 애써 준비한 음식이 다 쉬어버리겠다고 걱정만 늘어놓았다. 생전 처음 많은 사람들 틈에 끼어 어리둥절해하는 그의 손을 잡아주었던 것은 아버지였다. 오랜만에 와이셔츠를 꺼내 입은 아버지는 그의 손을 꼭 잡고 여기저기 돌아다녔다. 손바닥에 땀이 배어났지만 기분이 나쁘지는 않았다.

그는 그날 보았던 것들을 지금까지도 선명하게 기억하고 있다. 둥그런 천장에 매달려 있던 반짝이는 몸체를 가진 로켓들. 아버지는 하나하나 짚어가며 별처럼 빛나는 그것들을 이름을 알려주었다. 동반자, 달의 여신, 쌍둥이자리, 개척자, 모험가, 항해자, 평화의 마을…… 비록 안내문에 적혀있는 대로 읽어주었을 뿐이지만, 그때 아버지의 목소리는 얼마나 근사했던지.

무엇보다 눈길을 끌었던 것은 아폴로 11호의 달착륙선이었다. 실물 크기로 만들어졌다는 그것은 황금빛 다리를 새하얀 모래에 묻은 채로 서 있었다. 그리고 그 옆에는 은빛 옷을 입고 뒤뚱거리며 달 표면을 걸어가는 우주비행사 그림이 그려져 있었다. 아버지는 이번에도 안내문을 읽어주었다. 침묵의 바다를 유영(遊泳)하는 닐 암스트롱, 이렇게 써 있구나.

침묵의 바다. 그 말이 그의 마음을 온통 사로잡았다. 세상에, 입을 굳게 다물고 말을 하지 않는 바다라니. 아이들은 다음 전시실에 있는 컬럼비아호 모형을 보기 위해서 달려 갔지만, 그는 꼼짝도 하지 않고서 오래도록 그 앞에서 머뭇거렸다.

얼마 지나지 않아서, 그는 아폴로 11호가 착륙했던 곳의 올바른 이름은 '침묵의 바다'가 아니라 '고요의 바다'라는 것을 알게 되었다. 그리고 그곳에는 바닷물이 넘실거리는 것이 아니라, 돌과 모래밖에 없다는 것도 알게 되었다.

그때 박람회장의 안내문구가 잘못되었던 것인지, 아니면 아버지가 잘못 읽었던 것인지는 모르겠다. 하지만 그는 지금까지도 여전히 그곳의 이름으로는 '고요의 바다'가 아니라 '침묵의 바다'가 어울린다고 굳게 믿고 있었다. 고요한 바다를 헤엄치는 우주인이기보다는, 겨우 발자국 하나를 찍은 것을 가지고 경망스레 떠들어대는 사람들을 지켜보면서도 침묵을 지키고 있는 바다여야만 한다고.

그는 다시 그곳을 떠올리고 있다. 지금, 달 표면이 아닌 이곳에서.

모르고 있었던 것은 아니었다. 이곳에 오기 전까지 그녀에게서 몇 번인가 듣기도 했었다. 하지만 설마 그러기야 하겠느냐고, 그래도 딸자식과 결혼하겠다는 남자가 찾아왔는데 아무것도 묻지 않겠느냐고, 그렇게 넘겨버렸던 것이다.

닐 암스트롱도 이러지 않았을까? 한 인간에게 있어서는 작은 걸음에 불과하지만 인류에게 있어서는 위대한 약진이라는 멋진 대사를 내뱉기 위해서, 아마도 수없이 많은 밤을 고민했을 것이다. 비록 씩씩하게 첫 발을 내딛었지만 그래도 자꾸만 떨려오는 다리를 어쩔 수 없었을 것이다. 사람들은 항상 첫 번째 말만 기억하고는 암스트롱이 영웅이라도 되는 것처럼 숭배한다. 그러나 영웅이기 이전에 나약한 인간일 수밖에 없었던 그의 두 번째 말은 이랬다.

"어라, 딱딱한데?"

무서웠으리라. 지금까지 누구도 걸어본 적이 없는 곳으로 내려서야 하는 순간, 그는 두려움에 몸을 떨었을 것이다. 자기가 밟아야할 땅이 바위처럼 단단한지, 아니면 늪처럼 빠져드는 곳인지도 모르면서 발을 내딛어야 하는 그 순간, 그는 떨고 말았을 것이다. 그런 뒤에야 그는 걸어갈 수 있었을 것이다. 겁에 질린 다음에야, 한없이 작아지는 자신을 느낀 다음에야 비로소, 그는 걸었다.

그도 바로 그런 심정이었다. 꾸벅 큰절을 하고서 호기롭게 허락해 달라는 말을 했을 때만 해도 두렵지 않았다. 아니, 두렵지 않다고 생각하려고 했다. 그런데 막상 말을 내뱉고 나자, 그런데도 그녀의 아버지는 꼼짝 하지 않고 아무런 대꾸도 하지 않자, 겁이 나기 시작했다. 와들와들 몸이 떨리기 시작했다. 도망쳐버리고만 싶었다. 만일 그녀가 손을 잡아주지 않았다면 그는 정말 달아나버렸을지도 모른다.

이번 추석에는 부모님께 인사를 드리고 싶다는 말을 꺼냈을 때, 그녀는 당부했다. 견뎌달라고, 침묵의 뒷면을 봐달라고. 그 때까지만 해도 그는 그것이 얼마나 어려운 일인지 알지 못했다. 한마디 말도 하지 않으면서 밥을 삼키고, 차를 마시고, 과일을 씹으면서, 그는 자기가 지금 달에 와 있다는 생각을 했다. 아무 소리도 들리지 않는, 아니 소리를 전달해줄 어느 것도 존재하지 않는 그 텅 빈 바다 속을 걷고 있다는 생각이 들었다.

하지만, 후회는 하지 않을 생각이었다. 이런 순간을 오래도록 꿈꿔왔으니까. 쉽게 포기하지도 않을 작정이었다. 실패로 돌아갔던 열 번의 도전이 없었다면 아폴로 11호는 결코 달에 착륙하지 못했을 테니까. 1957년 10월 4일 최초의 인공위성 스푸트니크 1호가 발사된 이후부터 1969년 7월 21일 오전 11시 56분 20초에 암스트롱이 달 표면에 첫발을 내딛기까지의 과정에는 수많은 실패가 있었으니까. 그는 기다리고, 기다리고, 다시 한번 기다릴 참이었다. 마침내 달이 가슴을 열고 헤엄칠 수 있도록 허락할 때까지.

"추석 때마다 사진을 찍었다네."

드디어 반응을 보이기 시작했다. 아직 만족할 만큼은 아니지만, 적어도 대기권은 벗어난 듯했다. 그녀의 아버지는 장롱 서랍을 열고 낡은 앨범을 꺼내 왔다. 그리고 다시 말이 없었다.

첫 번째 사진에는 아무도 없었다. 그저 조금 전에 그가 밀고 들어왔던 대문만이 덩그렇게 찍혀 있었다. 두 번째 사진에는 신혼부부의 모습이 찍혀 있었다. 남편은 택시기사 제복을 입고 있었고, 아내는 배가 불러있었다. 세 번째 사진에서 아내는 포대기에 싸인 갓난아이를 업고 있었다. 언제나 같은 배경이었다. 흑백 사진이 칼라사진으로 바뀌고, 아이들이 늘어나고, 몇 번인가 대문 색깔이 바뀌고, 아이들이 자라고, 부부의 이마에 주름살이 늘어갔어도, 그들은 같은 자리에 서있었다.

아무도 입을 열지 않았다. 그녀의 아버지는 여전히 그에게 물어보지 않았고, 묻지 않았으니 그도 역시 대답할 수 없었다. 그런데 누군가 말을 하기 시작했다. 입을 연 사람은 없었지만, 어디선가 두런두런 속삭이는 소리가 들려왔다. 그는 귀를 기울였다. 목소리는 사진 속에서 들려왔다. 오 년 전 모습을 하고 있는 그녀가, 십 년 전에 유행했던 옷을 입은 그녀의 동생이, 십오 년 전에는 마른 몸매를 가지고 있던 그녀의 어머니가, 그리고 마지막에는 주름도 없고 머리숱도 많았던 이십 년 전 그녀의 아버지가 말을 걸어왔다.

그가 다시 고개를 들었을 때, 어느새 그녀의 아버지가 바로 옆자리로 옮겨와 있었다. 빙그레 웃으면서 마지막 사진을 들여다보고 있던 그녀의 아버지가 입을 열었다.

"같이 찍을 텐가?"

버스가 움직이기 시작했지만 그들은 고개를 돌리지 못했다. 그는 창문을 열고 차창 밖으로 손을 흔들었다. 정류장 옆 가로등 밑에 서 있는 그녀도 여전히 손을 흔들고 있었다. 그녀의 모습이 보이지 않게 된 후에야 그는 자리에 앉았다.

버스 안은 한산했고, 귀밑을 스쳐가는 바람이 시원했다. 그는 소년으로 되돌아간 기분이었다. 달나라까지 날아가는 꿈을 꾸곤 했던 어린 시절로 되돌아간 것 같았다. 그날, 아버지가 우주선들의 이름을 읽어주었을 때부터 궁금했던 것이 하나 있었는데, 이제야 그 이유를 알 것만 같았다. 왜 달을 향해가는 로켓에 태양신의 이름을 붙였는지.

고개를 들어 하늘을 바라보니, 휘영청 보름달이 떠올라 있었다. 다시 바람이 불었다. 한가위였다.

나의 소설창작방법론

태초에
사람이 있었다

우리 시대의 소설과 소설가

사람의 소설, 소설의 사람

거짓말은 힘이 세다

사람의, 사람에 의한, 사람을 위한

태초에 이름이 있었다

세 갈래의 길

우리 시대의 소설과 소설가

소설이라는 화두

"소설이란 무엇인가? 그리고 왜 하필이면 소설을 쓰려고 하는가?"

소설을 쓰는 사람에게 있어, 혹은 소설 쓰기를 희망하는 사람에게 있어 이 물음은 피할 수 없는 숙명과도 같은 것이다. 당연하다. 소설이 무엇인 지도 모르면서 소설을 쓰겠다고 덤빌 수는 없는 일이 아닌가. 소설 창작 방법론을 다룬 책들의 대부분이 바로 이 문제를 첫머리에서 다루고 있는 이유도 여기에 있다.

그런데 이 질문에 대한 해답을 찾는 일은 결코 호락호락하지 않다. 처음 소설을 쓰고 싶다고 결심했던 순간부터 이 문제를 고민하게 되지만, 등단을 하고 소설가가 되어 작품을 발표하게 된다고 해도 고민은 사라지 지 않는다. 이미 중견작가로 활동하고 있는 사람도, 혹은 원로문인들까지도 역시 같은 고민을 하고 그 답 찾기의 어려움을 토로하곤 하니, 이 고민의 무게가 얼마나 큰지를 짐작할 수 있다.

수학문제처럼, 혹은 사지선다형 객관식 시험문제처럼, 해결될 수 있는 질문이라면 얼마나 좋겠는가? 그렇다면 공식을 대입하거나, 하다못해 요행수를 바랄 수 있을 것이다. 그렇지만 안타깝게도 이 문제는 철저하게 주관식이다. 공식도 없고 요행수를 부릴 수도 없다. 개인에 따라 정답이 달라지고, 또한 한 번 답을 얻었더라도 수행의 정도에 따라 전혀 다른 답을 찾게 되는, 일종의 화두(話頭)와도 같은 것이다.

같은 작가가 이야기했다고 해도 청년기에 내렸던 소설의 정의와 노년에 내리는 정의가 달라지는 경우를 쉽게 발견할 수 있는 이유도 여기에 있다. 아니, 이런 변화는 지극히 당연한 것이다. 소설을 쓰는, 혹은 쓰려는 사람은 끊임없이 이 물음에 대한 대답을 찾기 위해 노력해야 한다. 또한 시대변화에 따라 그 대답을 갱신하려는 노력 역시 계속해야만 한다.

이쯤 되면, 소설이란 무엇인지에 대한 답을 찾을 수나 있는지 의심스럽기까지 하다. 어차피 개인적일 수밖에 없는 답이라면, 그리고 상황에 따라 변화하는 답이라면, 구태여 찾을 필요가 있기나 한 것인가?

하지만 이 질문에 대한 답을 찾으려는 노력을 멈출 수도 없고, 멈춰서도 안 된다. 요리사가 자신이 어떤 음식을 만드는지도 모르면서 칼을 들 수는 없는 법이다. 투수가 자신이 어떤 운동을 하는지도 모르면서 마운드에 오를 수는 없는 법이다. 소설도 마찬가지이다. 소설을 쓰려는 사람은 먼저 소설이 무엇인지, 그리고 자신이 왜 소설을 쓰려하는지를 알고 있어야 한다. 비록 정답은 아닐지라도 나름대로의 답을 찾아내지 못한다면, 그가 쓰는 글은 거짓말로 치장된 일기나 낙서에 지나지 않는다.

당신은 지금 누군가를 떠올리고 있다

앞에서 소설은 일기나 낙서가 아니라고 말했다. 바로 이 문장에서부터 이야기를 시작해보자. 사실, 이 말은 너무나도 당연하다. 소설과 일기나 낙서를 구분하지 못하는 사람이 누가 있는가?

일기(日記)는 그 날 일어났던 일을 개인적으로 기록한 글이고, 낙서(落書)는 그저 장난으로 쓴 글이다. 누구도 이런 글들을 소설과 같다고 생각하지는 않는다. 그러나 글 자체만을 놓고 보자면, 이들을 구분하는 것은 쉽지 않다.

우리는 흔히 주제·구성·문체를 소설을 이루는 가장 기본적인 요소들이라고 말한다. '주제(主題, theme)'는 작가가 작품을 통해 전달하려는 중심 사상이나 인생관을 말하고, '구성(構成, plot)'은 소설의 내용을 효과적으로 표현하기 위해서 여러 요소들을 배치하는 방법을 말하며, '문체(文體, style)'는 소설의 문장에 표현되는 작가의 개성과 전략[1]을 의미한다.

소설은 이런 것들을 기본적으로 갖추고 있지만, 이를 갖추었다고 해서 모두 소설이 되는 것은 아니다. 일기야말로 작가의 인생관이나 개성이 분명하게 드러나지 않는가. 또한 낙서야말로 기발한 구성을 가지고 있지 않

---

1) '문체'에 대한 일반적인 설명들은 '작가의 개성'만을 강조하는 경우가 많다. 그러나 작가의 문체는 하나로만 고정되지 않는다. 동일한 작가의 작품이라고 해도, 작품에 따라 문체가 변하는 경우를 종종 발견할 수 있다. 이는 작가가 작품에 따라서 문체를 바꾸기 때문이다. 그러므로 문체는 창작 전략의 하나로 파악해야 한다.

은가. 그렇다면 도대체 이런 것들과 소설이 다른 점은 무엇인가?

가장 분명한 차이점은 글 쓰는 사람의 태도가 다르다는 점이다. 일기나 낙서를 쓰는 사람들은 거침없다. 누군가의 눈치를 보지 않아도 되기 때문이다. 그에 비해 소설을 쓰는 사람들은 다른 사람의 눈치를 본다.

간혹, 그저 자신이 하고 싶은 얘기를 소설로 썼을 뿐이라고 말하는 작가도 있다. 그러나 그런 사람조차도 자기 작품을 읽을 누군가를 상상하며 글을 쓴다. 자신의 의도를 좀더 효과적으로 전달하기 위해서 이런저런 장치를 동원하는 것이 그 증거이다.

바로 여기에서 소설의 정체를 확인할 수 있다. 소설은 누군가에게 보여주기 위한 글이다. 그것도 가급적이면 많은 사람들이 내 글을 읽어주기를 바라면서 쓰는 글이다. 그렇기 때문에 소설은 개인적인 기록인 일기와 구분되고, 또한 마음 내키는 대로 휘갈기는 낙서와 구분된다. 그리고 이것은 그대로 소설을 쓰는 이유에 대한 답이 되기도 한다.

왜 소설을 쓰는가? 누군가에게 할 말이 있기 때문이다. 이탈리아의 소설가 움베르토 에코(Umberto Eco)가 말한 것처럼 "글쓰기라는 것은 곧 텍스트를 통하여 자기 나름의 독자를 확보하는 작업"[2]이기 때문이다. 이를 보다 학술적인 용어로 다시 표현하자면, 독자들에게 전달하고 싶은 주제가 있기 때문이라고 할 수 있다.

하지만 이것으로 끝이 아니다. 소설가는 다시 소망한다. 이왕이라면 내가 만든 작품이 독자에게 어떤 식으로든 영향을 주었으면 좋겠다고.

---

2) 움베르토 에코, 이윤기 역, 『《장미의 이름》 창작 노트』, 열린책들, 2002, p.74.

얼어붙은 바다를 내리치는 도끼

> 문학이란 주먹으로 뒤통수를 때리는 것이어야 하고
> 얼어붙은 바다 위를 내리치는 도끼와 같은 것이어야 한다.
> ─ 프란츠 카프카(Franz Kafka)

카프카의 작품을 좋아하지 않더라도, 문학에 대한 그의 격언을 좋아하는 사람은 많다. 사실, 소설을 쓰려는 사람이라면 누구나 저런 생각을 해보았을 것이다. 비록 드러내지는 못했더라도, 속으로라도 한번쯤 비슷한 문장을 떠올렸으리라.

다른 사람은 절대로 흉내 내지 못하는 오직 나 자신만이 할 수 있는 이야기를 만드는 것, 독자의 뒤통수를 후려치는 깜짝 놀랄만한 작품을 쓰는 것, 얼음처럼 굳어버린 사람들의 가슴을 따스하게 녹여주는 감동을 전하는 것, 그리하여 내 작품을 읽은 사람들이 조금은 다른 시각으로 세상을 바라보게 되기를 바라는 것. 이것이야말로 소설가들의 기본적인 욕망이 아니겠는가.

여기에서도 소설의 정체에 대한 또 다른 답을 찾을 수 있다. 앞서 소설은 독자를 의식하고 쓴 글이라는 답을 찾았다. 그런데 이 답은 완전한 것이 아니다. 독자를 의식하고 생각하는 글이 꼭 소설만 있는 것은 아니기 때문이다. 시·희곡·시나리오 같은 것은 소설과 같이 문학예술의 범주에 들어가는 것이니 차치하고라도, 신문기사나 광고의 카피 같은 것도 역시 독자를 의식한다.

그렇다면 이런 글들과 소설은 어떻게 다른가? 이에 대한 대답은 카프카의 글에서 확인할 수 있다. 소설가가 독자를 의식하는 이유는 신문기자나 카피라이터의 경우와 분명히 다르다. 신문기자는 사실을 온전하게 전달하기 위해 글을 쓰고, 카피라이터는 제품을 많이 팔기 위해 글을 쓴다. 그들도 문학적인 표현을 동원한 글을 쓰는 경우가 있지만, 이는 어디까지나 포장에 불과할 뿐, 그 목적 자체는 변하지 않는다.

그렇지만 소설을 쓰는 목적은 다르다. 소설가는 재미와 감동을 주기 위해서 글을 쓴다. 어떤 작가는 계몽을 위해 소설을 썼고, 어떤 작가는 이데올로기를 선전하기 위해 소설을 이용했으며, 또 어떤 작가는 그저 자신의 생각과 느낌을 표현하기 위해 소설을 썼다. 그러나 작가가 어떤 입장을 취하든, 이들은 재미와 감동을 주는 소설을 쓰기 위해 노력했다는 점만은 공통된다.

심훈이 『상록수』를 썼던 목적은 농촌계몽운동을 홍보하기 위해서였지만, 무엇보다 재미있었기 때문에 당시의 독자들에게 주목을 받았고, 감동이 있었기에 오래도록 좋은 소설로 인정받을 수 있었다. 김승옥이 「무진기행」을 썼던 목적은 계몽을 위해서도 이데올로기의 선전을 위해서도 아니었다. 어쩌면 그는 그저 산업화시대를 살아가는 사람들의 이야기를 주저리주저리 늘어놓고 싶었던 것뿐인지도 모른다. 그러나 독자들은 이 작품의 분위기와 스타일에 재미를 느꼈고 동감했으며 감동을 받았기 때문에, 이 역시 좋은 소설로 인정받고 있다.

같은 단어를 사용해서 설명했지만, 『상록수』와 「무진기행」은 상당한 거리를 가지고 있다. 이 거리가 '재미'와 '감동'이라는 다소 막연한 단어의 속성을 설명하고 있다. 『상록수』가 일제 강점기였던 1930년대에 발표되지 않고, 산업화사회가 정착된 1990년대에 발표되었더라면 어땠을까? 확인할 수 없는 가정에 불과하지만, 아마도 1930년대만큼 독자들에게 이 소설은 별반 재미와 감동을 주지 못했을 것이다. 「무진기행」이 산업화가 진행되지도 않았던 1900년대에 발표되었다면 어땠을까? 역시 그만큼의 재미와 감동을 주지 못했을 것이다. 맞다. 재미와 감동이란 결국 그 시대의 정서에 기반을 두고 있는 것이다.

그러므로 재미와 감동이 있는 소설을 쓰고자 하는 사람은, 자신이 살아가는 시대의 정서를 면밀하게 관찰할 필요가 있다. 시대의 정서와 소설의 감각이 맞아떨어질 때, 재미와 감동이 만들어진다. 김영하의 「호출」을 예로 들 수 있다. 이 작품은 흔히 '삐삐'라고 불렸던 무선호출기를 소재로 현대인들의 만남을 표현했다. 그런데 이 호출기가 대중적으로 사용되던 시기는 1990년대 초중반에 불과했고, 그 이후는 휴대폰으로 대체되었다. 만약 이 작품이 1990년대 후반에만 발표되었더라도 그만큼의 주목을 받을 수는 없었을 것이다.

그러나 소설이 다루는 시대적 감각은 광고 카피가 만들어내는 유행과는 분명히 다르다. 「호출」이 주목받았던 이유 중의 하나가 무선호출기라는 새로운 소재를 다루었기 때문인 것은 분명하지만, 그 소재를 활용해서 현대인의 내면을 표현했기 때문이라는 사실이 간과되어서는 안 된다.

소설가는 시대의 흐름을 관찰하고 이를 자신의 작품에 반영하려는 노력을 게을리 해서는 안 된다. 그렇기 때문에 소설의 정체에 대한 대답, 혹은 소설을 왜 쓰는가에 대한 대답은 시대에 따라 끊임없이 새롭게 내려져야 한다. 그러나 시대에 대한 관찰이 표피적인 것에 머물러서는 안 되며, 그 반영 역시 특이한 소재의 차용에 그쳐서는 안 된다. 카프카의 말처럼, 문학이란 얼어붙은 바다를 깨는 도끼와도 같은 것이기 때문이다.

시대와 소설의 불화

안타깝게도 이 시대는 소설과 그리 친밀한 관계를 유지하고 있지 못하다. 소설을 비롯한 문학작품의 판매율은 현격하게 떨어지고 있으며, 영화와 드라마를 비롯하여 컴퓨터게임과 인터넷이 소설을 압도하는 새로운 이야기예술 장르로 부각되고 있다.

이러한 시대에 소설은 어떤 의미를 가지는가? 그리고 이런 시대를 살아가는 우리는 왜 소설을 쓰려고 하는가?

여전히 질문은 끝나지 않았다. 아니, 어쩌면 이 질문의 답은, 답을 찾아가는 과정 그 자체, 답을 찾기 위한 노력 그 자체에 있는 것인지도 모른다.

사람의 소설, 소설의 사람

모방과 모사

문학을 이야기하는 자리에서 아리스토텔레스(Aristoteles)의 『시학(詩學)』은 매우 중요한 의미를 가진다. 이는 이 책이 문학의 이론과 창작방법론에 대한 역사상 최초의 저술이기 때문이기도 하지만,[3] 여기에 제시된 개념들이 여러 모로 중요하기 때문이다.

아리스토텔레스가 제시한 문학의 개념 중에서 근간에 해당하는 것은 '미메시스(mimesis)'라고 할 수 있다. 이 용어를 우리말로 번역하자면 '모

---

3) 흔히 『시학』은 문학의 이론만을 다룬 책으로 알려져 있으나, 창작방법론적인 측면에서도 중요한 의미를 가진다. 이는 아리스토텔레스가 문학을 "합리적으로 설명할 수 있고 따라서 배울 수 있는 기술"로 다루었기 때문이다. 따라서 그는 문학이란 천재적인 개인이 발휘하는 '예술적 영감(靈感)'에 의해 구현되는 것이 아니라, '모방의 기술(techne)'이 적용되어 창작되는 것이라고 파악했다. 『시학』이 가지는 의미에 대한 자세한 설명은 이상섭의 『아리스토텔레스의 《시학》 연구』(문학과지성사, 2002)를 참고하기 바란다.

방(模倣)'이라고 할 수 있겠지만, 이것으로는 그 느낌이 충분히 전달되지 않는다. '모방'이라는 단어는 '창조'의 반대 의미로 사용되는 경우가 많아서 아무래도 부정적인 느낌이 강하기 때문이다.

그러나 '미메시스'는 부정적인 의미가 아니다. 아리스토텔레스는 이것이야말로 인간을 다른 동물과 구분시켜주는 특성이고, 인간이 지식을 습득하는 방법이면서, 동시에 즐거움을 주는 행동이라고 설명했다. 이런 내용은 『시학』 중에서도 특히 제4장에 언급되어 있는데 이를 인용하면 아래와 같다.

　　모방한다는 것은 어렸을 적부터 인간 본성에 내재한 것으로, 인간이 다른 동물들과 다른 점도 인간이 가장 모방을 잘하며, 처음에는 모방에 의하여 지식을 습득한다는 점에 있다. 또한 모든 인간은 날 때부터 모방된 것에 대하여 쾌감을 느낀다.[4]

특히 미메시스는 '모사(模寫, copy)'와는 완전히 다른 개념이라는 데 주의해야 한다. 모사는 사실을 단순히 옮길 뿐이지만, 미메시스는 사실을 창조적으로 재구성하는 것이다. 그러므로 미메시스를 통해서 작가는 무질서한 인간의 행위를 '플롯(plot)'으로 정리하고, 그 속에 감춰진 가치를 제시하며, 이를 통해 감정의 '정화작용(淨化作用, catharsis)'을 이끌어낸다.

---

4) 아리스토텔레스, 천병희 역, 『시학』, 문예출판사, 1990, p.35.

인간은 결국 인간의 말을 할 뿐이다

그렇다면 미메시스의 대상이 되는 것은 무엇인가? 원칙적으로야 세상의 모든 사물들이 대상이 될 수 있다. 그러나 여기에서 우리는 인간의 근원적인 한계를 생각해야만 한다. 인간은 오직 인간의 눈으로 세상을 바라볼 수 있을 뿐이다.

인간이 눈을 낮춰 동물의 세계를 이야기한다고 하더라도, 그것은 어디까지나 동물을 통해 인간의 얘기를 하는 것일 뿐이다. 우리가 잘 알고 있는 〈토끼와 거북이〉 이야기는 정말 거북이와 달리기 경주를 한 토끼에 대한 이야기가 아니다. 그것은 자신의 재능을 과신하여 노력을 하지 않는 인간을 토끼에 빗대어 경계한 이야기, 즉 인간에 대한 이야기에 지나지 않는다. 우리는 이런 이야기를 '우화(寓話)'라고 하는데, 그 사전적인 의미는 "교훈적이거나 풍자적인 내용을 동식물 등에 빗대어 엮은 이야기"이다. 우화를 소설로 만든 예로는 영국의 소설가 조지 오웰(George Orwell)이 쓴 『동물농장』을 들 수 있다. 이 작품에서 "인간들의 착취가 없는 모든 동물이 평등한 이상사회(理想社會)"를 건설하겠다면서 혁명을 일으킨 뒤에 독재자로 변신하는 돼지 나폴레옹은, 러시아 혁명 과정에서 발생한 스탈린의 정치적 행태를 풍자한 것이다.

또한 인간이 눈을 높여 신(神)의 세계를 이야기한다고 해도, 그 역시 신의 형상에 빗댄 인간의 얘기에 지나지 않을 뿐이다. 그리스·로마 신화에 나오는 수많은 신들이 대부분 인간의 형상을 가지고, 인간과 유사한 행동을 하는 이유도 여기에 있다. 예수 그리스도의 생애는 많은 작가들에 의해서 소설화되었지만, 그 대부분이 예수의 신격(神格)보다는 인격(人格)

에 주목하고 있는 이유 역시 여기에 있다. 이에 대한 예로 그리스 소설가 니코스 카잔차키스(Nikos Kzantzakis)의 소설 『그리스도 최후의 유혹』이나, 우리나라 소설가 이문열의 『사람의 아들』 등을 들 수 있다.

인간은 그저 인간일 뿐이고, 소설은 그저 작은 이야기일 뿐이다

그러나 인간은, 특히 창조적인 능력을 가진 예술가들은 신(神)의 권능을 흉내 내어 작품 속의 세계를 만들고 싶은 욕심을 가지고 있다. 하지만 아무리 발버둥쳐 봐야 그가 만든 세계는 인간의 눈이 바라볼 수 있는 범위를 벗어나지 못한다.

절망할 필요는 없다. 그것은 당신만의 한계가 아니다. 아무리 위대한 작가라고 하더라도 결국 이 한계를 벗어날 수 없다. 방법이 없는 것이다. 그저 인정하고 받아들이는 수밖에.

이 사실을 용납하지 못하는 사람들이 소설을 '대설(大說)'로 만들려는 오류에 빠진다. 세상의 모든 것들이 대체로 그러하듯이, 소설 역시도 이름이 그것의 성격을 설명한다. '소설(小說)'이란 단어를 들여다보면, '작은 이야기'라는 의미를 가지고 있다는 사실을 금방 알 수 있다.

중국 후한(後漢) 시대의 사람 반고(班固)는 『한서 예문지(漢書 藝文志)』라는 책에서 "소설을 쓰는 사람은 대개 패관(稗官)에서 나온 것이므로 길거리에 떠도는 이야기, 항간 여러 사람의 입에서 입으로 옮겨지는 말을 모아 만든 것(小說家者流 蓋出於稗官 街談巷語 道聽塗說者之所造也.)"[5]이라고 했다. 오래된 말이긴 하지만, 여기에서 우리는 소설의 성격을 확인할 수 있다.

하지만 소설을 쓰려고 하는 사람들은 여기에 만족하지 않고, '소설'이란 것에 보다 큰 의미를 부여하고 싶어하는 경향이 있다. 실제로 소설을 습작하는 사람들에게 무엇을 쓰고 싶은지 물어보면, 많은 경우 "인생의 참된 의미와 가치" 등등의 교과서적인 대답을 하는 경우가 많다.

그러나 분명히 말한다. 그것은 소설가의 몫이 아니다. 그러한 철학적이고 사상적인 고민들은 위대한 철학자나 성직자, 하다못해 도덕 선생님에게 떠넘기자. 소설가는 그런 대단한 문제를 다루는 사람들이 아니다. 그저 인간사의 소소한 이야기, 저자거리에서 만나는 잡배(雜輩)들의 이야기를 쓰면 된다. 그것으로 충분하다. 무엇보다 소설이란 그저 '작고 소소한 이야기〔小說〕'가 아닌가.

겨우 그것에 지나지 않느냐고 실망할 수도 있겠지만, 조금만 더 정직해지기 바란다. 혹시 당신, 안도의 한숨을 내쉬지는 않았는가? 이 한계가 오히려 당신을 자유롭게 만들어 줄 수도 있겠다고 안심하지는 않았는가? 맞다. 그것은 오히려 다행스러운 일이다.

사실, 우리는 그런 이야기에 익숙하지 않은가. 겨우 그런 정도의 이야기라면 애써 고매해질 필요도 없이, 골치 아프게 고민할 필요도 없이, 평범하기 짝이 없는 우리들 같은 사람도 쓸 수 있지 않겠는가. 기껏해야 그 정도에 불과한 이야기라면 이제 겨우 소설을 쓰려고 하는 사람이라도 겁낼 필요가 없다. 두려워하지 말자. 우리는 그저 우리의 삶 그 자체를 우선

---

5) '패관'은 옛날에 임금의 명령을 받고 민간의 풍속이나 정서를 살피려는 목적으로 저자거리에 떠도는 이야기들을 모아서 기록하는 일을 했던 벼슬아치를 말한다. 이들은 각자가 수집한 소문과 풍설을 나름대로 각색하고 윤색하여 보고했는데, 이것이 문학의 한 형태로 발전하여 패관문학(稗官文學)이 되었다. 일부 학자들은 소설의 기원을 바로 이 패관문학에서 찾고 있다.

쓰기만 하면 된다.

태초에 사람이 있었다

여기에서 다시 의문이 생긴다. 정말 그것뿐인가? 내 삶은 평범하기 짝이 없다. 그런데 정말 그것을 쓰기만 하면 되는가? 나는 지루한 소설을 싫어한다. 그 따위 소설을 읽을 바에는 낮잠이나 자겠다고 생각한 적이 한두 번이 아니다. 그런 내가 지루한 인생을 소설로 쓰는 것은 독자를 괴롭히는 것은 아닌가?

맞다. 당신의 지적은 정확하다. 그러니 표현을 조금만 바꾸어 보자. 소설가는 인간의 삶을 글로 쓰는 사람이라는 사실은 분명하다. 그렇지만 삶 그 자체를 있는 그대로 전달하는 것에 그치지 않고, 재미있게 변형시켜 전달한다는 데 특징이 있다. 앞서 설명했던 아리스토텔레스의 용어를 사용해서 다시 말하자면, 삶을 모사하는 것이 아니라, 미메시스하는 것이다.

여기에서 주의를 기울여야 하는 것은 선후 관계이다. 이를 분명히 파악해야 한다. 먼저 재미가 있은 후에 삶이 있는 것이 아니다. 삶이 있는 다음에야 비로소 재미가 있는 것이다. 그러니 소설을 쓰려는 사람은 마땅히 삶에 관심을 기울여야 한다.

삶이란 무엇인가? 다름 아닌 인간이 살아가는 것이다. 신도 아니고 짐승도 아닌 인간이, 혹은 어떤 때는 신에 가깝기도 하고 어떤 때에는 짐승에 가깝기도 한 인간이 꾸려나가는 것이 바로 삶이다. 그러니 소설을

218

쓰려는 당신이 마땅히 관심을 기울여야 할 대상은 다름 아닌 사람이다.

사람이야말로 소설의 기본적인 소재이고, 소설이야말로 사람의 생활을 표현하는 것이다. 재미는 그 다음의 문제이다. 일단 당신이 만나왔던 사람들, 지금 당신의 눈에 들어오는 사람들을 관찰하라. 그리고 그것을 기록하라. 그것이 소설가로 가는 첫 번째 걸음이다.

거짓말은 힘이 세다

거짓말하는 세상과 세상에 대한 거짓말

우리는 흔히 소설의 특징을 설명할 때 '허구(虛構)'라는 표현을 사용한다. 또 영어로는 소설을 '픽션(fiction)'이라고 지칭하기도 한다. 모두 거짓말이라는 뜻이다. 맞다. 소설은 거짓말이다. 현실에서는 일어나지도 않은 일을 마치 일어난 것처럼 거짓으로 꾸며서 전달하는 것이 바로 소설이다.

하지만 그것이 소설만의 특징일까? 아니다. 세상에는 거짓말이 차고 넘친다. 정치인들의 거짓말이야 이제는 별스러울 것도 없는 일이 되었고, 상인들은 자기네 상품을 구입하기만 하면 금방이라도 행복해질 것처럼 광고를 내보내며, 연예인들은 얼핏 봐도 뜯어고친 것이 분명한 얼굴을 원래부터 그러했다며 거짓말을 한다.

이것만이 아니다. 거짓말과는 담을 쌓아야 할 것 같은 의사들도 때론 환자의 치료를 위해서 상태가 좋아지고 있다고 거짓말을 하기도 하고, 부모들도 자식들만을 위해서 살고 있다는 말을 푸념삼아 늘어놓기 일쑤이며, 심지어는 선생님들까지도 거짓말을 하고는 한다. 아니, 어쩌면 우리에게 가장 많은 거짓말을 하는 사람은 선생님들인지도 모른다. 선생님들은 말한다. 대학교에만 가면 모든 일이 해결된다고. 남자친구도 생기고, 살도 빠지고, 공부를 하지도 않고 놀기만 해도 된다고. 대학을 다녀본, 혹은 자녀를 대학에 보내본 사람이라면 누구나 알겠지만, 이야말로 새빨간 거짓말이 아니고 무엇인가.

이쯤 되면 세상에 거짓말을 하지 않는 사람들은 하나도 없는 것처럼 보일 지경이다. 하지만 여기에서 우리는 한 가지 사실을 짐작할 수 있다. '거짓말'이라는 말로 뭉뚱그려 표현했지만, 같은 표현이라고 해도 거짓말에는 두 가지 종류가 있다는 것이다. 하나는 자신의 이득을 챙기기 위해 내뱉는 거짓말이고, 다른 하나는 다른 사람을 위해서 어쩔 수 없이 만들어내는 거짓말이다.

거짓말의 첫 번째 목적—"거짓으로 가득 찬 세상을 속여라"

그럼 소설은 어떤 거짓말에 속하는가?

소설가는 이득을 얻기 위해 거짓말을 꾸며내지 않는다. 물론 소설가들은 원고료나 인세 따위를 받기는 한다. 그러나 그것은 꼭 거짓말을 했기 때문에 얻게 되는 이득은 아니다. 소설이 아니라, 삶의 진실을 표방하는 시나 수필 같은 글도 똑같이 원고료를 받기 때문이다. 하긴, 요즘 세상에 그 정도

액수의 돈을 가지고 이득 운운하기도 민망할 노릇이다.

그렇다면 소설가는 다른 사람을 위해서 거짓을 만들어낸다고 보아야 할 것이다. 앞에서 소설은 독자를 위해서 쓰는 글이라고 설명했다. 그런데 소설이 독자들에게 무엇을 줄 수 있는지가 다시 문제가 된다. 소설을 설명하는 많은 글들은, 소설이란 "참말보다도 더 참말 같은 거짓말, 사실보다도 더 사실 같은 허구―그것은 리얼리티 즉 진실성을 지닌 생의 표현"[6]이라고 주장하고 있다. 결국 소설가는 독자들에게 진실을 전달하기 위해서 소설을 쓴다는 얘기가 된다.

세상에는 분명 진실이 존재하고, 존재해야만 한다. 그것이 인류가 가지고 있는 이상이다. 하지만 현실은 그렇지 못하다. 앞서 살펴본 것처럼 세상 사람 태반은 거짓말을 한다. 이러니 세상은 거짓으로 가득 차 있다고 해도 그리 잘못된 표현이 아닐 지경이다. 또한 세상이 이 지경이니 진실이 있는 그대로 전달될 리가 없다. 그렇기 때문에 마땅히 있어야만 하는 진실을 전달하기 위해서는 거짓이 동원될 수밖에 없는 것이다.

시인이자 소설가인 장석주는 소설에 대한 자신의 견해를 정리하는 책에서 다음과 같이 말했다. 물론 그의 견해만이 정답인 것은 아니다. 소설이라는 것은 본래 정답이 있을 수 없다. 그렇지만 적어도 그의 견해는 소설을 쓰려는 우리가 왜 거짓말을 해야만 하는지에 대한 하나의 지침이 될 수 있을 것이다.

우리가 살고 있는 이 세계가 완벽한 세계라면 소설 같은 것은 더 이상 필요하

---

6) 문예교육진흥위원회 편, 『문학에의 초대』, 단국대학교출판부, 1996, p.149.

지 않았을 것이다. 이 세계는 뒤틀려 있고, 부조리하고, 위선과 허위투성이의 세계다. 이 세계에서 실존을 영위한다는 것은 구역질나는 일이며, 지겹고 끔찍한 것이다. 바로 그렇기 때문에 우리는 소설을 읽는다. 소설은 현실이 감추고 있는 현실의 뒤틀림, 부조리, 위선과 허위를 손가락질하고, 폭로해 보인다. 작가의 상상력에 의해 고안된 이 허구의 이야기는 그 진실을 드러내기 위한 하나의 형식이다.[7]

거짓말의 두 번째 목적—"거짓말을 통해 은밀한 욕망을 털어놓는다"

하지만 소설가가 순전히 이와 같은 선량한 생각만으로 글을 쓰는 것은 아니다. 오히려 그들의 글쓰기는 남을 위해서가 아니라 자신을 위해서, 그것도 선의(善意)에서 비롯된 것이 아니라 악의(惡意)에서 비롯된 경우가 적지 않다. 「우상의 눈물」, 「아베의 가족」 등 개성이 강한 문제작을 발표했던 소설가 전상국은 다음과 같이 고백했다.

당신은 결코 선의의 거짓말을 하려고 소설을 쓰는 것이 아니기 때문이다. 원고지를 앞에 놓고 앉아 있는 당신은 모종의 음모로 회심의 미소를 입가에 흘리고 있다. 그것은 분명히 어떤 것을 뒤집어엎을 악의가 분명하다. 무서운 반역의 기미가 당신의 웃음 속에, 당신의 부르쥔 주먹 속에 때로는 스스로 빠져든 그 감동의 떨림 속에 감춰져 있다.[8]

---

7) 장석주, 『소설—장석주의 소설 창작 특강』, 들녘, 2002, p.22.
8) 전상국, 『당신도 소설을 쓸 수 있다』, 문학사상사, 1991, p.30.

이 설명은 지금껏 우리가 이야기해 왔던 소설 쓰기의 목적과는 완전히 다르다. 소설가가 음모를 꾸미고 반역을 시도한다니, 이 무슨 해괴망측한 소리인가? 하지만 비판은 잠시 미루고 우선 전상국의 이야기에 좀더 귀를 기울이자.

그는 다시 말한다. 소설 쓰기란 결국 열등감을 극복하려는 노력이라고. 쉽게 인정하고 싶지는 않지만, 그렇다고 무시해버릴 수도 없는 이야기이다. 맞다. 지금 당신이 소설로 쓰려는 이야기는 결코 행복한 것만은 아닐 것이고, 행복했다고 하더라도 지나가 버려서 이제는 잡을 수 없는 아쉬운 것에 대한 이야기일 것이다. 행복한 사람은 소설을 읽을지는 몰라도 소설을 쓰지는 않는다. 소설을 쓰려는 사람은 불만을 가진 사람이다. 모든 작가가 그런 것은 아니더라도, 적어도 많은 경우가 그러하다.

그렇기 때문에 철학자 플라톤(Platon)은 소설가란 놈들은 민심을 망쳐놓는 딴지꾼이니 이상적인 사회를 건설하기 위해서는 이들을 추방해야 한다고 주장했고, 정신분석학자 프로이트(S. Freud)는 작가는 결국 자신의 백일몽을 글로 쓸 뿐이라고 하지 않았던가.

더군다나 소설가들은 거짓말을 즐기기까지 한다. 당연한 일이다. 가슴에 손을 얹고 우리 자신의 경험을 곰곰이 생각해 보자. 부모님 말씀을 잘 들었을 때가 즐거웠던가, 아니면 그 말씀을 어겼을 때가 더 즐거웠던가? 모범적으로 행동했던 때가 즐거웠던가, 정해진 길에서 벗어나 여기저기 기웃거릴 때가 더 즐거웠던가? 현실이 더 즐거웠던가, 공상이 더 즐거웠던가?

맞다. 조금만 정직해지면 쉽게 깨달을 수 있다. 우리는 모범생보다는 반항아에게 더 매력을 느낀다. 규범보다는 일탈이 더 감미롭다. 현실은 지긋지긋하지만 공상 속에서는 무한히 자유롭다. 설령, 반항을 저지른 뒤, 일탈에서 돌아와야 할 때, 공상이 끝나버린 뒤에는 어김없이 후회하게 되더라도.

그러므로 소설은 반항이고 일탈이면서 공상의 기록이다.

이 말은 소설가는 반드시 반항적으로 행동하고, 일탈을 즐겨야 하며, 현실과 동떨어진 허무맹랑한 공상만을 일삼아야 한다는 의미가 아니다. 많은 사람들이 그렇게 착각하곤 하지만, 결단코 아니다. 소설가 역시 생활인이다. 그런 식으로 살아서는 생활을 유지할 수 있을 리가 없다. 다만 소설가가 되기 위해선 모름지기 자신에게 반항과 일탈의 욕망이 있다는 사실을 깨달아야 한다. 그리고 글을 쓰는 순간, 소설가는 그것들을 털어놓는다. 그동안 은밀하게 꿈꿔왔던 공상이 주는 견딜 수 없는 쾌감에 몸을 떨면서.

거짓말의 세 번째 목적 — "거짓이 나를 구원한다"

이쯤 되면 소설을 쓴다는 것이 그리 대단한 일만은 아닌 것처럼 보인다. 맞다. 소설 쓰는 것은 대단한 일이 아니다. 또한 이런 이야기를 듣자니 소설가들도 별로 특별할 것 없는 사람처럼 느껴진다. 이것 역시 맞다. 소설가들도 결코 대단한 사람들이 아니다.

사실, 대단하지 않은 것만은 아니다. 지금까지 언급한 것만으로도 거짓말의 힘은 참으로 대단하다. 그것은 우리 사회에 만연한 부조리에 대항하는 원동력이자, 자신의 내부에 도사리고 있는 콤플렉스를 승화시키는 작용을 하기 때문이다. 별 것 아니지만 아무나 할 수 있는 일 역시 아니다.

그러나 이것만이 아니다. 거짓말에는 또 다른 힘이 있다. 바로 이것이 우리가 소설이라는 정교한 거짓말을 창작하고자 하는 마지막 목적이다. 이를 설명하기에 앞서, 독일 소설가 헤세(H. Hesse)의 대표작 『데미안』의 프롤로그를 인용해 보겠다.

나는 단지 진정한 자아의 목소리와 조화를 이루며 살기를 원했을 뿐이다. 그런데 그것이 왜 그리도 힘들었을까?

헤세의 작품은 우리나라에 많이 번역되어 나왔지만, 만족할 만한 수준의 번역은 아직 이루어지지 못했다. 이는 『데미안』의 경우도 다르지 않은데, 그동안 번역본 중에서 많은 수가 위에 인용된 구절을 빼먹거나 잘못된 번역을 그대로 수록하고 있다. 그러나 위에 인용된 부분은 작품 전체의 내용과 분위기를 암시하고 있으며, 이를 통해서 또한 작가의 창작의도를 확인할 수 있기 때문에 그 의미를 보다 주의 깊게 살펴볼 필요가 있다.

잘 알려진 것처럼 헤세는 삶의 의미를 찾는 구도자(求道者)를 다룬 작품을 주로 발표했다. 『수레바퀴 아래서』나 『나르치스와 골트문트』 같은 작품이 대표적이며, 『데미안』 역시 이러한 경향에 속한다. 이 작품은 주인공 '싱클레어'의 방황과 성장을 통해서 인간의 본질적인 자아에 도달하는 과정을 그리고 있는데, 그 과정에서 하나의 규범으로 제시되는 인물이 바로 '데미안'이다.

그런데 이 인물이 절대적인 선(善)을 의미하지만은 않는다는 사실에 주목할 필요가 있다. '데미안(Demian)'이라는 이름이 악마를 의미하는 '데몬(Dämon)'이란 단어에서 나왔다는 사실에서 확인되는 것처럼, 그는 '마

성(魔性)'을 가진 인물이다. 독일의 문학 전통에서 '마성'은 우리가 일반
적으로 떠올리는 마귀나 사악한 존재가 아닌 "도덕적 혹은 이성적 범주에
환원시킬 수 없는 신적인 힘"[9]을 의미한다. 그러므로 그는 도덕이나 관습
적 범주를 넘어서는 인물이며, 내부에 선과 악을 동시에 가지고 있는 인
물이다. 데미안의 이러한 특성이 확장되어 표현되는 것이 여성성과 남성
성을 동시에 갖춘 에바 부인이며, 작품 속에서 "악마까지도 그 속에 내포
하고 있는 또 하나의 신"이라고 설명된 아브락사스(Abraxas)이다.

이처럼 『데미안』은 선과 악이 동시에 존재하는 현실에서 우리가 찾아내
야하는 삶의 진실에 대해 이야기하고 있다. 또한 그 진실은 다름 아닌 '자
아(自我, ego)'에 대한 깊은 성찰을 통해서 발견할 수 있다고 제시하고 있
다. 맞다. 우리 자신이야말로 천사와 악마, 성인군자와 짐승의 속성을 동
시에 가지고 있지 않은가.

여기에서 우리는 소설이 추구하는 거짓말의 또 다른 목적을 확인할 수
있다. 그것은 바로 '자아'에 도달하기 위한 성찰의 방법이라는 사실이다.
소설은 분명히 거짓말이다. 그러나 그 거짓말은 타인을 향하는 것이 아니
라 내 자신을 향하고 있다. 그러기에 소설가는 거짓말을 만들어내는 과정
을 통해 자신의 자아 깊숙한 곳을 들여다 볼 수 있다. 또한 그처럼 깊은

---

9) '마성'의 이러한 개념은 독일의 여러 작가들에게서 확인할 수 있지만, 특히 괴테(Johann W.
Goethe)의 작품에서 분명하게 확인된다. 괴테는 『문학과 진실』이라는 저술에서 다음과 같이
진술했다. "나는 자연에서, 즉 생명이 있는 자연이나 생명이 없는 자연에서, 혼이 있는 자연이
나 혼이 없는 자연에서, 모순으로만 나타내고 어떠한 개념으로, 더구나 하나의 단어로는 도저
히 파악될 수 없는 어떤 것을 발견할 수 있다고 믿었다. (……) 나는 이것을 고대인이나 이
와 유사한 힘을 한 사람들의 예에 따라 '마적'이라고 명명했다." : 김홍기, 「괴테에서의 마성
연구」, 《괴테연구》 제15집, 한국괴테학회, 2003, 재인용.

곳에 대한 관찰내용이 담겨 있는 소설은 독자들까지 스스로를 성찰할 수 있도록 유도한다.

거짓말의 속성

그런 것이다. 소설은 거짓말이 분명하지만, 거짓만을 다루지는 않는다. 세상에 온전하게 거짓으로만 만들어지는 거짓말이란 있을 수 없다. 거짓말은 어떤 식으로든 사실을 포함하고 있다. 아니, 오히려 그것이 사실처럼 받아들여질 때야말로 탁월한 거짓말이 된다. 소설도 마찬가지이다. 온전히 거짓만으로는 소설을 만들 수가 없다.[10] 현실에 엄연히 존재하는 사실이 기반이 될 때 탁월한 거짓말을 만들어낼 수 있는 법이다. 이것이 바로 거짓말의 속성이다.

간혹 그렇지 않은 경우도 있겠으나, 어떤 종류의 거짓말은 입장을 바꾸면 참말이 된다. 거짓말은 거짓말이되 거짓이 없는 거짓말이다. 이 경우에는 거짓은 없고 차이만 있다. 혹은 차이가 진실을 거짓처럼 보이게 한다.

소설에서 다루고 있는 거짓말은 바로 이러한 종류이다. 그러므로 소설을 통해 독자가 다른 사람의 입장을 이해하게 되었을 때, 거짓말은 더 이

---

10) 최근에 유행하고 있는 SF나 판타지소설의 경우도 역시 마찬가지이다. 이런 종류의 소설들이 다루는 세계는 현실과 동떨어진 것처럼 보이지만, 그 내면에는 현실이 반영되어 있다. '용(龍)'과 같은 상상의 동물을 예로 들어보자. 용은 분명 실재하지 않는 동물이다. 그러나 용의 모습은 일반적으로 "뱀의 몸통에, 도마뱀의 다리에, 사슴의 뿔을 결합"한 형상이라고 설명되고 있다(진중권, 『놀이와 예술 그리고 상상력』, 휴머니스트, 2005, p.7. 참고.). 결국 온전히 비현실적인 동물이란 있을 수 없다. 상상의 동물을 설명하기 위해서는 현실에 존재하는 동물에 빗대거나 혼합하는 방법밖에는 없는 것이다.

상 거짓이 아니라 참말로 바뀌게 된다. 이러한 거짓말의 속성을 알아차리게 하는 힘, 그것이야말로 소설이 가진 진실이 아니겠는가.

사람의, 사람에 의한, 사람을 위한

세상의 중심과 이야기의 중심

저 멀리, 태평양 너머에 있는 대륙에는 '세상의 중심'이라는 곳이 있다고 한다. '에어스록(Ayers Rock)'이라는 바위산이 그곳인데, 원주민들은 이곳을 특별하고 신성한 정신의 성역, 혹은 '지구의 배꼽'이라는 의미로 '울루루(Uluru)'라고 부른다.

그러나 세상의 중심은 이곳만이 아니다. 중국에서는 천자(天子)가 사는 곳을 세상의 중심이라고 생각했다. 그렇기 때문에 동양의 궁궐 건축은 단순히 기능적인 측면만 고려되었던 것이 아니라, 음양오행(陰陽五行) 사상에 기반을 둔 우주관이 반영되어 있다고 한다. 베이징에 있는 자금성(紫禁城)이 대표적인 예이다. 뿐만 아니다. 중세의 유럽 사람들은 세상의 중심을 아담과 이브가 살았던 에덴동산, 혹은 예수님이 태어난 예루살렘이라고 생각했다. 당시의 지도가 이 두 장소 중에서 하나를 택하여 중심으로 삼고 있다는 사실이 이를 증명한다. 이러한 증거는 전 세계에 걸쳐 무수히 발견된다.[11]

이처럼 '세상의 중심'은 도처에 자리잡고 있다. 그런데 여기에서 의문이 생긴다. 이렇게 여러 개가 가능하다면 과연 중심이라고 할 수 있는가? 물리학이나 지리학에서 중심은 분명히 하나밖에 존재할 수 없다. 맞다. 유일하기 때문에 우리는 그곳을 '중심(中心)'이라고 부르는 것이 아닌가. 하지만 문화나 예술에서의 관점은 사뭇 다르다. 앞에서 설명된 예들처럼 세상에는 여러 개의 중심이 존재한다. 호주의 원주민들에게는 울루루가 세상의 중심이고, 중국인들에게는 자금성이 그러하며, 중세 유럽인들에게는 에덴동산이나 예루살렘이 그러하다. 여기에서 우리는 '중심'이란 어휘가 공간적인 개념만으로 이루어진 것은 아니라는 사실을 확인할 수 있다.

중심이라는 공간은 애초부터 존재했던 것이 아니다. 오랜 세월 그곳에서 살아왔던 사람들이 그곳을 중심이라고 생각할 때, 바로 그 순간에 중심이 만들어지는 것이다. 중심은 공간 그 자체가 아니다. 그 공간을 인식하는 사람이 바로 중심이다. 만일 이 세상에 단 하나의 중심만이 가능하다면, 그곳이 위치할 곳은 오직 사람들의 마음뿐이다. 맞다. 사람이야말로 세상의 중심이다.

---

11) 이-푸 투안, 구동회·심승희 역, 『공간과 장소(Space and Place : the perspective of experience)』, 도서출판 대윤, 1995, pp.70~85. 참고.

사람이 만드는 소설, 소설이 만드는 사람

사람은 세상의 중심인 것만이 아니다. 사람은 또한 소설의 중심이기도 하다. 당연하다. 소설이란 결국 세상을 대상으로 하기 때문이다. 그러니 소설을 이해하는 첫걸음은, 또한 소설을 창작하는 첫걸음은, 먼저 사람에 대한 이해와 등장인물의 창작에서부터 시작되어야만 할 것이다.

그런데 여기에서 주의해야 할 사항이 있다. 소설 속에서 구현되는 것은 인물 그 자체뿐만 아니라, 성격(性格, character)까지도 포함한다는 사실이다. 흔히 이 두 가지 개념을 혼용해서 사용하지만, 엄밀하게 구분하자면 "인물은 외부에서의 관찰의 대상이고, 성격은 그 인물의 내적 속성"[12]이다. 즉, '인물'이란 용어는 행동에 해당하는 것이고, '성격'이란 용어는 심리적인 측면에 해당하는 것이다.

이 중에서도 특히 중요한 것은 '성격'이다. 사람의 행동이란 결국 심리의 표현이기 때문이다. 그러므로 같은 상황에 처한 사람들이라도 심리적인 요인에 따라서 다르게 행동하기도 하는 것이다. 이 사실은 우리 주변의 사람들을 관찰해보면 금방 알 수 있다. 학창시절을 보내면서 누구나 한번쯤 경험했을 '전학생'이란 인물을 예로 들어보자. 이 인물은 어떠한 사정으로 인해 새로운 집단과 만나게 되었다. 이런 경험은 누구에게나 어색하고 두렵기까지 할 것이다. 그런데 어떤 전학생은 금방 적응을 해서 친구를 만드는 반면, 어떤 전학생은 쉽게 적응하지 못하고 한참을 겉돌곤 한다. 왜 이런 차이가 나타나는가? 맞다. 결국은 성격의 차이이다.

---

12) 이상섭, 『문학비평용어사전』, 민음사, 1976, p.141.

소설을 쓰는 데 있어 중요한 것은 바로 이 성격을 창조하는 일이다. 매력적인 성격을 가진 인물을 창조했다면, 그 인물의 행동 역시 매력적이 되리라는 것은 지극히 당연한 사실이다.

그런데 이 '매력'이란 용어의 의미를 잘 파악해야 한다. 소설의 등장인물이 가지는 매력이란 선남선녀(善男善女)가 갖추고 있는 것만을 의미하지 않는다. 흔히 소설을 처음 쓰는 사람들은 멜로드라마의 주인공 같은 인물을 만들어내곤 한다. 가난한 청년과 부잣집 따님이 힘겹게 주변의 반대를 이겨내는 로맨스, 혹은 돈은 많지만 심리적인 상처를 가진 남자와 가난하지만 씩씩하게 세상을 살아가는 여자가 벌이는 티격태격 러브스토리 따위. 하지만 이처럼 구태의연한 설정은 '매력'이라는 단어의 의미를 너무 평면적으로 받아들인 것에 지나지 않는다.

우리는 모범적인 인물 혹은 누구나 동경할 만한 인물에만 매력을 느끼지는 않는다. 오히려 악한(惡漢)과 반항아가 보다 강렬한 매력을 발산할 수도 있다. 제임스 딘(James Dean)의 경우를 보라. 더할 나위 없이 잘생긴 그가 선량한 역할만을 연기했다면, 이렇게 시대를 뛰어넘는 젊음의 아이콘이 될 수 있었겠는가? 세계적인 명작소설의 등장인물 중에서도 이러한 예는 많고, 우리나라 소설 중에서도 이러한 예는 쉽게 찾아볼 수 있다. 악한 혹은 반항아가 주는 매력을 경험하고 싶은 독자라면 최인호의 「술꾼」, 김주영의 「모범사육」, 전상국의 「우상의 눈물」 등의 작품을 꼼꼼하게 읽어보길 권한다.

또한 사회에서 소외된 사람들 혹은 놀림거리가 되는 사람들에게서도 우리는 나름의 매력을 느낄 수 있다. 코미디를 생각하면 쉽게 이해할 수 있다. 코미디는 일반적인 사람들과는 다르게 모자라고 결핍된 인물들이 등장하는 경우가 많지만, 우리는 이들을 보면서 매력을 느낀다. 또한 코미디의 세계에서는 약자가 강자를 압도하는 경우도 많다. 이러한 전도된 인물과 세계를 통해서 코미디가 우리에게 전달하는 것은, 다름 아닌 현실 세계의 문제점이다. 결국 코미디는 문학에서의 '풍자(諷刺)'나 '알레고리(allegory)' 등의 기법과 통하는데, 우리의 소설작품 중에서 이런 예를 찾자면 채만식의 「미스터 방」, 박덕규의 「날아라, 거북이!」, 성석제의 소설집 『쏘가리』에 등장하는 여러 인물들을 들 수 있다. 이 작품들 역시 꼼꼼하게 읽어보기를 권한다.

지금까지 살펴본 것처럼, '매력'이란 보다 복합적인 의미를 가진 단어이다. 그러므로 소설을 쓰고자 하는 사람들은 등장인물의 매력을 다양한 측면에서 만들어낼 필요가 있다.

인물 창작의 사전 단계

지금까지 소설에서 등장인물이 가진 중요성에 대해 알아보았다. 이제는 이러한 인물들의 성격을 창조하고 표현하는 방법을 살펴볼 차례이다. 그러나 그 전에 먼저 익혀 두어야 할 것이 있다.

우선 소설을 구성하는 다른 요소들이 그러한 것처럼, 인물 창작 역시 체험을 많이 한 사람이 유리하다는 사실이다. 그러므로 소설을 쓰기 전에 먼저 다양한 인물들을 만나고 그들을 관찰하여 매력적인 부분을 찾아내는 사전 작업이 진행되어야 한다. 「노루사냥」, 「함께 있어도 외로움에 떠는 당신들」 등을 비롯한 여러 작품에서 탈북자 문제를 다루어 주목받았던 소설가

박덕규는 이 작품들을 창작하기 이전에 다음과 같은 사전 작업을 진행했다고 진술한 바 있다. 이는 소설 창작의 준비단계에서 인물에 대한 관찰이 얼마나 중요한지를 잘 설명하는 예라 하겠다.

탈북자 얘기를 그럴 듯하게 다루기 위해서 그들에 관한 많은 자료를 필요로 했다. 그들이 남한 생활을 하면서 저술한 수기나 소설도 많이 읽었고, 그들이 직접 경영하는 음식점에도 찾아가 보았다. 그러던 중에 다행스럽게도 모 라디오 방송국에 나가 민족 문제에 관련한 시리즈 프로그램을 진행하게 되어 많은 탈북자를 출연자로 만날 수 있었다. 교수, 보위부원, 벌목공, 군인, 유치원 교사, 안전원(경찰관), 의사, 요리사, 대학생, 문인 등 북쪽에서의 그들의 직업은 다양했지만, 대부분은 자신의 전문성을 남한에서 잘 살리고 있지 못하고 있었다. 게다가 그들 대부분은 남한의 탈북자 정책에 대해 못마땅하게 여기고 있었다.[13]

소설 창작에 있어서 체험의 중요성은 아무리 강조해도 지나치지 않다. 그러므로 소설을 쓰려는 사람은 무엇보다 부지런히 몸과 마음을 움직여 체험의 범위를 넓히는 작업부터 시작해야 할 것이다.

하지만 체험의 범위를 직접 체험으로만 한정시킬 필요는 없다. 때로는 간접 체험이 직접 체험보다 효과적인 경우도 많기 때문이다. 몸을 던져 사건의 현장에 뛰어들어야하는 직접 체험에는 여러 제약이 따를 수밖에 없다. 시간과 공간의 제약은 물론이고, 현장에 뛰어들었기에 오히려 사건의 전체적인 양상을 파악하지 못하는 경우도 직지 않다.[14] 소설가들이 다

---

13) 박덕규, 「내 소설 속의 탈북자들」, 『고양이 살리기』, 청동거울, 2004, pp.282~283.

양한 방법을 동원하여 간접 경험을 쌓으려고 노력하는 이유도 이러한 제약을 뛰어넘기 위해서이다. 그들은 다른 누구보다 부지런히 미술작품을 감상하고, 영화나 연극을 보고, 노래를 듣고, 책을 읽기 위해서 애쓴다. 이유는 오직 하나, 자신이 창작할 소설에 사용할 소재를 찾기 위해서이다.

그렇기 때문에 소설가는 문화의 생산자이면서 동시에 소비자이다. 소설가가 보다 많은 문화를 소비할수록, 그에게는 더욱더 많은 작품을 생산할 수 있는 여지가 발생한다. 바로 이것이 문화 창작이 여타의 다른 사회 활동과 변별되는 부분이다. 인간은 생산과 소비를 통해서 삶을 꾸려나가기 마련인데, 대부분의 사회 활동에서는 이 두 가지가 일치하지 않는 경우가 많다. 그러나 문화예술을 창작하는 행위만은 생산하면서 소비하며, 소비하면서 생산한다. 그런 이유로 소설을 쓰려는 사람들은 우선 다양한 문화를 능동적으로 소비하는 훈련을 해야 한다.

이러한 훈련을 통해서 얻을 수 있는 성과는 단순히 간접 체험의 범위를 넓히는 데 국한되지 않는다. 훈련 과정에서 수많은 작품을 접하면서 나름의 감식안(鑑識眼)이 형성되기도 하고, 이를 통해 시대의 흐름과 변화를 파악할 수 있는 안목과 그 대처능력이 만들어질 수 있다.

미학자 루카치(Georg Lukács)가 이야기한 것처럼 소설을 "숨겨진 삶의 총체성을 찾아내어 이를 구성"[15]하는 예술이라고 한다면, 소설을 창작하는 작업은 작가가 직접, 혹은 간접적으로 습득한 모든 체험들의 총화(總和)를 통해서 이루어지는 작업이기 때문이다. 결국, 좋은 소설이란 다양

---

14) 생각해 보라. 직접 체험한 것만으로 소설을 써야 한다면, 작가가 태어나기 훨씬 전의 일을 다룬 역사소설이나, 과학적 환상을 다룬 SF, 이 세상에 존재하지 않는 것들을 다룬 판타지소설 등과 같은 장르는 애당초 창작될 수 없었을 것이다.

한 체험이 바탕이 되지 않고서는 만들어질 수 없는 것이다. 다른 예술 분야에서는 신동(神童)이 심심찮게 출연하지만, 소설에서는 신동이 나올 수 없는 이유도 바로 여기에 있다.[16]

---

15) 게오르그 루카치, 반성완 역, 『루카치 소설의 이론』, 심설당, 1985, p.64.
16) 물론 고등학교 2학년 때 신춘문예에 당선되었던 최인호와 같은 소설가도 있다. 그러나 4살 때 악기를 연주하기 시작했고 5살 때에 작곡을 했던 모차르트(Wolfgang A. Mozart)나, 9살 때 부터 드로잉을 시작했던 앵그르(Jean Auguste Dominique Ingres)와 같은 예술가들과 비교할 때, 최인호의 출발은 너무 늦었다. 고등학교 2학년이라면 이미 '아이[童]'라고 부를 수는 없지 않은가.

태초에 이름이 있었다

우선, 그의 이름을 부르자

내가 그의 이름을 불러 주기 전에는 / 그는 다만 / 하나의 몸짓에 지나지 않았다.
내가 그의 이름을 불러 주었을 때, / 그는 나에게로 와서 / 꽃이 되었다.

—김춘수, 「꽃」 중에서

인물을 창작하는 첫 단계는 그의 이름을 만드는 것에서부터 시작한다. 이를 문학용어로 '명명법(命名法, Appellation)'이라고 하는데, 다소 고전적인 기법이긴 하지만 등장인물의 성격을 가장 분명하게 가시화(可視化)할 수 있는 방법이다.

명명법이 가진 의미를 잘 표현한 글로는 앞에 인용된 김춘수의 시 「꽃」을 들 수 있다. 많은 사람들이 좋아하는 이 작품은 종종 연애시로 읽히기도 하지만, 그보다는 우리가 어떤 사물이나 사람, 혹은 관념 등을 이해해 나가는 과정을 다룬 작품이라고 설명할 수 있다.

인용된 부분과 연관시켜 논의를 진행시켜 보자. 우리는 하루에도 몇 번씩 길을 지나면서 살고 있다. 그 길 주변에는 어김없이 풀이 돋아 있고 그 중 어떤 것들은 꽃을 피우고 있다.[17] 길가에 핀 풀과 꽃들의 이름을 모두 알고 있는 사람이 있을까? 아마 많지 않을 것이다. 그렇기 때문에 우리는 이들을 뭉뚱그려서 '잡초(雜草)'라고 한다. 하지만 이들에게도 어엿한 이름이 있다. 우리가 이름을 모를 때 이들은 잡초에 불과하지만, 우리가 이름을 불러주었을 때 이들은 더 이상 잡초가 아니라 '개쑥갓'으로 '쇠뜨기'로 '점나도나물'로 거듭나게 된다. 이것이 바로 이름의 힘이다.

소설 속의 인물도 마찬가지이다. 풀꽃의 이름이 각각의 개성을 표현하고 있는 것처럼, 소설의 등장인물도 이름을 통해서 각자의 성격을 드러낸다. 문학연구가 르네 웰렉과 오스틴 워렌이 "성격 창조의 가장 간단한 형태는 명명(命名)이다"[18]라고 설명했던 이유도 여기에 있다.

이처럼 등장인물의 성격을 드러낼 수 있게 이름을 만드는 방법, 즉 명명법에는 다음과 같은 세 가지가 있다.

---

17) 도시에서 살고 있다고, 그래서 주변에 아스팔트로 포장된 길밖에 포장된 길밖에 없다고 말하지 말라. 그런 곳에서 조차 꽃은 피어난다. 만약 당신이 꽃을 보지 못했다면, 그만큼 당신이 주변의 사물을 유심히 관찰하지 않은 것이다. 소설은, 아니 모든 예술의 시작은 사물에 대한 관찰에서부터 시작된다.

18) René Welleck & Austin Warren, *Theory of Literature*, Penguin University Books, 1973, 참고.

때로는 유용한 편견

'작명소(作名所)'라는 곳이 있다. 돈을 받고 좋은 이름을 지어주는 곳이다. 이들의 논리에 따르면 이름을 어떻게 짓느냐에 따라 그 사람의 길흉화복(吉凶禍福)이 결정된다는 것이다. 진부한 운명론이라고 할 수도 있지만, 꼭 그렇게 치부할 수만은 없다. 요즘 같은 고도산업화 시대에도 브랜드네이밍(brand naming)의 중요성이 강조되고 있으니 말이다.

물론 이는 분명한 편견이다. 이런 생각들을 증명할 수 있는 논리는 어디에도 없다. 그럼에도 불구하고 사람들은 이런 생각을 버리지 않는다. 부유한 사람에게 합당한 이름과 가난한 사람에게 합당한 이름이 따로 있고, 지식인에게 합당한 이름과 무지렁이에게 합당한 이름이 같지 않으며, 소심하고 내성적인 인물과 활달하고 적극적인 인물의 이름이 전혀 다르다고 생각한다.

소설가들은 때론 이런 편견을 활용하여 등장인물의 이름을 설정하기도 한다. 편견이야말로 사람들의 보편적인 생각에 다름 아니기 때문이다. 그러므로 이런 방법을 활용할 경우는 그 인물이 소속된 집단과 계층, 혹은 그의 운명 따위를 표현하는 데 용이하다는 장점을 가진다.

예를 들어보자. 우리가 잘 알고 있는 「흥부전」의 주인공 흥부(興夫)는 가난한데도 돈을 벌기 위한 노력을 하지 않는다. 그럼에도 그는 종국에는 부자가 된다. 언뜻 이해가 되지 않는 이런 인생역전이 가능한 것은 이름 때문이다. 그의 이름은 '일어나다' 혹은 '일으키다'는 뜻을 가진 '흥(興)' 자가 사용되고 있다. 이처럼 그는 애당초 가문을 부흥시킬 인물인 것이다. 우리의 옛 소설들은 이런 식의 명명법을 많이 활용하고 있다. 이 방법은 현대소설에서도 그대로 적용되고 있는데, 방영웅의 「분례기」에 등장하는 '똥례'가 대표적인 예이다. 화장실에서 태어난 아이라 하여 이런 이름이 붙여진 '똥례'는 그 이름처럼 기구하고 멸시당하는 삶을 살아가면서도, 역시 그 이름처럼 본능적인 생명력을 잃지 않는 인물이다.

그 자체로 의미를 가지는 이름

인물의 이름에 의미를 부여하는 것 역시 많이 활용되는 방법이다. 소설에 있어서 등장인물이 가진 중요성, 그리고 인물 표현 방법으로의 이름 붙이기의 중요성에 대해서는 이미 충분히 강조했다. 그런 맥락에서 소설가들이 이왕이면 등장인물의 이름까지도 하나의 상징처럼 활용하려고 애쓰는 이유를 파악할 수 있다.

이 역시 우리의 옛 소설에서부터 즐겨 활용되었던 방법이다. 「춘향전」의 주인공 춘향(春香)은 단오에 사랑하는 사람을 만나게 된다. 그럴 수밖에 없다. 그녀의 이름은 '봄의 향기'라는 뜻을 가지고 있기 때문이다. 그러므로 그녀는 다른 계절에는 결단코 인연을 만날 수가 없다. 오직 봄에만, 그것도 봄의 절정이라고 할 수 있는 단오에만 자신의 짝을 찾을 수 있었던 것이다.

현대소설에서도 이러한 방법이 적용된 이름은 많이 발견된다. 김용성의 「리빠똥 상군」에 나오는 '리빠똥' 등의 이름이 대표적인 예인데, 이는 똥파리를 거꾸로 한 것이다. 이름만으로도 이 인물의 성격을 파악할 수 있고, 나아가 그가 앞으로 어떤 상황에 빠지게 되리라는 것까지 암시하고 있다.

숨길수록 오히려 강조되는 의미

일반적으로 어떤 사물의 의미는 표현될 때 강조되기 마련이다. 그러나 오히려 표현하지 않음으로써 그 의미가 강조되는 경우도 있다. 이는 소설의 인물 창작방법에 있어서도 마찬가지이다. 등장인물의 이름을 이니셜로 표현하거나 아예 아무 이름도 사용하지 않는 방법이 여기에 해당한다.

특히 이 방법은 고전소설보다는 현대소설에서 많이 사용되고 있다. 현대사회의 주요한 특징 중의 하나인 소외(疎外) 현상이 반영되었기 때문이다. 산업화가 진행되면서 우리 사회는 점차 견고하게 구조화되었고, 그에 따라 각 인물들은 개성을 가진 인격체이기보다는 거대 조직의 구성요소로 인식되기 시작했던 것이다. 1936년에 만들어진 채플린(Charles Chaplin)의 영화 〈모던타임즈〉가 현대사회의 소외 현상을 표현하여 세계예술사에 큰 족적을 남겼다면, 1965년에 발표된 김승옥의 소설 「서울 1964년 겨울」은 본격적으로 도래한 산업화시대의 풍경을 그려내어 한국문학사에 중요한 의미를 더했다.

여관에 들어서자 우리는 모든 프로가 끝나버린 극장에서 나오는 때처럼 어찌 할 바를 모르고 거북스럽기만 했다. 여관에 비한다면 거리가 우리에게는 더 좁았던 셈이다. 벽으로 나누어진 방들, 그것이 우리가 들어가야 할 곳이었다.

"모두 같은 방에 들기로 하는 것이 어떻겠어요?" 내가 다시 말했다.

"난 지금 아주 피곤합니다." 안이 말했다. "방은 각각 하나씩 차지하고 자기로 하지요."

"혼자 있기가 싫습니다."라고 아저씨가 중얼거렸다.

"혼자 주무시는 게 편하실 거예요." 안이 말했다.

우리는 복도에서 헤어져서 사환이 지적해준, 나란히 붙은 방 세 개에 각각 한 사람씩 들어갔다.

—김승옥, 「서울 1964년 겨울」

위의 인용에서 알 수 있는 것처럼, 「서울 1964년 겨울」에는 인물들의 이름이 제시되지 않는다. 다만 '안' 혹은 '김'처럼 성(姓)만으로 표현되었거나, '아저씨'처럼 호칭만을 언급했을 뿐이다. 이 작품의 등장인물들은 포장마차에서 만나 함께 밤거리를 쏘다니지만, 서로 이름을 알려주거나 하지 않고, 특별한 유대관계를 형성하지도 않는다. 이처럼 이 소설은 의도적으로 이름을 내보이지 않음으로써 의사소통이 단절되어버린 산업화 시대에 소외 현상을 반영하고 있는 것이다.

세 갈래의 길

미시령에 올라 경월소주를 마셨네

시인 황동규 선생을 모시고 강원도 일대를 돌며 문학기행을 했을 때의 일이다. 낮에는 선생의 작품배경이 되었던 장소들을 답사하고, 밤에는 참가자들이 둘러앉아 두런두런 이야기를 나누었다. 그때 선생께서 말씀하셨다.

"고갯마루에 올라 술을 마셨네"라고 쓰기보다는 "큰 바람 불어오는 미시령에 올라 경월소주를 마셨네"라고 쓰라고. 그것이 바로 문학적 글쓰기라고.

벌써 몇 년이 지난 일이지만, 나는 여전히 선생의 그 말씀에 동의한다. 그리고 그것을 내 글쓰기의 소중한 지침(指針)으로 간직하고 있다. 맞다. 문학은 관념어가 아닌 생생하고 구체적인 생활어로 만들어져야 한다. 모호하게 뭉뚱그려 말하기보다는 구체적이고도 분명한 표현을 사용해야만 한다. 천상(天上)을 향한 노래가 아니라, 지상(地上)을 향한 노래, 그것이 바로 문학이다.

황동규 선생의 말씀은 소설 창작에 있어서도 그대로 적용된다. 아니 소설이기 때문에 더욱더 그래야만 한다. 소설이란 그 어떠한 문학 장르보다 삶에 인접해 있는 것이 아닌가.

인물을 표현하는 데 있어서 무엇보다 중요한 것은 구체성을 확보하는 일이다. 특히 외모를 설명하는 과정에서 구체성은 거의 절대적인 가치를 가진다고 해도 과언이 아니다.

흔히 처음 소설을 쓰는 사람들은 인물을 표현할 때 막연한 표현을 사용하는 경우가 많다. 잘생긴 사람, 못생긴 사람, 예쁜 여자, 귀여운 여자…… 그러나 이런 표현들은 모호하기만 할 뿐, 의미 전달은 이루어지지 않는다. 이런 표현들은 지극히 주관적인 것이기 때문이다. 내가 그 여자를 예쁘다고 생각한다고 해서, 다른 사람도 예쁘다고 생각할런지는 알수 없다. 이런 이유로 막연한 표현은 인물을 표현하는 데 전혀 도움이 되지 않는다. 다소 오래된 작품이긴 하지만 현진건의 「B사감과 러브레터」는 인물의 외모를 구체적으로 표현한 좋은 예이다.

여러 겹 주름이 잡힌 훨렁 벗겨진 이마라든지 숱이 적어서 법대로 쪽지거나 들어 올리지를 못 하고 엉성하게 그냥 빗어 넘긴 머리꼬리가 뒤통수에 염소똥만하게 붙은 것이라든지 벌써 늙어가는 자취를 감출 길이 없었다.

―현진건, 「B사감과 러브레터」

선택하고 또 집중하라

경제학에서는 어떤 일을 성공시키기 위해서 '선택'과 '집중'이 필요하다고 설명한다. 여러 가지 일을 동시에 진행시키면 힘이 분산되기 때문에, 달성 가능한 목표를 설정하고 그것에 집중하는 것이 더 효율적이라는 의미이다. 이러한 방법은 소설 창작에도 그대로 적용된다.

한 인물의 성격을 표현한다고 해서 그 인물이 가진 모든 것을 설명하려고 욕심을 부려서는 안 된다. 이런 설명은 오히려 독자의 주의를 분산시켜 그 인물을 기억하지 못하게 만들기 쉽다. 그 인물이 가진 특징 중에서 몇 가지를 선택하고 그것을 집중적으로 부각시키는 것이 보다 효과적인 표현방법이다.

나는 왜냐 선생님이 굉장히 좋다. 하지만 왜냐 선생 시간은 공포의 연속이다. 국어 선생님이 좋다면서 그분 시간이 왜 공포의 연속이냐고, 나는 물으려다가 말았다. 국어 선생님이 왜냐? 왜냐? 하시면서 이 사람 저 사람 지적을 할 때면 아닌게아니라 겁이 나기도 했다. 윤수 같은 애야말로 무서워할 만 했다. 신이 나거나 대답이 시원찮아 화가 나시면 두 눈을 부릅뜨고 땀까지 흘리면서 연방 질문을 퍼부으니까. 왜냐? 이 말이 왜 나왔느냐? 조금 전에 너는 왜 그런 말을 한 거냐?

—최시한, 「허생전을 배우는 시간」

최시한의 소설 「허생전을 배우는 시간」은 인물 표현에 있어서 선택과 집중의 효과를 잘 보여주는 예이다. 이 작품에는 고전소설 「허생전(許生

傳)」을 가르치는 국어 선생이 등장한다. 하지만 작가는 이 인물의 여러 면모를 주저리주저리 설명하지 않는다. 인용에 제시된 것처럼, 다만 '왜냐 선생'이라는 그의 별명을 강조할 뿐이다. 그러나 이것만으로도 그 인물이 입시 위주의 교육이 아니라 학생들의 창의력을 강조하는 교육을 시도하고 있다는 사실을 분명하게 파악할 수 있었다. 한 가지 특징만을 부각시켜 인물 전체를 설명하는 효과를 거둔 것이다.

이러한 설명이 작가가 아닌 학생들의 입을 통해 이루어졌다는 사실도 주목되는 부분이다. 이를 통해, 왜냐 선생이 학생들과 어떤 관계를 형성하고 있는지도 파악되었고, '윤수'라는 또 다른 인물의 성격까지 설명되었다.

그 사람만의 말을 찾아라

우리는 어떤 인물과의 대화를 통해 그의 인물 됨됨이를 가늠하고는 한다. 이것이 가능한 이유는 말 속에는 그 인물의 성격과 특징이 포함되어 있기 때문이다. 비록 소설은 목소리를 그대로 재현시켜 전달할 수는 없지만, 그 인물의 어투나 말버릇 따위는 표현할 수 있다. 그리고 이를 통해서 인물 성격을 표현하는 것도 충분히 가능하다.

모든 인물은 나름의 언어습관을 가지고 있다. 나이에 따라서, 성별에 따라서, 직업에 따라서, 출신 지역에 따라서, 성격과 교육 정도에 따라서, 그리고 이외의 여러 이유로 인해 형성된 언어습관은 곧 그 인물의 고유한 특징이 되기 때문이다. 그러므로 소설을 창작하는 사람은 등장인물의 언어습관을 표현하는데 주의를 기울일 필요가 있다. 경우에 따라서는 사투

리나 전문용어를 적절히 활용하는 것도 좋은 방법이 될 것이다.

　"우리두 기술이 좀 있어놔서 일자리만 잡으면 별 걱정 없지요."
　영달이 정씨에게 빌붙지 않을 뜻을 비쳤다.
　"알고 있소. 착암기 잡지 않았소? 우리넨, 목공에 용접에 구두까지 수선할 줄
압니다."
　"야, 되게 많네. 정말 든든하시겠구만."
　"십년이 넘었다니까."
　"그래도 어디서 그런 걸 배웁니까?"
　"다 좋은 데서 가르치고 내보내는 집이 있지."
　"나두 그런 데나 들어갔으면 좋겠네."
　정씨가 쓴웃음을 지으며 고개를 저었다.
　"지금이라두 쉽지. 하지만 집이 워낙 커서 말요."

　　　　　　　　　　　　　　　　　　　　　—황석영, 「삼포 가는 길」

　인용된 부분은 「삼포 가는 길」의 서두에 해당하는 부분으로 영달과 정씨
에 대한 인물 소개가 이루어지고 있다. 둘 사이에 오고가는 대화를 통해 그
들의 사회적 지위가 선명하게 제시되었는데, 이 과정에서 착암기·목공·
용접 등의 용어가 적절히 배치되어 그 효과를 높이고 있다.
　또 하나 주목할 만한 기법은 이들이 서로에 대한 정보를 주고받는다는
설정이다. 작가는 영달이 스스로 자신에 대한 정보를 모두 공개하도록 하
지 않았다. 영달을 통해서는 일부만을 언급하고, 나머지는 정씨가 뒤를
이어 제공하도록 했다. 정씨의 이력에 대한 소개도 마찬가지이다. 이런

구성을 통해서 대화가 사슬처럼 서로 이어지면서 견고해질 수 있었던 것이다.

목마른 물고기의 외로운 유영

해이수(소설가)

1. 펜을 들며

최수웅(崔洙雄)의 첫 번째 창작집에 덧붙이는 글을 쓰기 위해 몇 주간 노심초사하던 나는 스스로에게 두 가지 약속을 했다. 첫째, 가급적 객관적인 진술을 버리겠다는 다짐이다. 15년간 친분을 지켜온 사람이 마치 제삼자인 척하며 과학적이고 학술적인 문장으로 벗의 소설을 상찬하는 일은 가식적인 인상을 풍길지도 모르기 때문이다. 다른 하나는, 빛나는 성현의 명언이나 저명한 학자의 이론을 되도록 끌어들이지 않겠다는 각오이다. 이는 굳이 내가 아니어도 웬만한 이론가라면 쉽게 할 수 있는 일이고 평론을 업으로 하는 분들일수록 훨씬 효과적인 인용과 문예비평론으로 그의 작품을 분석하리라는 판단이 들어서다.

결과적으로 나는 오직 열아홉부터 그를 지켜본 '나만의 내공'으로만 이 작업을 밀고 나가겠다고 다짐한 셈이다. 따라서 지금부터 쓰는 글은 온전히 한 친구로서 바라보고 짐작한 작가 최수웅과 그의 소설에 관한 사적인 단상 정도가 될 것이다. 본고에서 나는 작품 이해에 도움이 될 만한 최수웅의 개인 정보와 소설의 몇몇 특징을 언급하려 한다.

2. 작가 신상

최수웅은 1974년 2월 22일에 태어났다. 이날은 염세사상의 대표자인 쇼펜하우어의 출생일이기도 하다. 언젠가 그의 생일파티에서 내가 이 사실을 언급하자 작가 본인은 물론이고 다른 친구들까지 몹시 흥미로워한 적이 있다. 굳이 쇼펜하우어를 끌어들인 까닭은 그의 세계관이 낙관론보다는 비관론에 더욱 밀접하기 때문이다. 전반적으로 그는 외향적이라기보다 내성적이며 웃음보다는 눈물에 훨씬 예민하게 반응한다.

신장 170센티미터에 67킬로그램의 몸무게를 가진 이 친구는 혈액형이 B형이고 물고기자리이다. 백과사전에서 이 별자리의 성격을 찾아보면, 나약하고 몽상적인 기질에 감수성이 민감하며 부끄러움을 많이 탄다고 나와 있다. 또한 직접 자신의 생각을 말하기보다 장막 뒤에서 활동하기를 좋아하고 암암리에 의견을 나타내는 경향이 강하다고 한다. 외모적으로는 물기가 많은 눈을 갖고 있으며 경사면이 없는 턱이 특징이라고 씌어있다.

우연찮게도 작가 최수웅의 전자우편 말미에는 어느 시인의 작품「연어」에서 발췌한 구절이 꽤 오랫동안 따라다녔다. '거친 폭포를 뛰어넘어 강물을 거슬러 올라가는 고통이 없었다면 나는 단지 한 마리 물고기에 불과했을 것이다'라는 문장인데, 그 아래에 이런 다짐이 붙어있다. '은빛 시체가 되어 죽고 싶다, 언젠가 꼭 한 번'. 사용자의 단순한 인사말이나 단체의 모토 혹은 법적 책임 정도가 명기되는 이메일의 꼬리말에 물고기에 관한 메타포를 이토록 감수성 있게 차용할 정도면 그저 심심풀이 삼아 들쳐보는 별자리의 특성이 꽤나 신빙성 있게 작가의 여러 면모를 대변해주는 셈이다.

유전적 정보를 위해 작가의 부모님을 언급하자면, 아버지는 반평생 양복점을 운영하셨고 어머니는 문학 애호가이시다. 최수웅은 아버지의 근면성과 어머니의 문학적 취향에 깊은 영향을 받고 성장한 것으로 보인다. 대학 초년 시절, 문학회 친구들은 술에 취하면 가끔 어깨동무를 하고 그의 화곡동 집으로 몰려가곤 했다. 그때마다 어머니께서는 우리 철부지들을 한 번도 싫은 내색 없이 반갑게 맞아주셨다. 각자 집에서는 미래가 불투명한 천덕꾸러기에 불과했으나 유독 어머니에게만은 전도유망한 예비작가로 대우받았던 까닭이다. 우리가 그의 집에 도착하면 아버지는 언제나 일찍 주무시고 계셨고, 다음날 일어났을 땐 일찍 출근하신 뒤여서 우리는 그의 아버지와 대면할 기회가 없었다.

언젠가 우연히 그의 집 안방에 들어간 적이 있는데, 책장에는 어머니께서 오래 전부터 모아오신 신춘문예 당선집이 가지런히 꽂혀 있었다. 어머니의 소망은 최수웅이 신춘문예에 당선하여 그 책장에 아들의 글을 꽂아놓는 일이었고 아버지의 바람은 자식이 박사학위를 취득하여 학자로 대성하는 것이었다. 효심이 깊은 이 큰아들은 그로부터 10년 만에 어머니의 소망을 실현했고 13년이 됐을 무렵 아버지의 바람을 이루어드렸다. 소설가와 박사, 둘 중 하나도 성취하기 쉽지 않은 일이건만, 군복무 기간 3년을 제한다면 단기간에 이룬 성과가 아닐 수 없다.

곰곰이 생각해 보면, '섬유를 재단하고 봉합하여 양복을 제작'하시는 아버지와 '소설에 대한 깊은 존중을 가진' 어머니 사이에서 자란 최수웅이 현실의 면면을 마름질하여 결합하는 소설을 창작하고 이를 연구하는 길로 들어선 것은 당연한 귀결로 보인다.

3. 작가의 성격과 작품의 상관관계

무엇보다 최수웅은 성실하고 책임감이 강하다. 대학 일학년 때부터 그는 바쁘기로 유명했다. 과내 문학동아리 〈현대문학연구회〉와 〈형성동인회〉 활동을 했고, 〈앎과 함〉이라는 연극회에 들어가 학생회관에서 연극 공연을 하기도 했다. 군에 입대해서는 포대의 작전통제병으로 늘 밤샘근무와 긴장 속에서 살았다고 한다. 제대 후에도 과학생회 간부와 문학회 활동을 부지런히 하며 학과 공부에 매몰했던 모습이 기억에 선하다.

만 서른한 살에 박사학위를 취득한 일만 봐도 그가 얼마나 시간을 아껴 살았는지 쉽게 예측할 수 있다. 지도 교수님이신 송하섭 선생님은 당신이 박사학위 수여식 때 입었던 가운을 그에게 축하의 뜻으로 선물하셨다. 사제 간의 돈독한 정을 엿볼 수 있는 대목이다. 그래서 2006년 박사학위 수여식 날, 고풍스러운 졸업 가운을 입은 사람은 최수웅 밖에 없었다.

이러한 작가의 성실함은 소설 창작에서도 유감없이 발휘되곤 한다. 2001년 신춘문예 등단작 「우물 파는 사람」의 경우 최수웅은 본인과 전혀 상관없는 지역의 방언으로 소설을 썼음에도 심사위원으로부터 '능숙한 언어로 전통을 응시하'고 있다는 호평을 받았다. 이는 정성스런 취재와 단어장을 빼곡하게 정리하는 부지런함 없이는 불가능한 일이다. 단단하게 압축되고 세밀하게 조탁된 문장에서도 그의 공력을 간파할 수 있다.

최수웅의 소설 속 인물들은 곧잘 피로를 호소하곤 하는데, 이 또한 업무의 과다함과 책임감에서 비롯된 무의식적 투영으로 이해된다. 예를 들어, 잡범을 밤샘 취조하는 과정에서 끝없이 고단하다고 투덜거리는 형사(「나비, 여름 하늘을 날다」), 회식자리에 참석하지도 않고 늦은 밤까지 사무실에 남아 잔무를 감당하는 여사원(「빛의 길을 걷다」), 우물을 파기 위해 끝없이 삽질을 해야만 하는 시골뜨기(「우물 파는 사람」), 문상을 가서도 광고 시안 마감 때문에 끝없이 휴대전화로 지시를 해야 하는 회사원(「유리 상자 속의 꽁치」) 등이 그러하다.

물고기좌의 특성에서도 잠깐 언급했지만, 최수웅의 또 다른 성격은 내성적이라는 데에 있다. 그는 친하지 않을 경우 먼저 아는 척을 하는 법이 별로 없다. 웬만해서 먼저 다가가 인사를 하는 경우도 드물다. 고민이 있어도 쉽게 털어놓지 않으며 혼자 감당하기 부담스러운 일도 남에게 폐가 될 경우에는 혼자 짊어지는 스타일이다. 간혹 누군가 옆에서 칭찬을 하면 부끄러워서 얼굴이 빨개지는 경우도 많다. 사람들과 함께 떠들썩하게 어울리기보다 혼자 책을 읽거나 글을 쓰는 일을 훨씬 즐긴다. 이런 그의 성정은 소설 속 인물의 서술과 대화에서 곧잘 발견된다.

말을 해야 한다는 것은 언제나 버거운 일이었다. 다른 사람들은 어떨지 몰라도, 적어도 내 경우에는 그랬다. 어릴 적부터 나는 말주변이 없는 아이였고, 그건 지금도 별반 달라지지 않았다.

―「나비, 여름 하늘을 날다」

사람들은 나도 이제 어른이 되었다고 했다. 그 말을 들으면 욕지기가 치밀었지만, 나는 아무런 티도 내지 않았다. 침묵이야말로 복종의 자세였고, 비굴의 표지이며, 살아남기 위한 최선의 방법이라는 사실을, 나는 배웠다.

—「유리 상자 속의 꽁치」

"지금 늬 눔이 파는 구녕은 무덤이지, 집은 아니구먼. 당최 야들야들허기만 하지 강단이 없단 말이여. (…중략…) 알아듣겠냐? 허, 썩을 놈, 들은 척도 않고 사추리에 고개만 처박으면 능사여? 이 눔아, 대거리 똑허니 쳐들고 새겨들어."

—「우물 파는 사람」

그러나 성실하고 내성적인 성격에서 풍기는 이미지와 달리 최수웅은 항상 시대의 앞선 문물을 추구하는 경향이 강하다. 새로 출시된 전자제품과 컴퓨터 프로그램에 관한 지대한 호기심이라든지 애니메이션과 만화에 대한 해박한 지식은 지인들을 자주 놀라게 만든다. 대학 일학년 때는 현진영이 부른 '흐린 기억 속의 그대'의 강렬한 비트에 맞춰 후드 트레이닝복을 입고 인문대 강당에서 공연을 했는가 하면, 당시 선풍적인 인기를 끌었던 '서태지와 아이들'의 랩을 부르며 전문가 수준의 댄스를 선보이기도 했다. 혹자는 고개를 갸웃할지 모르겠으나 당시 시낭송이나 합창을 주로 선보이던 국문과 분위기를 감안하면 충분히 파격적인 퍼포먼스였다.

현재 그가 전개하고 있는 사이버 공간의 연구라든지 하이퍼텍스트를 비롯한 디지털 콘텐츠에 관한 논문 등은 작가가 끝없이 새로운 영역에 확장을 기하고 있다는 증거이다. 단편 「그녀의 정원에는 향기가 나지 않는다」에서 포르노 웹사이트의 공동 운영자를 소통 불가능한 연인의 대상으로 설정한 점이라든지 「나를 보라」에서 서정적으로 묘사된 복제인간의 사랑과 일탈된 운명의 충동성 등은 이런 측면에서 자연스럽게 이해된다.

4. 쓸쓸한 공간

최수웅의 소설 전편에 드러나는 작품의 공간은 하나같이 쓸쓸하다. 이것은 작가의 시선이 번잡한 곳보다는 외로운 장소에 더욱 천착한다는 뜻이고 오늘날에는 희미해져 더 이상 자취를 찾기 힘든 흔적기관을 더듬는 일에 민감하다는 의미로 해석된다. 다시 말해서, 세인의 관심에서 유기된 정적의 공간을 통해 작가는 나약한 개인의 초라한 존재감을 효과적으로 드러낼 뿐만 아니라 본인의 의식을 상징적으로 투영하고 있다.

홀로 끝없이 삽질을 해야만 하는 깊은 우물 속과 어두운 시골길(「우물 파는 사람」), 깊은 밤에 건너는 마포대교라든지 동시 상영관과 아무도 없는 공터(「유리 상자 속의 꽁치」), 고물 컴퓨터만이 작동되는 오피스텔과 소통이 원활치 못한 사이버 스페이스(「그녀의 정원에는 향기가 나지 않는다」), 밤늦은 사무실과 바닷가의 여관(「빛의 길을 걷다」), 생명유지액이 들어차 있는 실험실의 욕조와 텅 빈 연극 무대(「나를 보라」), 새벽의 취조실과 밀폐된 벽장(「나비, 여름 하늘을 날다」) 등만 봐도 작가가 선호하는 공간의 특성을 파악할 수 있다.

더욱이 이렇게 쓸쓸하고 소멸해가는 것들을 그려낼 때 그의 묘사력은 유독 빛을 발한다. 학생운동에 관여한 형의 이야기를 일인칭 관찰자 시점으로 다룬 「나무무덤에 내리는 눈」을 보면 암 말기 환자인 아버지의 건강 상태와 낡은 집을 병치시키는 부분은 매우 인상적이다.

형이 태어나던 해에 직접 지었다는 낡은 집이 조금씩 무너져 내리는 것처럼, 아버지의 몸도 눈에 보이지 않게 허물어지고 있었다. 어제까지 멀쩡했던 천장에서 빗물이 새고, 시멘트 가루가 흘러내리는 벽 어딘가에 생긴 틈으로 바람이 스며들었다. 한두 군데를 손본다고 해서 고칠 수 있는 정도가 아니었다. 남은 일은 이곳을 떠나는 것뿐이었다.

—「나무무덤에 내리는 눈」

「유리상자 속의 꽁치」에서도 등장인물의 심리 및 상황을 포장마차의 생기 잃은 꽁치에 대입하여 표현한 부분은 상당히 세밀하고 탁월하다. 작가는 이 작품에서 파릇한 스무 살의 청년이 군 입대를 거쳐 졸업을 하고 사회에 적응하는 동안 어떻게 꿈을 잃는지를 등 푸른 물고기의 이미지를 통해 전개하고 있다.

나도 역시 꽁치였다는 것을. 벌써 아가미가 그물코에 걸렸고, 이제 머지않아 유리 상자 속으로 보내지게 될 상황이라는 걸. 그녀의 아버지가 그랬던 것처럼, 짙은 색 양복으로 목둘레의 얼룩무늬를 감추고, 허리춤에 호출기를 차거나 안주머니에 핸드폰을 넣은 채로 누군가 나를 불러주기를 기다려야 한다는 것을. 붉은 장막 속에서 무럭무럭 피어오르는 꽁치 굽는 냄새에 욕지기나 몇 번 끌어올리고는, 나는 뒤돌아설 수밖에 없었다.

—「유리 상자 속의 꽁치」

실제로 작가 최수웅은 간혹 황량한 시멘트 건물의 옥상에서 담배를 태울 때면, 시내보다는 변두리에 더욱 애착을 느낀다 했고 대도시보다는 중소도시에서 조용히 살고 싶다고 읊조리곤 했다. 게다가 그는 곧잘 내게 이 다음에 예술영화를 상영하는 허름한 극장을 운영하는 게 꿈이라고 했다.

5. 갈증, 눈물 그리고 후회의 독백

　이번 작품집에서 최수웅의 소설에 등장하는 내성적 인물은 늘 지쳐 있다. 이 인물들에게서 전반적으로 발견되는 생리현상을 꼽으라면 두통과 목마름 그리고 눈물이다. 즉, 이런 증상은 그의 캐릭터가 처한 현실이 꽤나 갈급하고 고단하다는 것을 단적으로 말해준다. 또한 이들은 대개 후회의 독백을 습관적으로 웅얼거린다. 여기서는 갈증과 눈물과 독백에만 초점을 두어 살펴보고자 한다.

　우선, 갈등의 대목에서 특별한 행동방향을 정하지 못할 상황에 처하면 소설 속 인물들은 대개 목마름을 호소한다. 이런 현상은 일차적으로 인물의 당혹스러운 심리를 드러내는 메타포이기도 하지만, 목을 축이는 동안 다음 행동을 결정하는 데 필요한 시간을 유예시키는 장치로 주로 활용된다. 찬물이나 술 혹은 탄산음료 등으로 대변되는 이 액체들은 소리 내어 자신의 본심을 밝히지 못하는 소심한 인물이 내면에서 들끓는 언어를 식히는 결정적 도구로 적절해 보인다. 때로 주인공은 이런 갈증을 예측한 상대인물의 배려에 자연스레 호감을 느끼기도 한다.

옆에 누워 있는 이 사람의 숨소리는 또 왜 이리 큰지, 몇 번이나 군침을 삼켜 봤지만 금방 입 안이 말라버렸다.

—「빛의 길을 걷다」

눈이 따끔거리고 목이 말랐다. 차가운 물을 마시고 싶다는 생각이 들었지만 멈출 수가 없었다.

—「나비, 여름 하늘을 날다」

그녀가 손을 내밀어 물잔을 잡았다. 목이 말랐다. 유리잔 둘레에 맺혔던 물방 울이 그녀의 손가락을 타고 흘렀다. 물을 마시고 싶었다.

—「나를 보라」

오늘이 지나면 물어보지도, 기다리지도 않을 거야. 입 안이 바싹바싹 말라왔 지만, 입을 열 수 없었다. 다만 고개를 돌리고 술잔을 들어 목을 축였을 뿐이다.

—「나무무덤에 내리는 눈」

목이 메었다. 반쯤 남은 두부를 쓰레기통에 던져 넣었을 때, 그녀가 콜라를 내밀었다. 탄산의 알싸한 맛 때문에 코끝이 찡했다. 콜라를 흘렸는지도 모르겠 다. 아니면 눈물을 흘렸는지도.

—「유리 상자 속의 꽁치」

다음으로, 수록된 일곱 편의 중단편 소설의 주인공이 공통적으로 드러 내는 감정은 '눈물'로 요약된다. 그리움 혹은 쓸쓸함의 정점에 도달할 때마다 터지는 울음은 왜소한 자아의 통증 내지는 애달픔으로 읽힌다. 담대하지 못하고 내성적인 인물일수록 언제나 본인의 소견과 판단에만 매몰되기 일쑤이고 훗날 본인의 판단과 행동이 하찮은 것에 불과하다는 것을 깨닫는 순간 감당할 수 없는 눈물을 불러오기 마련이다. 따라서 이 '눈물'이 솟는 지점은 최수웅이 구현하는 캐릭터의 감정곡선과 의식수위를 명징하게 보여주는 위치점이라 판단된다.

울음이 터졌다. 참을 수가 없었다. 나는, 울었다.

—「나비, 여름 하늘을 날다」

소리내지도 못허고 비손질만 거푸 허는 늬 손이 말이여, 자꾸면, 자꾸면, 내 눈가를 잡아 뜯는구먼. 늬 손에 잡아 뜯겨, 내 눈에는 뭔 뜨뜻헌 것을 이리도 흘리는지 말이여, 흘러내리고 있는지 말이여.

—「우물 파는 사람」

아파서, 머리가, 가슴이, 눈이…… 너무 아파서, 나는 물을 쏟아냈다. 소리가 나지도, 코끝이 찡하지도, 하다못해 슬프지도 않았는데, 눈에서 자꾸만 물이 흘러나왔다.

—「그녀의 정원에는 향기가 나지 않는다」

땀방울이 흥건히 배어 나온 골짜기에다 눈물을 닦았다. 아직도 마르지 않은 눈물이 그녀의 젖꼭지에 묻어났다.

—「나를 보라」

그런데도 원망스러웠다. 내 볼을 타고 또 한 방울 흘러내리는 눈물이 그들 때문인 것만 같았다.

―「나무무덤에 내리는 눈」

뿌옇게 변해버린 하늘을 바라보다, 나는 끝내 눈물을 흘리고 말았다. 스물두 살의 여름 이후로 처음이었다.

―「유리 상자 속의 꽁치」

그가 (…중략…) 비틀거리며 정수기 앞으로 걸어가서 따듯한 물을 담아서 갸지고 왔을 때, 그녀의 볼에서 눈물 한 방울이 흘러내렸다.

―「빛의 길을 걷다」

마지막으로, 등장인물이 내뱉는 후회의 독백과 웅얼거림은 눈물을 흘린 이후에 당연히 예견되는 진술이다. 이는 이야기의 서사성 자체를 중시하기보다 인물의 감정노출에 포커스를 맞추는 작가의 창작패턴에서 비롯된 정형성이 아닌가 한다. 따라서 최수웅은 소설 전개에 있어서 쇼잉(showing)보다는 텔링(telling)의 효과에 더욱 치중한다고도 할 수 있다.

하지만 이미 지나간 일이다. 어설픈 후회 따위는 하지 않는다. 후회는 마약과 같아서 한번 맛을 들이면 빠져 나오기 힘든 법이다.

―「나비, 여름 하늘을 날다」

이제야 겨우 하고 싶은 일이 몇 가지 생겼는데, 이번에는 시간이 남지 않았다. 그랬다. 아직 등줄기에 시퍼런 줄무늬가 남아있던 그 시절부터 지금까지 항상 그러했다. 내 깨달음은 언제나 너무 느렸다. 그래서 손을 내밀 무렵에는 아무 것도 남아 있지 않았다.

—「유리 상자 속의 꽁치」

얼른 전원을 뽑았지만, 이미 늦어버렸다. 연기가 나는 것을 보니, 마더보드까지도 타버린 듯 했다. 예상치 못했던 것은 아니었다. 줄곧 이렇게 되리라는 것을 예감하고 있었지만, 어쩔 수가 없었다. (…중략…) 나는 흘러내리는 물을 닦아내지도 못하고서 중얼거렸다. 어쩌면 그녀의 정원에는 처음부터 향기가 나지 않았을지도 모른다고.

—「그녀의 정원에는 향기가 나지 않는다」

그녀가 (…중략…) 극장 문을 닫고 나가버렸을 때에도, 나는 움직이지 않았다. 다시 그의 얼굴이 떠올랐다. 예감하고 있던 일이다. 모든 유혹은 달콤하지만, 그 달콤함만큼의 파멸이 감추어져 있다는 것을, 나는 이미 알고 있었다.

—「나를 보라」

"그려, 언제나 그렇단 말이여. 나는 꼭 한 걸음씩 늦는단 말이여. 한 걸음만 빨리 집으로 돌아왔어도 어무니 가는 길에 손이라도 잡아주었을 텐데 말이여, 한 걸음만 빨리 집을 떠났어도 늬를 잡을 수 있었을 텐데 말이여. 지금도 또 그러는 것은 아닌지 모르겠구먼."

—「우물 파는 사람」

게다가 이런 인물의 감정 상태와 독백의 진술을 단문(短文)으로 처리하는 점도 눈여겨볼 부분이다. 문장이 약간 길어지면 어김없이 쉼표가 나타나고 문장의 도치 또한 자주 시도되고 있다. 단문과 쉼표, 도치법 등은 작가가 전달하고자 하는 의도를 간결하면서도 강렬하고 정확하게 표현하려는 전략적 서술기법일 뿐만 아니라 문장 호흡의 효과까지 염두에 둔 것으로 보인다.

6. 펜을 놓으며

펜을 들면서 나는 오직 열아홉부터 작가와 유지한 친분의 내공만으로 글을 완성해 보리라 마음먹었다. 애초부터 학술적 문장과 문예이론을 버렸던 까닭은 끈끈하게 쌓인 세월의 힘이 박래적 지식보다 훨씬 셀 것이라 믿었기 때문이다. 본고에서 나는 작품 이해에 도움이 될 만한 최수웅의 성격과 소설의 몇몇 특징을 언급했다. 특히 쓸쓸한 공간에 대한 그의 천착과 갈증·눈물·웅얼거림으로 나타나는 인물의 생리습관, 인물의 감정에 포커스를 맞춰 단문으로 진행되는 진술 등을 눈여겨보았다.

펜을 놓으려고 보니 그가 공들여 쓴 작품의 다양한 진폭을 오히려 단순한 시각으로 협소하게 위축시켰을지 두려움이 앞선다. 원래 지근거리에 있는 큰 사물은 전체 윤곽을 파악하기 힘든 법이다. 그럼에도 불구하고 15년의 친분 없이는 쓸 수 없는 글이라 스스로 위안을 삼아본다. 본고가 유일하게 내세울 수 있는 소박한 미덕을 꼽자면 보잘것 없는 한 친구의 시선으로 알량하게 벗의 작품에 접근했다는 점 외에는 별반 특이할 게 없을 것이다.

위에 언급된 사항 외에도 최수웅의 소설은 논의할 부분이 많다. 특히 소설의 형식에서 발견되는 독특한 실험정신과 여성 캐릭터의 정형성, 프로타고니스트의 채무감 등은 후의 연구자들이 심리학적 측면에서 고찰할 만한 영역이다.

마침표를 찍기 전에 최수웅의 첫 작품집 상재를 축하하며 첨언하자면, 그의 강이 과거에서 흘러오는 본류와 새롭게 유입되는 지류가 부단히 어울려 생명력이 가득한 영역이 되기를 고대한다. 그래서 이 물고기자리의 작가가 '거친 폭포를 뛰어넘어 강물을 거슬러 올라가는 고통'을 통해 한국 소설사의 심장에 '언젠가 꼭' 은빛 칼날을 꽂기를 기원한다.

부끄럽다. 첫 번째 창작집에다 이런 변명을 달고 싶지 않다고 생각했던 적이 있었다. 글을 쓰고 읽는 것으로 생활을 꾸려나가고 싶다는 생각을 하던 무렵이었다. 그 시절에 나는 무엇에도 확신을 가질 수 없었지만, 바로 그러하기에 오만할 수 있었다.

하지만 등단을 하고 여기저기 원고를 발표하면서 나는 생각을 수정할 수밖에 없었다. 세상의 벽은 상상했던 것보다 훨씬 높았고, 내가 가진 재주는 보잘것 없었다. 암중모색과 참회의 시간이 이어졌다.

어쩌면 내가 세상을 읽는 방법이 잘못된 것일지도 모른다는 생각을 했다. 작가라는 이름을 걸고 세상을 살아가길 원하는 사람으로서 무엇을 이야기할 수 있고 또 해야 하는지 거듭 고민했다. 그러면서 다른 작가들의 소설을 읽을 때마다 가눌 수 없는 질투에 몸을 떨었다. 나는 이제 걸음마를 시작하고 있는데, 다른 이들은 이미 저 멀리 앞서 나가고 있었다. 내가 쓰려고 했던 문장을 이미 발표된 누군가의 작품에서 발견했을 때, 나는 얼마나 부끄러워했던가. 이 고백조차도 다른 시인이 앞질러 해버렸지만, 그 시절 나를 유지시켜 주었던 유일한 힘은 질투였다.

어쩌면 내가 소설을 쓰는 방식이 잘못된 것일지도 모른다는 생각도 했다. 내 이름을 걸고 작품을 쓰면서, 대학에서 소설창작론을 가르치면서, 나는 벽에 부딪혀야 했다. 그 벽은 가늠할 수 없을 정도로 거대하여 손으로 더듬거려야만 겨우 실체를 확인할 수 있었다. 작품을 쓰고 발표하는 시간도 꼭 그렇게 느렸다. 이야기를 기록하는 시간도 더뎠지만, 그보다 부족하기 짝이 없는 이야기를 만들고 말았다는 부끄러움을 이겨내야 하는 시간이 더 길었다. 학생들에게는 소설의 이상을 알려주기 위해 애쓰면서도, 정작 내가 만든 소설은 현실의 속악함에서 벗어나지 못했다. 내 힘으로 할 수 있는 일은 없었다. 오직 참회하는 것뿐이었다. 거대한 벽 앞에서 무릎을 꿇고 속삭일 수밖에 없었다. 당신 뜻대로 하소서.

변명의 여지는 없다. 첫 번째 작품집에 이런 말을 붙여야 하는 이유는 오직 나의 작가적 역량이 부족하기 때문이다. 아직도 벽을 뛰어넘지 못했기 때문이다. 그럼에도 나는 소설을 포기할 수 없었다.

이제 나는 말을 바꾼다. 나를 지켜주는 것은 질투가 아니라 참회라고. 한계를 경험하기에 다시 시작할 수 있었노라고. 어설프기만 한 이 작품들을 한 권의 책으로 묶어낼 수 있었던 이유는, 이제 낡은 허물을 벗고 새로운 날개가 돋아나기를 바라는 마음에서라고.

앞으로도 한동안은 참회의 힘으로 소설을 쓰게 될 것이다. 아니 어쩌면 내가 소설 쓰기를 멈추지 않는 한, 참회 역시 중단되지 않을 것이다. 그러나 그것이 무기가 될 수 있기를, 글을 쓰고 읽는 것만으로는 살아가기 힘든 이 세상에서 내 믿음을 강건하게 지켜나갈 방법이 되기를 기원한다.

2006년 가을
최 수 웅